小学館文庫

ロボット・イン・ザ・システム

デボラ・インストール
松原葉子 訳

JN020063

小学館

主な登場人物

ベン・チェンバーズ……………獣医をしている優柔不断な主人公
アクリッド・タング……………レトロな箱型ロボット
エイミー・チェンバーズ………ベンの妻。弁護士
ボニー……………………………ベンとエイミーの娘
フランキー………………………介護用の筒型ロボット
ブライオニー……………………ベンの姉。法廷弁護士
デイブ……………………………ブライオニーの夫。パイロット
アナベル…………………………ブライオニーとデイブ夫妻の長女
ジョージー………………………アナベルの弟
ダンカン…………………………ジョージーの恋人
フロリアン………………………アナベルの恋人のアンドロイド
ミスター・パークス……………チェンバーズ家の隣人
イアン……………………………ボニーの親友
マンディ…………………………イアンの母親
アンドリュー……………………イアンの父親
ソニア・カッカー………………チェンバーズ家と親しい老婦人
ジャスミン………………………卵型ロボット
カトウ・オーバジン……………人工知能を研究するエキスパート
リジー・キャッツ………………研究者でカトウの妻
トモ………………………………カトウとリジー夫妻の息子
オーガスト・ボリンジャー……天才ロボット工学者
クレア……………………………タングのクラスメイト
ミックとウィリアム……………人間とアンドロイドの修理工コンビ

A ROBOT IN THE SYSTEM
by Deborah Install

Copyright © 2023 by Deborah Install
Japanese translation rights arranged with Deborah Install
c/o Andrew Nurnberg Associates Limited, London
through Tuttle-Mori Agency, Inc., Tokyo

ロボット・イン・ザ・システム

一　退院許可

　僕が人生について学んだことがあるとすれば、人生とはシャボン玉のようで、どれほど完璧な気泡も、その実体は繊細でいとも簡単にはじけてしまうということだ。透明なシャボン玉の表面で変化していく虹色の模様がうっとりするほど美しくても、そこにどんなにくっきりと周りの景色が映っていようとも、この手に受けとめてしばらく持っていることができようとも、シャボン玉はやはり儚《はかな》い。こんなことを言うと人生を悲観しているようだが、そうではない。自分の生きる世界の脆《もろ》さを受け入れて初めて世界は真に美しく輝くことを、僕は知った。そして、同じ世界を生きているつもりでも、自分が見ている世界と他の誰かが見ている世界は同じではないことも。

　たとえばこうだ。あらゆるものを見てきて、もはやこの先驚くことなどないだろうと思っていたら、我が子がふいに教科書を置き、自分のそばにやってきて、取り組んでいたはずの算数の問題とはまったく関係のない質問を投げかけてくる。

「ポムポムが死んだら詰め物をして剥製《はくせい》にしてもいい？」

その日僕は自宅で事務作業をしていて、ボニーが質問にきた時は、動物病院に新たに看護師を雇い入れるべく、サンドイッチを食べながら履歴書に目を通していた。

普通ならびっくりするような質問だが、僕は驚かなかった。ボニーの口からどんな言葉が飛び出しても、もはやショックを受けなくなっていた。娘の頭の中は言うなればアイデアや計画にあふれた豊かな森で、その森から広い世界に何が出てくるかは誰にも想像がつかない。現れるのは、差し迫った問題を解決する魔法を携えた妖精かもしれないし、お金ばかりかかって何の役にも立たない、巨大で醜い不完全なトロールかもしれない。だが、それでいいのだ。どんなアイデアが出てこようと、できる限りのサポートをしてやりたい。それでも──。

「だめだ。それは許可できない」

ボニーがこちらを見て目をぱちくりさせた。僕の返答に納得がいかないらしい。

「何で?」

「ボニーがまだ九歳だからだ。その歳では全然経験が足りなくて、うちの大事なペットを剝製にするという複雑な工程はこなせないよ」

「でも、ポムポムが死ぬ頃にはもう九歳じゃないよ。もっと大きくなってる」

さて、どう答えたものか。以前、とある会議場で開かれた獣医師向けの講演会に参加した。講演者は剝製作りの権威で、博物館レベルの品質が求められるペットの剝製作りを適切に提供し得る技術と資格を持っているのは、イギリス国内ではおそらく三人だけだ――当然講演者も含まれる――と述べていた。まあ、僕が目にしてきた博物館の剝製も出来の悪いものは少なくなかったから、博物館レベルの品質と言われても何の保証にもならない。それはともかく、ボニーに、おまえが自らポムポムを剝製にしたら十中八九ひどい仕上がりになるし、そのイメージがボニーの目にも家族の目にも焼きついて離れなくなるだろうとは言いたくない。一方で、ボニーのことだから本気で飼い猫の剝製を作りたいなら、必ずその方法を見つけるだろう。もっとも、すでにシニア期に入っているポムポムの寿命が尽きるまでにボニーが必要な知識や技術をすべて学ぶとなると、時間との競争になる。ざっと見積もっても、ポムポムとの別れは遅くともボニーが大学生の頃には訪れる。考えたくもなかったが。

僕の思考に割って入るようにボニーが声をかけてきた。

「パパ？　顔が変なことになってるけど、大丈夫？」

「変なこと？」

「表情がころころ変わるし、口もちょっと動いてる。目に見えない誰かに話してるみたい」

僕は〝ん？〟と眉根を寄せたが、すぐに、思考が顔に出てしまっていたのだと気づいた。

「ああ、気にしないでくれ。ちょっと考えごとをしてただけだ」

「ポムポムが死んだら私に詰め物をさせてあげようって考えてたの？」

ぱっと表情を明るくしたボニーに、僕の懸念を伝えるのは酷だ。僕は娘の隣で両膝に肘を載せ、言った。

「こうしよう。猫には九つの命があると言うけど、ポムポムがそのすべてを使い果たした時にボニーが剝製師の資格を持っていたら、ボニーの手で剝製にしてもいい。それでどうだ？」

ボニーは目を細め、話をごまかそうとしているのではないかと疑うように僕を見た。それでも最後には手を差し出した。

「わかった」

僕たちは合意のしるしに握手した。

「さてと、戻って勉強しておいで。剝製師になるなら、勉強することが山ほどあるからね。それに、ミセス・カッカーもボニーの勉強の進み具合を気にしてたから、退院したら、勉強した証拠を見せろと絶対に言われるぞ。ちなみに退院は近そうだよ。今の調子で先生や看護師さんたちをいらいらさせ続けるようならさ」

ボニーはくすくすと笑いながら小走りで書斎を出ていこうとして、ふとドアの前で僕を振り返った。

「ミセス・カッカーのことは？　どれくらいの技術があったら剝せ……」

「いいから戻って勉強してきなさい！」

　僕は大声で娘の言葉を遮った。

「大きな声を出して、どうしたの？」

　玄関に続く廊下でボニーとすれ違ったエイミーが、書斎にやってきて尋ねた。僕は眼鏡を外して顔を撫でた。

「聞かない方がいいよ。ただ、もしあの子が科学用品がほしいからママのクレジットカードで買わせてと言ってきたら、中身を確認して」

　エイミーは笑った。

「わかった、心に留めておくわ。それはそうと、病院から電話があったの」

　その事実を証明するかのように、エイミーがスマートフォンを掲げた。ソニア・カッカーに何かあったのではという不安が真っ先に頭をよぎったが、僕の表情からそれを読み取ったエイミーがすかさず続けた。

「問題が起きたわけじゃないから大丈夫。むしろその逆よ。ソニアがほぼ退院できる状態になったから、ボニーに迎えにきてもらえないかという連絡だったの」

「ボニーに？」

「そう。電話の相手は、ソニアの最近親者に指定されているボニーが子どもだとは認識してなかったみたい」

「まじか。さすがにもうあの病棟には僕たちのことを知らない人はいないと思ってたんだけどな。もう何ヶ月も入院しているわけだし」

「何人か新しい人がいるみたいね。とにかく、退院にはほぼ支障のない状態らしいの」

「〝ほぼ〟ってどういうことだ?」

僕は立ち上がってサンドイッチの載っていた皿にガラスのコップとコーヒーカップを重ねると、キッチンに向かった。エイミーもついてきた。

「病院側は、ソニアが晴れて放免となったあとに戻る場所に難色を示してるの」

「放免って。それじゃまるで刑務所にでも入っているみたいだ」

「ソニアにしてみたら刑務所にいるも同然なんじゃない?」

たしかにそうだと、僕は顔をしかめた。

「で、具体的には何が問題になってるんだ?」

「自宅のアパートメントには帰らせたくないみたい。ひとりで暮らすのは危険だって」

「まあ、たしかにひとりは危ないかもしれないけど、ひとりじゃないだろう? フランキーがついてる」

「法的には、一緒にいるのが人、つまりは人間でないと、同居人としては認められないのよね」

僕はうんざり顔で天井を仰いだ。

「今の話はソニアにはしない方がいいな。フランキーにも……あとボニーにも。タングになんてもってのほかだし」

「そこが問題でね。病院側はすでに何度かその話をソニアにしているみたいなの」

「あー」

「私たちのどちらかが病院に行って、話をまとめないとだめそう。何もなければ私が行くんだけど、あいにく今日はボニーがイアンの家でフランス語を勉強する日だから送っていって、その足で裁判所に行かないとならないのよね」

「わかった、僕が行くよ。フランキーも連れていこう。ただ、わかってると思うけど、ソニアの意思を変えさせるなんて僕には無理だ。知ってのとおり、僕の言うことなんてソニアは聞きやしないんだから」

「そうね」と言うと、エイミーは何かを企んでいる時の顔をした。「聞かないでしょうね。でも、私に考えがあるの」

一時間後、僕は厚手のコートを着てブーツをはき、僕なりに決意に満ちた引き締まった表情で家を出た。少なくとも玄関から一歩出るまでは。外に出た瞬間、やるべきことより、まずは手が凍りついてしまわないうちに車に乗ることしか考えられなくなった。この冬はつい最近までは例年どおりで、寒冷前線と温暖前線が交互に通過し、いつもと変わらない冬の天気を生み出していたのだが、ここ数日で気温が急降下した。この様子だと、雪が降って毎年恒例の全国的なパニックが起きるのも時間の問題だろう。僕はポケットをごそごそと探ってスマートキーの解錠ボタンを押した。集中ドアロックというシステムがこの世に存在することに心の中で感謝した。

僕のあとをついてきたフランキーのために助手席のドアを開けて押さえ、彼女が乗り込むとシートベルトをかけてやった。

「今年一番の寒さを記録した日を退院日に選ぶとは、いかにもソニアらしい」

そう言いながら、僕は私道から車を出した。

「本当ですね」

フランキーは、窓から茶色みを帯びた灰色一色の空を見上げた。

「もう午後なのに、路面にはまだ薄い氷が張ってるし」と、僕はぼやいた。「よりによって、骨盤骨折から回復して歩いて病院を出ようって日にこれとはな」

それ以降、病院までの道中、会話はほとんどなかった。僕がいつも以上に運転に神経を使っていたからだ。自動車の衝突事故の被害者を迎えにいく途中で自分が衝突事故を起こしたら、しゃれにならない。今から訪ねる病院は、ソニアが骨折からの回復の途中で転院した私立病院で、ソニアにとっては前の病院より環境がよく、見舞う僕たちにとっては、前みたいに迷路並みに入り組んだ通路を進まなくても病室にたどり着けるようになった。駐車料金もかからない。転院はソニア自身が決めたことで、私立病院の入院費をどうやってまかなっているのかは謎だが、費用は転院をためらう理由にはならなかったようだ。この友人についてはいまだに知らないことも多いが、現役で働いていた頃にはエンジニアリングの世界でそれなりの地位を築いていたようだし、定年後は質素な暮らしを続けてきたと思われる。転院くらいしてもばちは当たらないと、僕がソニアの立場でも思っただろう。何にせよ、ソニアは転院については多くを語ろうとしなかった。

ソニアが地域の中核病院から私立病院に移るうえで唯一問題になったのは、入院先がタングのアルバイト先の病院ではなくなったことだ。この一年ほどの間に、中核病院はよくも悪くも僕たちにとって勝手知ったる場所になっていた。そうなったのには、タングが助産師の夢に近づくべく、病院に入り込んだこともおおいに関係している。もともとは使用済みの食器類を片づけるアルバイトとして病院内のカフェで働き始めたのだが、昨年の停電や医療機器トラブルを機に、気づけば産科病棟で働くことになり、今や病棟スタッフにとっても患者にとってもなくてはならない存在になっている。これといって明確な役割が与えられているわけではなく、おそらくは精神面でのサポートを提供する機械仕掛けのかわいいセラピードッグ的な位置づけなのだろうが、僕たちが知る限りではタングがその事実を気にする様子はなかった。産科病棟にいられて純粋に嬉しそうだった。

　僕は病院の駐車場のバーゲートでビジター用の駐車券をかざすと、病院の入口に極力近い場所を探して駐車した。フランキーと連れだってソニアのいる病棟に向かい、受付の女性に挨拶をした。エイミーに連絡をくれた人で、にこやかに迎えてくれた。その笑顔の中に、あと少しでソニアとの関わりもなくなるという安堵も垣間見えた気がした。

「こんにちは、アン。エイミーから電話のことは聞いたよ。あいにくボニーは連れてこられなかった。今日はフランス語のレッスンの日で、今週はすでに二度もレッスン日を振り替えているから、これ以上の振り替えは避けたかったんだ」

「ああ、それはいいんです」

　受付のアンはあっさりとそう言った。

「状況は承知していますから。あなたにミセス・カッカーを連れ帰っていただくことには、コンサルタント（最も高い職位の病院勤務の専門医）も異存はありません。基本的には」

「基本的には？」

「今いるコンサルタントは代理の医師なんです。いつものプレスティン先生は休暇中で。今頃はきっとフランスのドルドーニュ辺りでゴルフをしていると思います。それはともかく、ここ数日は代理のクロス先生がミセス・カッカーを担当していて、いつでも退院できる状態だと判断されてはいるんですが……まあ、先生の懸念については先生から直接説明していただいた方がいいと思います」

僕はありがとうというようにうなずくと、フランキーとともにソニアの病室に向かった。大声でやり合っている声が廊下を伝って聞こえてきた。病室に着く前から、患者とコンサルタントの間にどんな空気が流れているかはあきらかだった。僕はフランキーと顔を見合わせた。フランキーがやれやれと首を横に振る。

僕は深呼吸をすると、半開きになったドアの隙間からするりと病室に入った。フランキーもあとに続く。ソニアはベッドの傍らに置かれた椅子に座っていた。コートのボタンをしっかり留め、頭には帽子をかぶっていた。タングを学校に送る途中で初めて彼女に会った時の装いも、こんな感じだった。僕たちが部屋に入っていくと、ソニアは顔を上げ、嬉しそうに見えなくもない顔をした。

「よかった」

そう言うと、ソニアは部屋の反対側に立つ女性の方に指を振った。おそらく彼女がクロス医師だろう。

「来てくれたのね。そこの……お嬢ちゃんに言ってやって。私に指図する権利などないと」

僕はコンサルタントに手を差し出し、握手を交わした。それにしても、ソニアもずいぶんと辛辣《しんらつ》だ。コンサルタントは特別若くは見えなかった。ビン底眼鏡や地味な髪型は、お嬢ちゃん呼ばわりされるような若い女性というより優しいおばさんの雰囲気だった。視界から消えた瞬間に忘れてしまうタイプの人だ。どこにでもいるようなよくある顔で、全然印象に残らない。そんなふうに考えた自分に後ろめたさを覚えつつ、プレスティン先生に退院の挨拶ができないことを少し残念に思った。大事な友人を治療してもらったお礼を言えないまま終わるのは心残りだ。もっとも、彼がドルドーニュでゴルフを楽しんでいるのなら、向こうはそんなことは気にしていないのだろう。

「ソニアは今日退院できるのですよね？」

僕は腰に手を当て、あたかもその場を収める力があるふうを装った。

「退院はできます。ただ、懸念があります」と、クロス医師は答えた。

「そのようにうかがっています。何が問題なんでしょう？」

「率直に申し上げて、自宅に戻るにはタイミングがよくありません。今みたいな急激な寒さはお年寄りにはこたえ……」

「どうせ耳が遠くて本人には聞こえないだろうとばかりに、私の話をするのはやめてちょうだい」

ソニアが椅子の肘掛けを指で突きながら、ぴしゃりと言った。

「歳は取っていてもまだ生きているし、耳だってちゃんと聞こえているんだから。私の退院について話し合うべきことがあるなら、私も話し合いに入れてちょうだい」

クロス医師が僕を見て瞬きをした。僕は、今さら驚くような言動でもないでしょうというように顔をしかめた。医師は咳払いをすると、ソニアの椅子の隣にあるビニールレザーの肘掛け椅子に浅く座った。

「ミセス・カッカー、ご自宅のアパートメントに戻るのは考え直してください。今はまだ、非常に重篤な怪我からの回復途上ですし、過去に一、二度、自宅の階段の上り下りが問題になったこともあるのでしょう……？」

ソニアは医師をじっと見つめると、ゆったりとした優雅な仕草で僕の方に指を振った。

「この人に会うまではそんなこともありませんでした」

医師は再び咳払いをした。

「そうだとしても、介護つき住宅などの検討をお勧めします。もしよろしければ、とてもよい――」

「介護つき住宅が何かくらい、知ってますよ、お嬢さん。要は老人ホームに入れって話でしょう？　あんなの、毎週火曜日の午後にはマクラメ編みをして、食事のフィッシュフィンガーズ（長方形に加工した白身魚のフライ）は施設の職員が細かく刻んでしまうような場所じゃない。私はそんなところには行きません。老人ホームに入るくらいなら、この椅子に座ったまま腐って死んだ方がましよ」

全然関係ないが、ソニアの〝フィッシュフィンガーズ〟の言い方が好きだ。〝フィンガー〟ではなく〝フィッシュ〟が強調されている。それが逆だとまったく違う食べ物を想像してしまっていけない。

医師が助けを求めるようにこちらを見た。僕は腕組みをして、もう少し成り行きを見守ることにした。僕にはエイミーの計画という切り札があったが、ふたりのやり取りがどこに行きつくのか興味があった。

「ちょっとよろしいでしょうか……」

おずおずと口を開いたのはフランキーだ。

「ソニア、あのアパートメントは理想的な住まいとは言えな――」

「この裏切りロボット！　これまで何年もふたりで支え合って暮らしてきたのに、そのおまえまでそんなことを言うの？　もういいからあっちにお行き。紅茶をもらってきてちょうだい」

　ソニアの辛辣な言葉に、フランキーの頭がゆらゆらと揺れた。もどかしさの表れだ。フランキーがちらりと僕を見た。僕は頭をわずかにドアの方に傾け、ここは僕に任せてと小さくほほ笑んだ。フランキーが出ていくのを待って、僕はソニアを諭した。

「今のはあんまりでしょう。フランキーはいつだって、あなたにとって何がベストか、それだけを考えて行動しているのに。フランキーはよくわかっているはずですよ」

「最近、あのロボットは自己主張が強すぎる。あなたもそれもこれも全部あなたたちのせいだわ。あなたや小さなお嬢ちゃんのね」

「はいはい、そうですね。フランキーが基本プログラムに縛られることなく、もっと自由に機能できるようにと、あなた自身が何年もかけて加えてきた改良は全然関係ないってわけだ」

　ソニアは低くうなり、コートの毛玉をいじった。そのタイミングで、クロス医師がもう一度説得を試みた。

「退院を許可するには、ミセス・カッカーが安全な環境に移られるのだと確認する必要があるんです。それだけの話です」

　ソニアは不機嫌そうに目を細くした。

「だったら、やっぱりこの椅子で朽ちて死んでいくしかないわね」

　クロス医師はため息をついて立ち上がった。親指と人差し指で額をこする。

「いったん他の患者さんたちを診てきます。回診の最後に戻ってきますので、それまでには皆の意見がまとまっていることを祈ります」

医師は僕に鋭い視線を寄越し、病室を出ていった。彼女の言う〝皆〟が誰を指しているにせよ、彼女自身が含まれていないことだけはたしかだ。

僕は咳払いをすると、ソニアの隣に腰を下ろした。

「老人ホームに閉じ込められるなんてごめんですよ」

僕が口を開きもしないうちに、ソニアはそう言った。僕はほほ笑んだ。

「はなからそんな提案をするつもりはありません」

「よかった。少なくともここにいる誰かさんには分別があるようね」

暗にそうではない誰かもいると言っているわけで、おそらくクロス医師のことだろう。もしくはソニアがほんの一瞬、今の自分を正しく認識したか。ただ、彼女がこれまでにそのような自己認識を見せたことはなく、今回もその可能性は低そうだ。僕は話を進めた。

「だけど」

「ほら、来た！　どうせそんなことだろうと思った。あなたと医者が目配せするのを見てたんだから。私を説得できるとでも言いたげにね。ほんとなら共犯者みたいにウインクでも交わしたいくらいだったんでしょうよ？」

「ソニア、話を聞いてください。あれはそういうことじゃありません。少なくとも僕はそんなことは考えてなかった。たしかに先生はソニアが自宅に戻るのには反対だし、それは僕も同じです。やめた方がいいと、みんな思ってる。ただ――」

ソニアが人差し指を立てて反論しようとするのを、僕は片手をかざして制した。そこだけ見たら、風変わりなじゃんけんでもしているみたいだ。ソニアは何も言わずに引き下がり、膝の上で両手を組んだ。

「老人ホームに入るかわりに、うちで僕たちと暮らしてもらったらどうだろうと、エイミーと話してたんです。どうですか？」

ソニアは僕の真意を測るように目を細くしてこちらを見つめたまま、優に一分は黙りこくっていた。そして、尋ねた。

「なぜ？」

「なぜって、決まっているでしょう。あなたには自宅でも老人ホームでもない退院先が必要だからですよ」

「違う、そういうことじゃなくて。なぜ私と一緒に暮らそうなんて思うの？」

「逆に、思わない理由なんてありますか？」

「今でさえやることはいっぱいだし、手のかかる子どもたちもいて、てんやわんやな毎日じゃないの」

「だとしたら、手のかかる人がひとり増えたところでたいして変わらないでしょう？」

ソニアが洟《はな》をすすった。僕は続けた。

「それに、ソニアがうちにいてくれたら、たまには夫婦だけで息抜きに出かけたりもできるから、僕たちとしてもすごくありがたいんですよ」

ソニアは思わずこぼれそうになった笑みを無理やり消して、もう一度洟をすすると、再び毛玉をいじり始めた。

「なるほど、私に、外国の家庭に住み込んでその国の言葉を学ぶかわりに無給で子どもの世話や家事を手伝うオーペアの年寄り版になれということなの？」

「そうです、そのとおりです、ソニア。僕たち家族があなたのことが大好きだってことも、あなたの元気で幸せな姿を見ていたいって気持ちも、いっさい関係ありません」

ソニアは僕から顔をそむけて窓の方を見た。だが、その前に、今度こそ抑え切れなくなった笑みがこぼれたのを僕は見逃さなかった。

「考えてみるわ」

いつにも増してぶっきらぼうな返事が返ってきた。

二　あまのじゃく

家に帰る道すがら、助手席に座ったソニアは、我が家がソニアが暮らすには不適切なわけや、僕たちがソニアを〝無理やり従わせた〟今回の計画がうまくいかない理由をあれこれ並べ立てた。

「たとえば、家の階段をどうやって上れって言うの？」

「自宅と同じようにすればいいだけでしょう」

そう答えたら、ソニアはうなった。

「まあ、上り下りが難しいようなら階段昇降機の取りつけを考えてもいいですし」

「それもまた、老人と暮らしてますよと世間にアピールする格好の材料ってわけね」

「そのとおり。どうせなら、同じ通りに住むご近所さんを招待して披露しましょう。まずはボニーやタングが実演して、トリとしてソニアが使っているところを見せるんです」

「意地悪な言い方ね」と、ソニアが僕を睨みつけた。

一瞬の沈黙のあと、フランキーが後部座席からつぶやいた。

「果たしてソニアでトリが務まるでしょうか……」

僕が今のはただの嫌みだと説明するつもりで息を吸ったその時、フランキーがこう続けた。

「むしろ前座じゃないですかね」

僕は笑った。ソニアは身につけたままの厚手のコートとマフラーに邪魔されながらも、助手席から最大限振り返ると、フランキーをぎろりと睨んだ。バックミラーに目をやったら、フランキーの胸元のモニターに投げキスの絵文字が表示されていた。いったいどこで一丁前に人をからかうことを覚えたのだろう。まあ、何にせよ、その茶目っ気のある軽口も生意気な態度も、ソニアの順調な回復に対して皆が感じている喜びや安堵をフランキーも感じているからこそ、出てきたものだろう。ついでに言うと、最近は僕やエイミーの目の届かないところでボニーやタングと過ごす時間が多かったから、それも影響しているに違いない。

「私は年寄りで怪我もしているかもしれないけど、おまえを分解しようと思えばできるんだからね。今に見てなさい」

ソニアがフランキーに指を突きつけると、フランキーはモニターの表示をショックを受けて泣いている絵文字に変えた。ソニアは腹立たしそうにうなると、前に向き直った。フランキーもなかなかやるな。彼女の絵文字での駆け引きは手強い。

帰宅すると家は静かだった。だが、それも今のうちだ。じきにイアンの母親のマンディが車でボニーを送り届けてくれるだろうし、そのうちにタングも学校から帰ってくる。エイミーも、裁判が長引いたとしてもそこまで遅くはならないはずだと言っていた。

フランキーは、車から家までは自分に摑《つか》まって歩くようにと、ソニアに強く進言した。地面に張った氷は多少は解けたようだったが、わずかに傾斜している私道は滑りやすくなっていてもおかしくない。ただ、実際には歩く場所の氷はきれいに除去されているように見えた。誰かが砂を、いや、塩を撒いたのではないか。僕ではない。エイミーがやってくれたのかもしれない。

ありがたい。病院はソニアに歩行器を用意してくれたのだが、案の定、本人はそれを頑として使おうとしなかった。ソニアは歩行器を、次いで僕を睨んだ。まるで僕が車にはねられた動物の死骸でも差し出したかのような、不愉快極まりないという形相だ。

私道の傾斜も、ソニアが帰りの車内で同居の試みが失敗に終わる理由として列挙した項目のひとつだった。

「ひとりで出かけられなくなる」と、ソニアは言っていた。「あなたたちの家に軟禁されるも同然だわ。入院していた時とおんなじ」

その言葉に、僕が車のスピードを落とし、病院に戻りたいなら戻りましょうかと言ったら、ソニアは不機嫌になった。僕は僕で、これで本当にいいのだろうかと、ふいに迷いが生じた。ため息をつき、尋ねた。

「本気で自宅に帰りたいですか、ソニア？　もう退院したのだから、あなたが帰宅を望むなら誰も止めることはできません」

ソニアはすぐには答えず、僕は車をさらに減速して、必要であればUターンできる場所を探した。だが、ソニアは助手席で体をもぞもぞさせると、言った。

「いえ……それはやめておくわ。あなたの家にいる間に私の身に何かあれば、少なくともそれは私ではなくあなたたちの責任ってことにできる。それに、あの子の勉強の進み具合も確かめないと。あの子が学ぶべき内容を、あなたやエイミーが理解できるとは思えないもの」

ボニーが学ぶべき内容が何なのかは尋ねなかったし、エイミーも僕もそれなりに学があり、それなりに成功もしている大人だから、理解できないと決めつけるのはいかがなものかとも反論しなかった。ソニアが自宅に戻ることを考え直してくれた今、その気持ちが変わらないと確かめられただけで満足だ。

ソニアの意思を確認できたことで、そこから先は車内の雰囲気もいくらか和らいだ。

僕はたぶん、自分たちがソニアに我が家での同居を無理強いしてしまったのではないかという罪悪感を抱いていたのだと思う。だから、彼女にいやならいやと述べる機会を与えられて、ほっとした。

さて、話を今に戻すと、玄関を入ってすぐの廊下に立った僕は再びそわそわしていた。次にすべきことは何だろう。エイミーがいつからソニアとの同居を考えていたのかは知らないが、僕は土壇場でその話を聞かされたから、ソニアの部屋を事前に準備しておくこともできなかった。

ソニアは廊下を見渡し、そこにあるいくつかのドアに視線を走らせると、最後に階段を見た。ふんと鼻を鳴らし、フランキーに居間に行くのを手伝うように告げた。

「ひとまず紅茶でも淹れてもらえたら、とてもありがたいのだけど」

「もちろん。すぐ淹れます。気が利かなくてすみません」

ソニアのひと言に僕は我に返り、すぐにお茶の支度にかかった。食器棚の奥で眠っていた磁器製のカップとソーサーを引っ張りだし、お茶はちゃんとポットで淹れた。そして、ソニアが居間で紅茶を飲みながらフランキーとくつろぐ様子を見届けると、ソニアのベッドを用意するため二階に上がった。だが、ふたつある空き部屋のうちの小さい方をのぞいたら、すでにベッドが整えられ、その足元にはタオルが畳んで置かれていた。戸棚やチェストの引き出しもすべて空っぽできれいになっている。これだけのことをエイミーはいつの間にやったのだろう。本当にすごい人だ。

僕も何か貢献しなければと、一階からソニアの小さなスーツケースを運び上げてチェストの上に載せると、窓枠に指を走らせた。埃《ほこり》があった。

「おおっと!」

僕は嬉々として声を上げると、衣類乾燥棚から毛ばたきを取ってきた。階段が軋《きし》む音がして、そのうちに二階の廊下の床板も軋み、ソニアがフランキーを従えて部屋の入口に姿を現した時、僕はちょうど天井の隅に張られた蜘蛛の巣を払っていた。ソニアは毛ばたきと僕に順に目をやると、かぶりを振った。

「これが横になって休めと言うの」と、肩越しにフランキーを指す。

暗に出ていくように言われた僕は、素直に従い、一階に下りて他にすべきことを探した。今日はもう仕事に戻る必要はなかったが、履歴書を見直して採用の可否を判断してしまおうかと、書斎に向かった。

だが、座ってパソコンに向かったとたんに玄関の扉が開く音がして、ボニーが帰ってきた。コートを廊下の床に脱ぎ捨て、イアンの母親のマンディを玄関先に立たせたまま、小走りで一階のトイレに向かう。僕はマンディに挨拶しにいき、そのまましばらく立ち話をした。子どもたちのフランス語の語彙力はどうか、ボニーはいい子にしていたか(「もちろん。いつもいい子よ。ボニーは本当にかわいいわ」)、フランス語からいったんドイツ語の学習に戻すのはいつにしようか……。僕は今日からソニアと同居することになった経緯を説明し、もう少し落ち着いたらソニアがドイツ語のレッスンを引き受けてくれるかもしれないから、そうなればマンディの負担も多少は減らせるだろうと伝えた。

「僕たちがいいと言えば、ドイツ語でエンジニアリングを教え出すんじゃないかな」

そんな話をしていたら、トイレから出てきたボニーに怖い顔で睨まれた。

「パパの話は全部聞こえてたよ。誰かの時間とかエネルギーを、その人に相談もしないで、どうぞ使ってくださいなんて勝手に決めるのはよくないと思う。まったく、パパってば。もう少しよく考えてよね。あと、サンドイッチが食べたい。じゃなくて、作ってください」

「帰ったら真っ先にミセス・カッカーに会いたがるかと思ってたよ」

そう言いながら、僕は玄関を離れて冷蔵庫にハムを取りにいった。

「会いたいよ。でも、一階にはいないし、フランキーもいないってことは、きっと寝てる。それに、ママがミセス・カッカーは今日からうちに住むことになったって言ってたから、あとでも会えるでしょ？」

「うん、たしかにミセス・カッカーは昼寝中だ」

「それに」と、ボニーは続けた。「サンドイッチを食べないと、お腹がぺこぺこのうちは絶対に誰ともお話しなんてできない」

ボニーは猛烈な勢いでサンドイッチを平らげると、切ってやったリンゴをかじりながら、動物解剖学のテキストを読んだ。娘が書斎からその本を持ち出していたことを、僕はその時まで知らなかった。これが他の子どもなら、いつの間にかこんなものを読むようになっちゃってと、一抹の寂しさを覚えつつその姿を眺め、勤勉な子に育ってくれたことに感謝しただろう。だが、今朝の娘との会話から想像するに、娘の興味は、動物に正しく防腐処理を施すうえで摘出すべき臓器の数を調べてメモしておくことにある気がした。そうなると単純に応援する気にはなりにくい。

どこからか吹き込んだ風がキッチンを吹き抜け、テキストのページをはためかせた。ボニーはそのページをハエでも叩くみたいに平手でバシンと押さえると、いら立たしげに声を張り上げた。

「ちょっと！」

風がやみ、玄関の扉が音を立てて勢いよく閉まるのとほぼ同時に、タングの大声が響いた。

「今、私道のとこでイアンのママのマンディに会ったよ。もう帰るから、またねって伝えておいてだって」

しまった。

「あ、言い忘れてた。ただいま！　外はくそみたいな天気だよ。ものすごく寒いし、めちゃくちゃ雪が降ってる」

「しーっ！　ミセス・カッカーが寝てるんだから！」

ボニーと僕は同時に叫んだ。

タングがガシャガシャとキッチンにやってきて、僕たちを交互に見た。全身雪まみれだ。

「ミセス・カッカーがうちにいるの？　何で？」

そうか、タングは学校に行っていたから、当然のことながらソニアと同居することになったとは知らないのだ。僕だって、今朝起きた時にはそんな計画があるとは想像もしていなかった。

僕はオーブンの取っ手に掛けてあった手拭きタオルを手にタングに近づくと、雪を拭き取って体を温めてやった。

「質問に答える前に、言葉遣いには気をつけろ、タング。で、質問の答えだけど、ミセス・カッカーが今日退院した。ただ、これまでみたいにひとりで暮らすのは難しいから、それなら僕たちと一緒に暮らしませんかと提案したんだ」

「ふうん。で、どこで寝てるの？」

「エイミーが用意した空き部屋のひとつに寝かせた」

「小さい方。普通のベッドに入れ子式のスライドベッドがついてる方の部屋」

「どっち？」

「どうして大きい方にしてあげなかったの？」

「僕に訊かれても知らないよ。必要な物を手の届く範囲に置けた方がいいだろうという、エイミーの配慮かもな。とにかく、ちゃんと考えがあってのことだよ」

僕は立ち上がり、シンクで手拭きタオルを絞ると、次に洗濯機を回す時に洗おうと家事室に持っていった。タングがついてきて尋ねた。

「ミセス・カッカーは部屋から出られるの？」

「当たり前じゃないか。何で出られないなんて思ったんだ？」

「エイミーが用意した部屋に〝寝かせた〟って言ってたから。自分では動けないって意味なのかと思って心配しちゃった」

「いや、そういうことじゃなくて……とにかく心配しなくても大丈夫だから。な？ミセス・カッカーは自由に部屋を出入りできるから」

僕が家事室のドアを押さえてやると、タングは僕の腕の下をくぐって廊下に出た。

「それを聞いて安心したわ」

先に声が聞こえ、一階に下りてきたソニアが姿を現した。タングはキーンとくるような甲高い歓声を上げ、夫人の元に飛んでいってハグをした。

「わかった、わかったから」と、ソニアが応じた。「おかえり。今まで何をしてたんだい？　全身、冷え切ってるじゃないの」

「外は雪が降ってるんだ。僕は学校から歩いて帰ってきたところ」

ソニアはふんと鼻を鳴らした。

「あっちで一緒に座って、学校に着ていくコートを持っていない理由を聞かせてちょうだい。それと、お嬢ちゃんがどこにいるかも」

「ここだよ」

キッチンから間髪入れずに返事が返ってきた。

「ちなみに、コートならタングは持ってるよ。ただ、前はそのコートをかっこいいと思ってたけど、今はダサい気がして着たくないんだよ。もう中等学校生なのに赤ずきんちゃんみたいって思われるのがいやなの」

ボニーがそう言いながら、居ても立ってもいられないとばかりにキッチンから飛び出てきた。だが、ソニアの姿を目にするなりぴたりと立ち止まり、僕の背後に隠れた。ソニアはそんなボニーの出迎えに驚くでも慌てるでもなく、その場で静かに待った。少しすると、ボニーは僕の後ろから顔だけのぞかせ、壁に背中をくっつけると、横歩きで移動を始めた。廊下の隅を直角に曲がり、居間の入口のところで壁が途切れると、入口の幅をひょいと飛び越えた。そこからさらに壁伝いにじりじりと進み、ソニアの近くまで来たところで、しばしソニアと見つめ合った。そして、背中を引き剝がすように壁から離れると、ソニアの腰に両腕を回して抱きしめ、その脇腹に顔を埋めた。皆、ボニーが泣いていることには気づかぬふりをした。

　どんな時も僕たちの状態の把握を怠らないフランキーが、階段の踊り場に姿を現した。そのまましばらく状況を静観していたが、ボニーの涙はよい涙だと納得したようだった。

　心温まる場面を台無しにするように、ふいに玄関の呼び鈴が鳴った。ボニーはソニアからぱっと離れると、階段を勢いよく駆け上っていった。途中でぶつかられたフランキーがひっくり返りそうになっている。

「いったい誰だろうね？」

　ソニアがドアの向こうの訪問者にも聞こえるほどの声量で言った。

　訪問者の咳払いと、地面を擦《す》るような足音がした。長くこの家に暮らしていれば、それらの音を立てた人物はすぐに思い当たる。

「あら」

　ソニアがにわかに声を柔らかくして、僕を指差した。

「彼を中に通してあげるの？　あげないの？　私は向こうで座ってるわ」

ソニアは玄関に背を向けると、タングの頭を杖がわりにして、さっさと居間の方へ歩き出した。杖にされたタングがどう思っているかなどお構いなしだ。ソニアの様子からして、今のは〝通してあげなさい〟という意味だろう。僕は玄関を開けた。

ミスター・パークスが、ダイヤキルトのベストと帽子というおなじみの出で立ちで、これまたおなじみのしかめっ面をして立っていた。ただし、ベストの色は普段着ているものとはあきらかに違う。僕が玄関を開けた時、ミスター・パークスは足元を点検するかのように見回していた。玄関が滑りやすくなっていやしないかと案じているのかもしれない。

ミスター・パークスは顔を上げ、頭を少し傾けて僕の肩越しに家の中をのぞいたものの、不機嫌な吸血鬼みたいな顔のまま、僕がこう言うまでその場を動かなかった。

「いらっしゃい、ミスター・パークス、どうぞお入りください」

ミスター・パークスは口ひげが鼻の穴に吸い込まれそうな勢いで洟をすすると、誘いに応じて中に入った。ベストについた雪を払い、帽子を取り、そこについていた雪も払う。

「新しいダウンベストですか、ミスターP?」

ミスター・パークスは低くうなり、今しがた玄関前でしていたように辺りを見回した。

「今日、ミセス・カッカーが退院しました」

僕はそう伝えると、腕組みをして、その情報からミスター・パークスがあれこれ考える様子を内心にやにやしながら見守った。

「実は今、うちにいます。しばらく僕たちと暮らしましょうと提案したんです。ほら、そうすればひとりで生活せずにすみますから」

ミスター・パークスは再びうなると、たっぷり一分かけてすり足で居間に向かった。

「まあ、帰宅後はずっと横になってますけど。だいぶお疲れなんでしょう」

隣人は振り返って僕を見た。肩がしょんぼりと落ちる。玄関に戻ろうと一歩踏み出した彼に、僕は居間を指して告げた。

「今は起きてますけどね。ついさっき起きてきたんです。タングとその部屋にいますから、よかったら顔を見せてあげてください。僕はお茶を淹れてきます」

僕がお茶のくだりを言い終えるどころか、発するより先に、ミスター・パークスは早々と居間のドアを開けていた。僕はキッチンに向かうと、そのまま足音を忍ばせて居間につながる別のドアに近づき、部屋の様子をうかがった。ただ、盗み聞きをするにしても、その場にいるのが不自然にならないようにカムフラージュした方がいい。僕はわざと大きな音を立てて湯を沸かし始め、カップを取り出したりした。そして、ドアの前に戻って耳をそばだてた。

会話の内容そのものはよく聞こえなかったが、ソニアとミスター・パークスが和やかに言葉を交わしていることは十分に伝わってきた。タングは、自分はお邪魔虫だと悟ったのか、ゲーム機で遊び始めている。ちょうどいい。これで、ゲームの前に宿題をすませなさいと注意するという、居間に入っていくための正当な口実ができた。実際、先週出された生物学の宿題で、植物の生殖に関するレポートを書かなければならないはずだ。タングは興味がなくて先延ばしにしているようだったが。そんなことをつらつら考えていて、ふと気づいた。ソニアたちのためにお茶を淹れているのだから、それを持っていくこと自体が居間に入る理由になるではないか。僕は自分に呆れてかぶりを振った。スパイにならなくてよかった。才能ゼロだ。

僕が居間にお茶を運び、タングに宿題の時間だぞと声をかけていたら、ミスター・パークスがそろそろお暇《いとま》すると腰を上げた。僕は玄関まで見送りますと応じた。

玄関口で、ミスター・パークスが言った。

「ソニアをここに連れてくるのに、今はいい時期とは言えない」

僕はため息をのみ込んだ。

「おっしゃるとおりです。でも、あなたもソニアのことはよくご存じでしょう。必要以上に長く入院させられるなんて、絶対に納得しません」

ミスター・パークスはうんとうなりながら、うなずいた。

「ここにいてもあまり出かけられそうにはないがね。雪もまた降りそうだし」

僕は玄関からちらりと空を見上げた。雪がひどくなりそうな気配はなかったが、彼の懸念は理解できた。

「まあ、でも、病院に留まったところで大差ないですよね？　外に出られないのは一緒ですから。ここなら、少なくとも天候が回復すれば出かける機会も出てくるでしょう」

ミスター・パークスはもう一度うなった。

三　ボイラー問題と湯たんぽ

単なるまぐれだったのか、いくつかの天気予報の情報を総合してああ言ったのか、はたまた第六感的なものが働いたのか、とにかくミスター・パークスの雪の予想は見事的中した。地面に張った氷を覆い隠すようにして、真っ白な雪が降り積もった。イングランドではめったにないほどの積雪量で、今日、僕の家族がそれぞれに予定を立てていたとしても、それらは一夜にして延期に追い込まれた。

ソニアを事前に退院させておいてよかった。こんな天候でも、少なくとも彼女を大切に思う親しい者たちに囲まれて過ごすことができる。退院間際に担当医が変更になったことが、僕はいまだに不満だった。ソニアは結構な入院費を払っていた。当然、一貫した医療が提供されているものと思うではないか。せめて、担当医の変更を事前にこちらに知らせるくらいの配慮があってもいいだろう。

いや、それは僕が世の中に期待しすぎているのかもしれない。パンデミックを経験し、物事が土壇場で変わることにもいい加減に慣れたはずだろうと呆れる人もいるかもしれない。ただし、パンデミックのせいにはできないこともある。たとえば僕の姉の問題はパンデミック以前から始まっていた。

姉のブライオニーは、結婚生活の破綻がもたらした影響と今も向き合う日々を過ごしている。ふと気づけば夫からは離婚を切り出され、子どもふたりも巣立ち、広い高級住宅にひとりきりになっていた。なお悪いことに、周りを見ても結婚に失敗したのは自分だけだ。

離婚の話が出た当初、僕は姉の結婚は失敗だったわけではないと姉を慰めた。ディブとふたりで娘と息子をすばらしい若者に育てたじゃないか。ふたりともきっと、親の世代より人として立派な人生を歩んでいくよ、と。それでも、ブライオニーにしてみれば、離婚は気持ちの折り合いをつけるのが難しい問題だった。

結局、姉は折り合いをつけるのをやめ、いったんすべてを放り出してアメリカに渡った。それについて僕がどうこう言えた義理ではないことは百も承知だが、姉の決断には正直驚いた。人生の休憩時間と称してアメリカで子どもたちに乗馬を教えたところで何になると言うつもりはない。実際、向こうでの充実した時間は姉にとって心の癒やしにもなっていた。ただ、アメリカ行きはあくまで離婚のショックの〝反動〟という気がした。

何にせよ、ブライオニーが向こうでの日々を満喫していることはたしかだった。滞在先のミシシッピでの写真を送ってきては、やれこの馬、もしくはこの子がこの障害物を飛び越えただの、やれこの子は今日生まれて初めてパスタを食べただのと、明るい近況を知らせてくる。イングランドが強烈な寒波に見舞われている今も、自分はハーフパンツにTシャツ姿で過ごし、我が家が直面している暖房の故障問題とも無縁だと、ある意味人の不幸を楽しんでいるに違いない。

そう、暖房が壊れたのだ。雪はイングランドではつねに一大事だ。だいたいどの冬も雪は降るのに、そのたびに国民はこぞって大げさに驚く。新聞各紙も、これまでに経験したことのないような大雪だと、重大な自然災害のごとく書き立てる。だが、実際には皆がきちんと備えていないから、いざ雪が降ると右往左往するというだけの話なのだ。毎年そうだ。そして、その〝皆〟には、ミスター・パークスの予言どおりの天候に完全に不意を突かれた僕たちも含まれる。昨年の夏に自宅のボイラーを業者に点検してもらった際に、真冬に壊れたら大変だから今のうちに取り替えた方がいいと忠告されていたのに、僕たちは、仮に冬に壊れたとしても何とかなるとたかをくっていた。

例年なら雪は降ったとしても一日で、日中か夜間に降るだけですぐにやみ、人々は雪を満喫するか、雪と格闘する。どちらになるかは、雪の中に出ていきたいのか、出ていかざるを得ないのかという状況次第だろう。ところが、今回の雪はやむことなく降り続け、積もり続け、気づけば三十センチほども積もっていた。タング流に表現するなら〝定規一本分の深さ〟だ。友達から送られてきたメッセージの受け売りだ。

やんだらやんだで、今度はいつもみたいにひと晩では溶けずにしつこく残り、せっかくの快晴を台無しにしていた。

いつになく厳しい天候は、とりわけ雪のひどかったイングランド南部では影響が大きく、多くの学校が早々に大雪による休校を決めた。そんなわけで、パンデミックの時期と同様に、タングとボニーを同時に自宅で学習させることになった。休校初日は、僕もエイミーもタングに勉強しろとさえ言わなかった。同じ日にボイラーが故障し、室内の温度と外気温がほとんど変わらないような状態だったからだ。どうせ寒いのならばと、僕たちはタングに、ボニーやフランキーと一緒に庭で雪だるまでも作っておいでと勧めた。ちなみに、僕たちとの同居を始めたソニアのロボットであるフランキーも、この雪で我が家に閉じ込められている。

タングは、僕はもうそんな幼稚な遊びをする歳じゃないと文句を言ったが、彼らが外で遊んでいてくれた方が、皆が残された平常心をかろうじて保てるし、家族揃っていらいらを募らせて険悪な雰囲気に陥る事態も防げる。だから、僕たちは有無を言わさずタングを外に送り出した。だが、筋書きどおりにはいかないものだ。僕が庭に出るタングに手を貸そうとしている間にも——デッキで滑ってはいけないと思ったのだ

――タングはいら立ちをあらわにし、庭の奥までのわずかな距離さえもベンと並んで歩きたくないと言い放った。

タングももう中等学校生で、そんなふうに感じて当たり前の年頃なのに、僕はついそのことを忘れてしまう。おそらく外見が変わっていないからだろうが、僕はタングがもはや幼い子どもではないという事実をなかなか受け入れられずにいる。

エイミーと僕は並んでフランス窓の前に立ち（窓は閉めてあったが、たぶんあまり意味はない）、雪遊びをする子どもたちを眺めながら、ボイラーの修理業者が折り返し連絡をくれるのを待った。業者曰く、今日中には連絡できるはずとのことだったが、こういう日にボイラーの修理依頼が殺到するのはよくある話で、僕たちは順番待ちの状態だった。業者は、保有車両は悪天候などものともしないから、雪による道路事情を理由にお待たせすることはないと、その点だけは請け合ってくれた。通常、技術者は訪問の際に診断ロボットを連れてくる。ロボットはシステムの点検をしたり、内容次第では修理を行ったりする場合もある。そして、しばしば、お宅の装置はいつだめになってもおかしくないという脅しみたいなレポートを印刷する。事実、我が家も前回の点検時にそのレポートを渡されたのだが、例のごとく手が回らずに放置していた。そのつけが、今、回ってきている。

僕とエイミーはいつもの服に保温性の高いサーマルウェアを重ね着し、手袋もして、一枚の毛布にふたりでくるまっていた。そして、今飲まずしていつ飲むのだとばかりに、ホットワインを入れたマグカップを両手で包むように持っていた。踏んだり蹴ったりな一日である。ボニーは新雪の上に仰向けに寝そべり、両腕を上下に何度も動かし、脚も開閉させて、雪上に天使《スノーエンジェル》みたいな人型を上手に描いていた。いくつか作るうちに服の背中側が湿ってきて、服の前と後ろが見事なツートンカラーになっていたが、本人は気にするどころか気づいてもいないようだ。そのうちに今度は雪だるまを作り始めた。手始めに、作ったものの投げずに終わった雪玉を積み重ねている。投げず仕舞いになったのは、タングがこう叫んだからだ。

「ベ――――ン！　ベ――――ン！　ボニーをやめさせて！　やなんだよ。僕に投げつけてくるの、ほんとやなんだよ」

タングの訴えに、それなら雪だるまを作るかと、ボニーは雪玉を作ってはピラミッド型に積み上げていった。タング自身は認めなかったが、雪だるま作りをより楽しんだのはタングだった。ただ、細かな動きを可能にするほどの運動制御能力は持ち合わせていないから、雪玉を柱状に高く積み上げる以上のことはできず、タングが重ねていく雪玉をボニーが手でぽんぽんと押し固めていった。なかなか息の合った動作だ。

だが、僕がボイラーの修理工から〝あと二十分でうかがいます〟という電話連絡を受けている間に、エイミーがとある問題に気づいた。

「雪だるまの形を変えさせないとまずいわ」

通話を終えた僕に、エイミーが言った。

「じゃないと、ご近所さんたちに何を言われるか。もちろん、ボイラーの業者にもね」

「どういう意……あー」

僕の目に飛び込んできたのは、実に立派な男根の雪像だった。タングもボニーも雪だるまの出来に大満足のようで、エイミーがフランス窓を開けて「腕とかそういうのもつけて」と叫んでも、ふたりの力作が屈辱的な捉え方をされているとは受け取らなかった。

僕は毛布から抜け出ると、マグカップをテーブルに置き、帽子やマフラーなどをしまってある戸棚に向かった。そして、若い人たちの間でハンチング帽が流行り出した頃に柄にもなくしゃれっ気を出して買ってみたものの、エイミーにもブライオニーにも「もう若くないんだから」と指摘されて戸棚に葬ったきりになっていたハンチング帽を見つけた。姉がある年のクリスマスに僕にくれた、芥子色《からしいろ》とさくらんぼ色という趣味の悪い取り合わせのマフラーも引っ張り出した。捨てずに取ってあったのは、それが姉からのクリスマスプレゼントで、捨てればバレるに決まっていたからだ。僕が捨てられないことを姉はたぶん見抜いていたし、センスの悪いマフラーだとも思っていたに違いない。だが、その姉も今は日差したっぷりのミシシッピの大牧場にいて留守だから、少しの間雪だるまに貸してやっても構わないだろう。向こうが日差したっぷりだと知っているのは、夜中に姉からメッセージが届いていたからで、それが僕が今朝目覚めて一番に見たものだった。先に起き出したエイミーが、我が家の暖房の要《かなめ》であるボイラーが故障したという悪夢のような事実に気づいた直後に。

――そっちはとんでもない大雪みたいね（笑）。

何とも励まされるメッセージとともに送られてきた写真には、足首のところで交差させた姉の足が写っていた。日光浴用の寝椅子《サンラウンジャー》でくつろいでいる。目の前には湖があり、その向こうには美しい夕焼け空が広がっていた。僕は気のない返事を送っておいた。

――むかつく。

――ちなみに、うちのボイラーはストライキ中。

それはさておき、僕が、姉からもらった醜いマフラーとタンスの肥やしと化していたハンチング帽を手に階段下のスペースに設けられた戸棚から戻ると、公然わいせつ罪に問われそうな雪だるまは、ボニーとタングの手で多少は見られるものに進化していた。やれやれ。

僕はフランス窓を開けてデッキに出た。

「ほら」

デッキの階段の手前から帽子をフリスビーみたいに投げたら、フランキーの上に着地した。狙ったわけではなかったが、ボニーもタングもフランキーもおかしがって笑った。ボニーが僕のところまで来てマフラーを受け取ると、深い雪の中を、ギュッ、ギュッ、と足を大きく上げては雪を踏みしめるようにして、いかにも大変そうに雪だるまの方に戻っていった。いや、ちょっと大げさすぎないか？

雪だるまが帽子とマフラーをつけてもらっている間に、僕は室内に戻ってフランス窓を閉めた。ふと見ると、エイミーが眉をひそめている。

「どうかした？」

エイミーは顔をしかめ、ホットワインを盛大にひと口飲むと、顎《あご》をくいっと前に出して雪だるまの方を示した。

「今度は公園に出没する露出狂みたいになってる」

エイミーの指摘に振り返ったら、そこにはたしかに露出狂と化した雪だるまがいた……幸い、現実に露出狂と出くわしたことは一度もないが。

「帽子とマフラーを回収しにまた外に出るのはごめんだ。雪が溶けるまで、あのまま庭で露出狂よろしく突っ立っていてもらおう」

僕はマグカップを手に再び毛布にくるまると、ぶるりと身震いして体から冷えを追い出した。雪と戯れるタングやボニーを眺めるうちに、いつしか僕の意識は庭全体に移り、ふたりは景色の一部と化した。

「庭に椅子を用意した方がいいかな？」と、僕は言った。

「椅子？　露出狂のために？」

「そんなわけないだろ。ソニアが庭でくつろげるようにだよ」

「デッキがあるじゃない……」

「それはそうだけど、デッキの向こうの方が広いのに、そっちには座れる場所がない。柳の木の周りにベンチでも置いたらどうかな？　あそこからの眺めはいいからさ」

「タングはうちに来た時からあそこがお気に入りだったわよね」

そう言ってエイミーがほほ笑んだ。僕は妻の肩を抱き、頭にキスをした。タングと出会った時のことを、気まずくならずに温かな気持ちで語り合える今を幸せに思った。あれから何年もたつが、タングが僕たちの人生にひょっこり現れた時、僕たちが夫婦円満とはほど遠い状態だった記憶は今もしっかりと心に刻まれている。

スマートフォンがブーッと振動してメッセージの着信を告げた。ブライオニーからだ。ボイラーの故障を知り、さすがにさっきのメッセージは申し訳なかったと反省したらしい。

――それは困ったわね。業者には連絡したの？　ガス契約にボイラー管理は含まれてないの？　直るまでにどれくらいかかるの？

姉が多少なりとも同情を示したことに満足した僕は、こう返信した。

――うん、困ってる。もちろん呼んだよ。ボイラー管理も含まれてる。修理にかかる時間は部品の取り寄せの状況次第だ。生産が終了してる古いボイラーだから。一日二日かかるかも。

――一日二日!?　その間暖房はどうするの？　料理は？　明かりは？

僕は姉をからかいたくなった。

——まあ、エイミーが趣味で獣脂ろうそくを作ってるし、家族全員、火のおこし方はボーイスカウト並みに習得してるから。燃料になりそうな参考書も探せば何冊かあるだろうし、火をおこしたあとは、フランキーやタングを抱きしめて暖を取るよ。ほら、あのふたりは数分も火のそばにいれば最高のラジエーターになるから。

姉から悪態が返ってきた。

——僕たちなら大丈夫だ、ブライ。壊れたのはボイラーだけだから。シャワーは何日か浴びられないかもしれないけど、電気やなんかは普通に使える。全員の部屋に電気ヒーターを一台ずつ置いてあるし、ソニアの部屋にいたっては二台ある。ミスター・パークスが今朝追加で一台持ってきてくれたから。イングランドといえども今は二十一世紀。中世の暗黒時代じゃない。

——まあ、みんなが安全に過ごしてるならそれでいいけど。

——大丈夫だよ。ありがとな。そっちはたっぷりの日差しを楽しんで。

――こっちも言うほど暖かくはないのよ。まだ冬だもの。今日は十八度しかない。まあ、じきにそっちに帰るから、その時はみんなで寒さに耐えましょ。

僕はスマートフォンをしまった。

「注文完了」と、エイミーが言った。

見ると、彼女もスマートフォンを取り出し、画面をスクロールしていた。

「注文って、何を?」

「ベンチ。ソニアのために買うべきだって、さっき言ってたでしょ?」

「あれはただの思いつきで……」

「私もいい考えだと思ったから。うまくいけば二、三日で届くわ」

「冬に庭用のベンチを設置するってのも妙な気がするけどな」

エイミーは肩をすくめた。

「ボイラーの修理を待つ間、他にすることもないじゃない」

他にすることならいくつか提案もできたが、エイミーの顔には〝庭のベンチを組み立てるのは決定事項、以上〟と書いてあった。

その時、玄関の呼び鈴が鳴った。僕はホットワインをエイミーに渡し、毛布から抜け出ると、エイミーに話しかけつつ玄関に向かった。

「ひょっとしたら業者が僕たちを哀れんで早めに修理にきてくれ……あ、ミスター・パークス。貸してくださったヒーター、やっぱりご入り用でしたか？　今、ソニアが使ってて……」

「彼女に湯たんぽを持ってきた」

ミスター・パークスはそう言うと、背後に隠し持っていた、茶色っぽいカバーに包まれたピンク色のへなっとした物体を僕に見せた。注ぎ口のところを握りしめているせいで、死んだ鶏みたいに見える。注ぎ口付近のゴム素材の傷み具合からして、僕が生まれる前から使ってきたものなのではないか。ミスター・パークスが湯たんぽを差し出すと、水が跳ねる音がした。受け取った湯たんぽはすでに温かかった。ミスター・パークスが湯たんぽを指差した。

「やかんで湯を沸かすのにも苦労してるんじゃないかと思って、湯を入れておいた。彼女のために」

ブライオニーと同じで、ミスター・パークスも我が家で故障しているのはセントラルヒーティングだけで電気は普通に使えるのだという事実を今ひとつ理解できていないようだ。今日、一度目にミスター・パークスが訪ねてきた際に説明したはずなのだが。それにしても、僕のこれまでの人生でミスター・パークスに会った回数は、ソニアが退院するまでの四十数年よりソニアが退院してからの数週間の方が断然多い。

「えっと……ありがとうございます」

僕は礼を述べると、湯たんぽをミスター・パークスに差し出した。

「ソニアなら自分の部屋にいます。二階に上がってご自身で渡してこられてはいかがです？」

ミスター・パークスは啞然とした。

「それはいかん！　いかん……いかんよ。いや、つまり……そんなことは不適切だろう。そんなふうにご婦人の部屋に入るのはよろしくない。彼女が何と思うか」

彼の言わんとしていることを理解するのに一秒もかからなかったし、それについては深く考えたくないととっさに思った。だがすぐに、そうでもないかと思い直し、少し意地悪をしてみることにした。不思議と罪悪感はなかった。

「そう言わずに持っていったらいいじゃないですか、ミスターP。ソニアならきっと気にしませんよ。むしろ喜ぶんじゃないかな。あなたが……話し相手になってくれたら」

ミスター・パークスはかぶっていた帽子を取り、雑巾でも絞るみたいに両手でねじり始めた。顔が赤くなっている。やがて頭を左右に振り始め、そのまま止まらなくなった。脳卒中でも起こしたのではないかとにわかに心配になってきた。もしそうなら僕のせいだ。今になって罪悪感が襲ってきた。僕はこの手で窮地に追い込んでしまったミスター・パークスを救うべく、二階に向かって声をかけた。

「ソニア、起きてますか？」

くぐもった声が返ってきた。

「昼寝中よ。そっとしといてちょうだい」

「ほら、ごらん」ミスター・パークスが裏返りそうな声で言った。「彼女は昼寝中だ。邪魔しては悪い」

その言葉を無視して、僕はもう一度、二階に向かって呼びかけた。

「ミスター・パークスが湯たんぽを持ってきてくださったんです」

そこでいったん言葉を切り、ミスター・パークスにゴム製の湯たんぽを返した。そして、ソニアに向かってこうつけ足した。

「あなたにお渡ししたいそうです」

ミスター・パークスが激しく動揺して顔をしかめた。あまりのしかめっぷりに、くしゃっと寄ったしわとしわの間に口ひげが折りたたまれてしまいそうだった。ミスター・パークスは湯たんぽをベストの内側に突っ込むと、再び帽子をいじり始めた。

つかの間の沈黙のあと、ソニアの部屋のドアがわずかに開く音がした。

「そう……それならどうしていつまでも玄関先でごちゃごちゃやっているの？　すぐ

にお通しして」

僕は脇にどいてミスター・パークスを家に招き入れた。

「一階まで受け取りにいらっしゃいますか？」

僕が素知らぬふうに尋ねたら、再度短い沈黙が流れ、ソニアの部屋のドアが開いている分、さっきよりもはっきりとした返事が返ってきた。

「いいえ……いいえ、ちょっと……今日はこのまま部屋にいた方がよさそう。腰がうずくように痛むし、一階は寒すぎるから。ご迷惑でなければ二階に上がってもらうように頼んでくれる？」

僕はミスター・パークスを振り返った。その顔色は今や紫で、帽子は二度と元の形に戻りそうになかった。

「ご迷惑でなければ、二階までご足労願えますか？」

四　ニュース

「今のは何だったの？」

居間に戻った僕にホットワインを渡しながら、エイミーが尋ねた。僕は頭を横に傾けて、一緒に来るように合図すると、キッチンに移動して湯を沸かし始めた。ソニアに頼まれたわけではなかったが、ここはお茶を淹れるべきだろう。その間にエイミーに事の次第を説明した。エイミーは笑って僕の腕を軽くぴしゃりとはたいた。

「ほんと意地悪なんだから！　ミスター・パークスもかわいそうに！」

「そんなことないよ。少しは背中を押してあげないと、このまま一生、玄関先でぐずぐずして終わっちゃうよ」

「だとしても、拒絶されるとわかっている状況に放り込むなんてあんまりだわ」

「拒絶されると決めつけるなよ」

「だって相手はソニアよ。拒絶から入るに決まってるじゃない！」

「そうかもな。でも、二階の部屋にあっさり招いてたよ」

そう言ってウインクしたら、エイミーは眉をひそめた。だが、すぐに表情が変わった。これは何かを思いついた時の目だ。

「ああ、ハエになってソニアの部屋の壁にとまりたい」

僕は怪訝《けげん》な顔でエイミーを見た。

「何よ？ 今どんな様子か知りたくないの？」

僕は数秒思案した。

「知りたいような……絶対に知りたくないような。まあ、どっちにしろ君がどこかに隠しカメラでも……隠してない限りは知りようがないな」

エイミーが僕を鋭く睨んだ。

「そんなもの、隠してるわけないでしょ。でも、その気になればスパイは送り込める」

「というと……？」

エイミーがキッチンを出ていき、僕もあとに続いた。湯を沸かしていたことはすっかり忘れていた。エイミーが庭にいるタングを指差す。タングはボニーに向かって両腕を振り回していた。ボニーはタングに雪を投げつけるのに夢中で、タングがそれを楽しんでいようが嫌がっていようがお構いなしだ。雪だるま作りには飽きたらしい。

「タングはちっとも楽しそうじゃないな」僕はつぶやいた。

「そうね……むしろ助け出してあげた方がよさそう」

僕たちは顔を見合わせた。エイミーがフランス窓を開け、大声で呼びかける。

「タング？ ちょっとこっちに来てくれる？ それとボニー、雪を投げつけるのはやめなさい！」

ボニーはエイミーをきっと睨むと、雪だるまを蹴った。当然、エイミーに鬼のような形相で睨み返され、足を引っ込めた。かわりに針葉樹の枝を引っ張っては離し、積もった雪をはじき落としていく。とばっちりを食ったのはフランキーで、雪のシャワーを浴びる羽目になっていたが、胸元のモニターを確かめたら笑っている絵文字が表示されていたから、特に気にしてはいないようだ。

一方タングは、目一杯の早足で家に戻ってきた。フランス窓を閉め、ぶるりと小さく身震いする。

「助けがいりそうに見えたんだ」

僕の言葉にタングはうなずいた。

「うん、助かった。ありがとう。で、何の用？」

エイミーがタングの手を取り、ラジエーターの前に連れていった。雪が溶けて滴がしたたり、タングの足元に小さな水たまりができた。タングから湯気が上がり始める。

「私、というか私たちからのお願いなんだけど、ミセス・カッカーのところに行って、しばらく優しく抱きしめてあげてほしいの」

エイミーは、ほぼ蒸発してわずかに残っているだけのタングの肩の水分を手で拭った。タングはエイミーを、次いで僕を見ると、眉をひそめるように瞼《まぶた》を斜めに下げて、いぶかしげな顔をした。数分前に僕がエイミーに投げかけたのと同じ表情だ。

「何で？」

「タングの体がすっかり乾いたら、いい感じに温かくなるでしょう？　今の我が家ではどんな温もりも貴重だし、とりわけミセス・カッカーには体を温められるものが必要。もう少し暖かくしてあげられたら、ほっとすると思うのよね」

僕は呆れて首を横に振ったが、タングはエイミーの言葉を素直に受け取ったようだ。最後の湯気が消えると、肩をすくめ、階段を上がっていった。踊り場を過ぎてタングの姿が見えなくなると、エイミーは僕を振り返り、手のひらをこちらに見せて両手を挙げた。

「タングを送り込むくらい、害はないでしょう？」

僕はもう一度かぶりを振ると、ソファに腰かけて毛布にくるまり、タングからの報告を待った。エイミーも隣にやってきて、ソニアが好んで読んでいる新聞を手に取り、目を通し始めた。僕たち夫婦はニュース記事はもっぱらインターネットで読んでいるから、家に紙の新聞があるのは新鮮だった。ふと、エイミーがめくった紙面に掲載されていた記事が目に留まった。僕は、ページの半分を占める老人ホームの写真つきの記事を指差した。

「それ、何の記事？　老人ホームの名前に見覚えがあるんだけど」

「レディング（ロンドンの西に位置する都市）の施設で発生したセキュリティーの問題で捜査が行われているみたい」

「セキュリティーの問題？　何者かが入居者を勝手に連れ出したとか？」

　エイミーがまさかというように目をぐるりとさせた。

「情報漏洩みたいよ。それだけじゃなさそうだけど」

　そのまま記事を読み進めようとしたエイミーが数行読んだか読まないかのところで、僕ははっとした。

「そこって、病院がソニアに入居を勧めた施設だ。どこかで見た名前だと思ったんだ。クロス先生がチラシをくれたよな。もうリサイクルに出しちゃったけど。ソニアがホームに入らないと言い張ったのは正解だったな。今頃、その施設は大変な騒ぎになってるだろう」

　エイミーは気遣わしげにうなずいたが、意見を述べることはなかった。僕らがスパイとして送り込んだタングが戻ってきたからだ。タングはテレビの前にドサッと座ると、ゲーム機の電源を入れた。少なくともタングは、我が家の電気が生きていることをちゃんと認識している。

「で？」

エイミーの問いかけに、タングが頭をくるりと回して彼女を見た。

「で、って？」

「部屋に行ったの？」

タングは肩をすくめると、テレビ画面の方に顔を戻した。

「うん。でも、ドアをちょっと開けただけ。そうしたらミセス・カッカーがベッドから立ち上がってさ。ノックをしないなんてお行儀が悪いって注意されて、お客様がいるのが見てわからないのって言われちゃった。部屋にはミスター・パークスもいたよ」

タングはいったん言葉を切ると、頭をかすかに横に傾げた。

「ミセス・カッカーは、今は僕のハグはいらなさそうだった。あとでもう一度行ってみようかな」

そして、ゲームに意識を戻した。僕はエイミーと顔を見合わせ、にんまりした。エイミーがタングの方に大きく身を乗り出す。

「他には？」

タングはちらりと横を見やり、わずか数センチ先に迫ったエイミーの顔を見てのけぞった。

「何を期待されてるのかわかんないんだけど」

「ふたりはどうしてた？　ミセス・カッカーとミスター・パークス。どうしてた？　彼は座ってたの？　ミセス・カッカーはどこに座ってた？　ふたりはどれくらい近くにいた？」

「ほらほら、ミス・マープル、いったん落ち着け」

僕はエイミーの袖をそっと引っ張り、タングを怖がらせるのはやめてソファに座り直すよう促した。当然のことながらエイミーは僕の手を払い、タングの答えを待った。

「言ったでしょ。僕が行くまでミセス・カッカーはベッドにいて、僕が部屋をのぞいたら立ち上がった。ミスター・パークスはドレッサーの椅子に座ってた。ドアを開けるまでふたりの話し声が聞こえてたから、おしゃべりしてたんじゃないの？　まだ何か知りたいなら、自分で行ってきて」

エイミーが僕を振り返る。

「やめときな。もう、そっとしといてやろうよ！」

そう諭してエイミーの手を握ろうとしたその時、天井からドンという音が響いた。

僕たちは揃って頭上を見上げた。エイミーが目の前のローテーブルから空になったマグカップを手に取ると、すばやく立ち上がり廊下に向かった。僕もあとを追った。居間を出ようとした僕たちの背中に、タングが呼びかけてきた。

「そういえば、僕が部屋に行った時、ミスター・パークスがミセス・カッカーの手を握ってたよ。まあ、ミセス・カッカーが立ち上がったら放したけど。ミスター・パークスの心拍、かなり速くなってた。これは僕の勘だけど、ミセス・カッカーをデートに誘ってたんじゃないかな」

僕はすぐさまタングのそばに戻り、タングに近い方のソファの肘掛けに浅く腰かけた。

「どうしてそう思うんだ？」

タングは頭をぐるりと回転させて僕を見ると、またしても肩をすくめた。そろそろ肩の関節部分にオイルを差した方がよさそうだ。

「だって、人は誰かを好きになったらそうするものでしょ？」

タングはそう答えると、少し間を空けて続けた。

「そうする勇気があればだけど」

いろいろと気になる発言だ。エイミーも同じように感じたらしく、こちらに戻ってきて僕とは反対側のソファの肘掛けに腰かけた。タングが僕に向けていた顔をさらに回転させてエイミーを見た。めったにやることではないが、タングが頭をほぼ一回転させる姿にはいまだに少しびっくりする。フクロウにも見られる動作だが、人間は……まあ、まず無理だ。フロリアンみたいなタイプのアンドロイドでさえ、首が一回転するようには作られていない。一緒に働く人間をぎょっとさせないためだ。

ひょっとしたら、タングが頭が一回転する機能をあまり使わないのは、僕が今みたいな反応を見せるせいかもしれない。人間には聞こえない音を拾う能力にしても、それを発揮すべき時とそうではない時とをわきまえることを求められる。つい忘れてしまうが、それはタングにとってけっこうな負担になっているのではないか。

「タング、ミスター・パークスがミセス・カッカーを好きだと、どうしてわかったんだ?」

タングが僕の方に顔を戻した。

「ベンたちと一緒の理由だよ。バレバレだもん。しょっちゅううちに来るし、湯たんぽも持ってきたし、ヒーターだって一台追加で持ってきた。ミセス・カッカーが事故に遭った時もすごく心配してたし。他のみんなはブライオニーの心配をしたりフランキーのことを気にかけたりもしてたけど、ミスター・パークスはあのふたりのことはそこまで心配してなかった。ブライオニーのことは赤ちゃんの頃から知ってるのに。あと、うちの私道が滑らないようにもしてたし」

僕は口をぱくぱくさせた。エイミーもだ。むろん、僕らも少し前からミスター・パークスの気持ちを確信していたが、タングの方が早かった。言われてみれば事故直後の記憶は曖昧で、あの時ミスター・パークスが何を言い、何をしていたかはよく覚えていない。だが、タングの言うとおりだ。ミスター・パークスはもう何十年も知っている姉より、まだ知り合って日の浅いミセス・カッカーの心配をしていた。その事実を合理的に説明する理由はひとつしかない。

僕は咳払いをして、うなずいた。

「なかなか鋭いな。ちなみに……タングはどうやって……いつ……」

的確な言葉を探してまごつく僕を尻目に、エイミーは席を外すことにしたらしい。僕の肩を軽く叩き〝あとはふたりでごゆっくり〟と声は出さずに唇だけ動かすと、僕が睨むのも構わず居間を出ていった。僕は改めてタングに尋ねた。

「さっきタングは、〝誰かを好きになったら〟って言ったけど……」

幸い、その先はタングが引き取ってくれた。

「ベンが訊きたいのは、僕が人を好きになるのがどういうことかを何で知ってるのかってこと？」

「まあ……うん。そうだな、そういうことだ」

「僕、もう中等学校生だよ。その僕に、人間の恋愛についてどうして知ってるのかなんて本気で訊いてるの？」

「そうだよな。今のはばかな質問だった。要はさ……」

タングは何も言わずに僕を見つめ、瞬きをした。

「要は……」

「要は何、ベン？　何が言いたいわけ？」

「おまえ、僕を困らせてちょっと楽しんでるだろ」

「ちょっとね」

その時、ふいにピンときた。僕が気づけなかっただけで、この会話のはじめの方で、タングは無意識のうちに自分自身の悩みも打ち明けていたのだ。僕は肘掛けから滑り下りるようにしてソファのクッションに座り直すと、前屈みになって膝に肘を置いた。

タングはすでにゲームに戻っている。

「タング、さっき〝そうする勇気があればだけど〟って言ってたけど、あれはどういう意味だ？」

「いつ？」

「さっき。人はお互いを好きになると相手をデートに誘うって話の時。そのあとで、〝そうする勇気があればだけど〟って言ったろ？　あれってひょっとしてタング自身の経験から来る悩みなのか？」

「そんなわけないじゃん！」

やけに早口に否定する。僕はわかったわかったというように両手を挙げた。

「ごめん、僕の勘違いだ」

そう言って立ち上がると、ドアの方に足を向けた。

「まあ、じゃあ僕は……エイミーの様子でも見てくるかな」

タングはこちらを振り返らず、今回は肩もすくめなかった。ただ、首の関節部分がかすかにウィーンと音を立てるのが聞こえた。一瞬僕に視線をやろうとして、ここはクールにやり過ごそうと思い直したのだろう。僕はこのまま部屋を出ていくか、迷った。すると、タングが大げさな身振りでゲーム機のコントローラーを床に置き、すばやく立ち上がった。

「ただ」と僕を振り返り、胸元をいじる。「ただださ、僕が人間だったら、もっと簡単なんだろうなって思って」

僕はタングのそばに戻り、ソファにもう一度腰かけた。

「何が簡単なんだ、タング？」

「誰かを好きになった時。人間が人間をデートに誘うのは簡単でしょ？ 人間が別の人間を好きになったら、デートに誘うものだから。ディナーとか映画とか。あと、あの重たいボールを使うやつ。マジックハンドの手じゃうまくできないから、僕には無理だけど」

「クリケット？」

タングは瞼を斜めにして、僕をじとっと睨んだ。

「ボウリングだよ」

「ああ、そっちか」

「人間デートでボウリング行く」

言語能力が退行している。それだけタングの感じているストレスは大きいということだ。正しい英語に直そうかと一瞬迷ったが、やめておいた。今は言葉うんぬんより、違う形でタングを助けてやろう。

「自分以外の人にとっては簡単そうに見えるって気持ちはよくわかるよ。あいつもこいつもデートしてて、気づけばデートしてないのは自分くらいだって気がしてくるんだよな。でもな、タングがそんなふうに感じる時、学校内で同じように感じてる子は実は他にもたくさんいるんだよ」

タングは自分の両手を見下ろした。

「人間の子が？」と、つぶやく。「そんなの信じらんない」

僕がタングの肩に手を置いたら、タングはしばらくしてようやく顔を上げて僕を見た。

「いいか、タング……たしかにおまえは他の子たちとは違うし、その事実は変えられない。でも、試しに友達に訊いてごらん。まず間違いなく、自分たちも同じように感じてたって答えが返ってくるはずだから。人間に生まれたからって、好きな人とうまくいく方法が書かれた説明書がついてくるわけじゃない。僕は中等学校時代、ある女の子にずっと片思いしてて、でも告白はしてなかった。そうしたら、ある時誰かが僕の気持ちを本人に話しちゃったか、もしくは本人が自分で気づいたか、その辺りのことは忘れたけど、とにかく好きなのがバレちゃってさ。でも、僕の気持ちを知っても彼女としては僕とつき合う気はなかった。人間だって、いつもうまくいくわけじゃないんだ」

タングが瞼を下げて難しい顔をした。

「それ、本当？　ベンの中等学校時代の話」

「誓って本当だ」

実際、事実だった。相手はレナータという子で、あの恋については思い出すといまだに胸が痛む。そのことはタングには黙っておいたが。

「それで、ベンはどうしたの？」

タングはソファによじ登り、僕の肩に頭をもたせかけた。タングの金属の頭の冷たさが、セーター越しに伝わってきた。さっきタングがソニアをハグしなかったのは、結果的に正解だったのかもしれない。危うくソニアから一生文句を言われ続けるところだった。僕は毛布を引き上げ、タングと一緒にくるまると、答えた。

「どうだったかな……最終的には、僕のことを好きになってくれた別の子とつき合ったんじゃなかったかな。昔のことだから忘れちゃったよ」

五　修理工と連れのロボット

ミスター・パークスは誰にも気づかれずにそっと我が家をあとにした。ミスター・パークスにとってはそれでよかったのだろうが、彼の言動から何か読み取れないかとわくわくしていた僕とエイミーは完全に肩透かしを食った。あとになり、ゆっくりした足取りで夕食に下りてきたソニアは、本人が意図して話してくれたこと以外は何も教えてくれなかった。食後にボニーとテレビを見ようと席を立ったソニアは、こう告げた。

「お天気がよくなったらアフタヌーンティーに行ってくるわ。車で送ってもらう必要はないけど、その日数時間はあの子を見てあげられないから」

人差し指を、すでに居間でくつろいでいるボニーの方に振る。

僕はエイミーと顔を見合わせ、もう少し詳しい話を聞き出そうと口を開きかけたが、ソニアの表情を見てやめた。

「この件については質問するだけ無駄よ。答える気はないから」

ソニアはそう言い残してダイニングルームを出ると、ボニーと並んでソファに座ってクイズ番組を見始めた。最近はそんなふうにふたりでクイズ番組を見ては、正解数を競い合っている。

「余計な詮索はするなと釘を刺されちゃったわね」と言って、エイミーが唇の端を吊り上げるように笑った。

それ以降、ソニアがミスター・パークスとの関係について語ることはなかった。何かと口実をつけては日に何度も我が家の玄関先に現れていたミスター・パークスも、めっきり姿を見せなくなった。それでも翌日の夕方、リサイクルゴミの回収箱を表に出そうと外に出ると、ミスター・パークスが車に掃除機をかけていた。「こんばんは」と声をかけたら、ちらっと視線を寄越したものの、聞こえなかったふりをした。前日に彼をからかったことを根に持っているのかもしれない。まあ、当然か。もしくは、ソニアと同じで、僕たちには何も話さないと決めたか。その両方かもしれない。ふたりの関係がこの先どうなるか、黙って見守るしかなさそうだ。

それはさておき、数日後、エイミーの言葉どおりに庭用のベンチが届いた。重なる時は重なるもので、同じ日に修理工コンビもボイラーを直しにきた。ミックという名の修理工の男はジーンズにシャツ姿で、小さなロボットを連れていた。ロボットの一番の役目は、ミックがため息をつきながら作業する間、額についた懐中電灯でボイラーの内部を奥まで照らすことのようだった。修理工コンビが訪ねてくるまで、僕たち夫婦はベンチの組み立てに悪戦苦闘していた。その間、僕はエイミーに二度ほど、こんなに急いでベンチを注文する必要はなかったし、組み立てももっと暖かくなるまで待った方がよかったと指摘したが、それを認めればエイミーの面目は丸潰れになるわけで、当然組み立ては続行となった。

そこへ、いまだ休校中で自宅学習が続いているタングが、金属や合金に関する課題をダイニングテーブルの上に放り出し、庭のデッキにふらりと出てきた。ボニーやフランキーと並んで僕たちの作業を眺め、的確な助言と前向きとは言えない発言を織り交ぜつつ口出しをしてくる。

「あそこにある電動ドライバーを使いなよ、ベン」ある時点でタングが言った。「その方が、そのレンチを使って手でやるより簡単だよ」

「そうだな、タングの言うとおりだよ」

僕はそう答えつつ、奥歯を食いしばって大きな厚い板材を起こした。

「ただ、見てのとおり電動ドライバーはあっちにある。もしタングが取ってきてくれるなら……」

「まだ滑りやすそうだから、やめとく」

そんな調子で組み立て作業が続いていたから、ボイラーの修理工コンビが到着した時には、よりによってこのくそ忙しい時に、とは全然思わなかった。僕が応対するよと、いかにも面倒を引き受けている体で請け合うと、エイミーとボニーとフランキーを庭に残して玄関に向かった。タングは僕についてきた。

修理工のミックとロボットは仕事のコンビとしては奇妙な組み合わせに見えた。何しろロボットの方は注意力が散漫で、いざ家事室での作業が始まっても、懐中電灯の光が肝心の場所を照らさずにあっちこっちを向いてしまうのだ。

「まだトレーニング中なんだ」と説明すると、ミックはロボットの頭をゴンと叩いた。いや、頭に当たる部分と言うべきか。ロボットの外観はただの灰色の立方体で、そこにタングのものと似た腕や足がついていた。上部のヘッドライトがひとつ目の生き物の目みたいに見える。

「集中しろ！　頼むよ！　ウィリアム。ちゃんとやってくれ……こっち。こっちだって！」

ミックに手荒く注意されたロボットのウィリアムは、頭を回転させてヘッドライトでボイラー内部を照らした。僕とタングは顔を見合わせた。ふたりとも、ミックが相棒のロボットに手を上げたことにショックを受けていた。すると、今度はウィリアムがにわかに体を起こしてピストンみたいな円柱状の脚でフラミンゴよろしく片足立ちになり、ミックのすねを蹴った。

ミックが振り向き、懲らしめてやるぞとばかりにウィリアムに人差し指を突きつけた。だが、間に入った方がよさそうだと僕が身構えた次の瞬間、ミックとウィリアムは揃って笑い出した。ミックはウィリアムの角張った肩をポンと叩くと、ボイラーの修理作業に戻った。おかしなコンビだ。

それからほどなくして、庭にいたボニーが家事室の奥の勝手口から小走りで中に入ってきた。家事室の手前側ではミックとウィリアムが作業をしていた。ふたりの姿を見るなり、ボニーははっと立ち止まり、初対面の人が訪ねてくると必ずそうするように、目を鋭く細めて不信感をあらわにした。だが、ボイラー内部の部品が床に整然と並べられているのに気づくと、好奇心に抗えなくなった。

「それ、何？」

ボニーが指差した先には、ボルトや小さな金属部品がまとめられていた。そのどれが、質問せずにはいられないほどボニーの興味を引いたのか、僕にはさっぱりわからなかった。ミックが壁のくぼみに頭を突っ込んだまま、何やらぼそぼそとウィリアムにつぶやくと、ウィリアムがボニーに向き直り、質問に答えた。それを聞いたところで僕には意味不明で内容がさっぱり頭に入らなかったが、ボニーは満足したようで、その部品は何？　あの部品は何？　と質問を重ねた。その様子に、あとは当人同士で好きに話してもらうことにして、僕とタングはその場を離れた。訊きたいことをひととおり訊いて満足したら、ボニーが空腹を訴えてくるのはわかっていたので、僕はパパの株を上げるべく、頼まれる前にサンドイッチを作ることにした。

キッチンで作業をしていたら、エイミーが入ってきた。後ろにフランキーもいる。寒そうにしているエイミーを見て、僕はコーヒーメーカーの電源を入れたが、コーヒーを淹れる間もなくエイミーに手を引かれて庭に連れ出された。エイミーがじゃじゃーんとばかりに大きな身振りで、完成した木の下のベンチを披露した。黄色がまぶしい立派なベンチで、まだ新しい木材からは森の匂いがした。柳の木をぐるりと囲んでいるから、三六〇度どこでも座れる。

フランキー以外は全員屋内に引っ込んでしまい、ひとり取り残されながらもベンチを完成させたエイミーを、僕は抱きしめ、すごいと称えた。

「正直、ひとりになってからの方が作業がすいすいはかどったわ」

そう言ってエイミーは笑った。

「それでもすごいよ」

まだまだ褒め足りないとばかりに賛辞を浴びせようとしたところで、ポケットの中のスマートフォンが振動した。今回もブライオニーからのメッセージだろうと、ほほ笑みながらスマートフォンを取り出したら、カトウからの電話だった。普段、彼とはメールでやり取りをしているから驚いた。それが顔に出たのだろう。

「どうかした？」と、エイミーに訊かれた。

「いや、そういうわけじゃないんだけどさ」

僕はエイミーの方にスマートフォンの画面を向け、そこに表示された発信者の名前を見せた。エイミーも意外そうな顔をした。僕は電話に出ると、和やかに挨拶しようとした。それを、カトウが唐突に遮った。

「君に頼みがあるんだ、ベン」

いやに深刻な口調だ。

「どうした？　何かあったのか？」

「何もないよ」

いったんはそう答えたものの、カトウはすぐにこう続けた。

「いや、ある。ない。いや、あるんだけど、電話では話せないんだ。ごめん」

「ちょっと待ってくれるか、カトウ？」

僕はスマートフォンを胸元に当てると、エイミーを見て、家事室の方を示した。そこでは、おそらく今もミックとウィリアムがボニーの相手をしているはずだ。家の中にはソニアやフランキーもいるが、娘を見知らぬ他人と家事室で三人にしておくのはやはり心配だ。そう伝えたら、エイミーは僕と家とを見比べ、最終的には中の様子を見にいく方を選んだが、僕は違和感を覚えた。エイミーはなぜ戻ることをためらったのか。たしかにベンチはすばらしい。だが、こうしてちゃんと見たのだから、これ以上披露すべきものなどないだろう。それとも、カトウの用件が気になるのだろうか。だとしても、僕がカトウから聞いた話を自分だけの秘密にするはずもないのに。

何にせよ、エイミーはしばらく逡巡してから家の中に入っていった。僕は木の下のベンチに腰かけ、カトウとの通話に戻った。

「カトウ？　待たせてごめん。で、頼みって何かな？」

六　気づき

毎年、年の初めには同じことを願う。平穏な日常だ。そして、毎年エイミーに同じことを言われる。それは叶わない願いだ、と。

「それに」と、昨年の十二月三十一日にエイミーは言った。「あなただって本当はわかっているんでしょう。そんなの無理だって」

「無理なんて誰が決めたのさ。平穏無事な暮らしや、娘やロボットたちの安全や幸せを願うことの何がいけない？」

「いけなくはないわ」

エイミーは僕の頭に紙のパーティーハットをバランスを取りながら載せると、顎にゴム紐をかけた。

「でも、穏やかな日常を望めない理由を、今自分でも言ったじゃない。子どもはカオスを招くものだし、加えてロボットまで育てるとなると……ね、無理でしょ？」

「だからって、毎日ハラハラドキドキしっぱなしってわけでもないだろ？　これまでだって平穏な時間はあっただろ?」

「もちろんあったわ。でも、それが一年を通して続くことはないと思う」

「そうかな。トラブルのなかった年だって……」

エイミーが片方の眉をひょいと上げた。それだけで彼女の言いたいことは伝わった。

「あなたのそういう夢見がちなところ、嫌いじゃないわ」

そう言って僕にキスすると、エイミーは飲み物をおかわりしにいった。

「僕はただ、皆が新しい一年を無事に過ごせるように願っているだけだよ」

僕はひとりつぶやいた。

わがままな願いだとは思わなかった。過去一年はさまざまな理由で病院に何度も世話になった。そんな状態を新しい年に持ち越したくはない。

だが、エイミーが正しいことは彼女と話している時からわかっていた。実際、今年は始まりこそそれなりに落ち着いていたが、カトウからの電話を受けた瞬間に、平穏無事な一年は幻と消えた。カトウ一家は、ロボットのジャスミンも連れて四日後に日本から到着する予定だ。楽しく集うために来るわけではない。カトウの妻リジーや息子のトモはそうかもしれないが、カトウとジャスミンの目的は違う。

ふたりが来るのは何らかの差し迫った問題があるからで、僕たちもじきにそこに関わらざるを得なくなる。

問題は、僕たち家族のうち、いったい何人が関与することになるかだ。

それでも、あと四日は〝普段どおり〟の日常を送れる。それを最大限楽しもう。一生やまないかと思われた雪もやんだ。太陽が久しぶりに顔を出してから数日もすると、積もった雪は跡形もなく消え、サッカーボール大の白い雪だるまの残骸だけが家々の前庭に溶け残っていた。

タングは学校が再開し、僕も動物病院での診療に戻った。ただし、例外的な日もある。その日はボニーが従姉のアナベルからフランス語のレッスンを受けるというので、午後には帰宅し、ビデオ通話の設定をしてやる約束になっていた。ソニアに頼もうにも、本人曰く、自分はビデオ通話の段取りを整える役目には適していないとのことだった。というのはかなりオブラートに包んだ言い方で、実際には、〝ボニーには他に取り組むべきことがあるのに、それを中断させて家出した従姉なんかとおしゃべりさせるとは〟というような、いささか辛辣な指摘をしたのだった。むろん、ソニアには、アナベルが今も語学力を生かして人道的な救援活動を続けていることや、フランス領ギアナに戻ったことがアナベルの傷心を癒やす助けになったのなら、それは必ずしも現実逃避とは言えないことを改めて説明しておいた。

それはさておき、ボニーは僕が手伝わずとも自分で操作してビデオ通話を始められるし、僕が見張らなくてもアナベルとの通話の約束は守る。ただ、僕には姉のブライオニーがアメリカに行っていて留守の間、姉の娘であるアナベルの様子に目を配るという姉との約束があった。それを自然な形でやるには、ボニーとアナベルのビデオ通話を見守るくらいしか方法がない。なぜ僕の方が姉よりアナベルと連絡がつきやすいのかは謎だ。ギアナからの距離でいえば、姉より僕たちの方がはるかに遠く離れて暮らしているのに。それでも約束は約束だ。

ボニーにとっての〝普段どおり〟の日常も戻っていた。周りに人がいすぎたり、セントラルヒーティングが壊れたりと、日常をかき乱す要素が解消され、何らかの試作品作りを再開している。具体的な構想については、例のごとく親の僕たちには明かそうとしなかったが、ソニアの部屋を捜索したなら、ボニーはこんなものまで書けるのかと驚くような設計図や技術文書などが何枚も出てくる気がする。ちなみに、ボニーから話を聞く限り、ソニアは本人が部屋で寝ていると主張している時間の大半を、やりたいことをして過ごしているようだ。そして、その間は誰にも邪魔されたくない。ただ、それをいちいち説明するより、部屋で休んでいるとのひと言ですませる方が楽なのだろう。正直なところ、ソニアとボニーがふたりで機嫌よく過ごしていて、ボニーにとってはその時間が学びにつながっているなら、何をしているのかと詮索したくなる気持ちは我慢してもいい。

昨年のSTEMコンテストで二位になったボニーは、副賞の一部として、新たなプロジェクトを企画し実行するための少額の資金をもらっていた。本来、その賞金はコンテストに出品した作品をさらに進展させる目的で設けられている。ボニーの場合は、動物の気をそらしながら体重測定を行える、動物病院用の体重計だ。だが、ボニーは〝リテール展開の可能性がより大きい〟――本人の言葉だ――アイデアがあると、コンテストの主催者を説得してしまった。感銘を受けた運営団体は、新しいプロジェクトにゴーサインを出した。詳細は不明だが（少なくともボニーが僕やエイミーに教えてくれた内容は漠然としている）、何かを取ってきたり運んだりする機能や、ある種の監視機能に関わる内容で、ボニー曰く、間違いなく僕の動物病院でも活用できるものらしい。

ボニーはプロジェクトに没頭したが、それが結果的に読み書きや描画、算数、科学的な能力の向上につながっていることを思うと、ホームエデュケーションとしても成立していた。プロジェクトへの協力でソニアも忙しくなったのは思わぬおまけだった。もっともそれは、ミスター・パークスをもてなしたり、彼にもてなされたりしている時間を除いてということだが。

動物病院から帰宅して玄関の扉をわずかに開けたところで、二階からうめき声が聞こえてきた。ボニーの部屋だ。僕は過度な心配はしなかった。ボニーにはフランキーがついているはずだし、ソニアも同じ家のどこかにはいる。懸念すべき事態が生じているなら、じきに僕やエイミーの耳にも入るだろう。いや、僕たちだけでなく、おそらくはミスター・パークスの耳にも。

そう思って、やはり様子を見にいくことにした。ミスター・パークスは我が家の状況につねに神経を尖らせている。ボニーがストレスでキーッと声を上げたくらいでは、彼の家のキッチンまでは聞こえないだろうが、百パーセントの確証はない。

僕は仕事用の靴をかかとを踏むようにして脱ぎ、コートをかけると、誰にともなく「ただいま」と呼びかけつつ二階に上がった。

ボニーの部屋のドアは薄く開いていた。〝出ていって〟とわめかれることを半ば覚悟しながらドアをノックし、開けた。ボニーは机に向かい、覆いかぶさるようにしてタブレットを見ていた。左脇に置かれたメモ帳には、嚙みあとのついた鉛筆で何やら箇条書きや殴り書きがしてある。その多くに取り消し線が引かれているのが、部屋の入口からも見えた。ボニーの傍らにはフランキーが控え、胸元のスクリーンには彼女の――というよりボニーの――バイタルサインの波形が表示されていた。それを見る限り、娘はストレスをあらわにしながらも、実際にはかなり落ち着いているようだ。フランキーは部屋に入ってきた僕を見て瞬きをすると、会釈をして、ボニーの状態の監視に戻った。

「大丈夫か、ボニー?」

「大丈夫」

ボニーは不機嫌な早口で答えつつ、また一本、メモ帳に書き出した項目に取り消し線を引いた。

「何でそんなこと訊くの？」

「それは……何かにいら立っているみたいだったから」

「いらいらはしてるよ。でも、大丈夫ってことに変わりはない」

「そうか」

僕はボニーに近づくと、ベッドの端に腰かけ、娘は何をやっているのだろうかと、小さく身を乗り出した。

「ポートウェイ・ファイバー？」

僕が読み上げたら、ボニーはびくりとして僕からタブレットを遠ざけ、「あっちへ行って」と甲高く叫んだ。

「調べものをしてるの。パパには関係ない」

僕はあまり勘のいい方ではないが、ピンときた時には、その貴重な瞬間を逃したくない。

「それ、ボニーのプロトタイプに必要なものなのか？　新しいプロジェクトの」

ボニーは怖い顔で僕を睨みながらも、小さくうなずいた。

「必要なものが見つからないの。すごく特殊なものなの」

「手伝おうか？　パパ、調べものはわりと得意だよ」

ボニーがまじまじと僕を見た。眉間に二本のしわがくっきりと刻まれている。

「パパはちっとも得意じゃないよ。正しい綴りさえ知らないんだから。正しい綴りがわからなくて、どうやって調べものをするって言うの？」

今度は僕が眉をひそめる番だった。

「正しい綴りを知らないって、どういうことだ？」

「前に私が野生動物のことやってたの、覚えてる？」

「そんなざっくりとした説明じゃわからないよ、ダーリン」

「オンラインの、メキシコの動物のやつ。アホロートルについての」

「ああ」

そう答えたものの、何が〝ああ〟なのか、このままではボニーに伝わらない。

「僕がボニーのために申し込んだオンライン学習コースのことか。うん、覚えてるよ。でも、あれと調べものの話と、何の関係があるんだ？」

「私の方がパパより早くサイトを見つけたでしょ」

「それはボニーがすでにリンクを知ってたからじゃないのか？」

「知らなかったよ。綴りを知ってただけ」

「何の？」

「アホロートル」

「アホロートルの綴りなら、パパだって知ってるよ」

「知らないよ！　あれはA、X、O、L、O、T、Lって書くんだよ、パパ。A、X、O、L、O、T、Y、Lじゃなくて。Yはいらない。パパはいつも綴りを間違う」

「へえ、Yはいらないのか。だけど、綴りの間違いなんてたいした問題か？　グーグルは僕が何を調べようとしているか、すぐに認識したぞ」

僕は、メタデータについてや、ボニーが受講したがっていたコースのサイトが適切に構築されているなら、僕のスペルミスなど問題にならなかったはずだということを説明しようとした。だが、考えてみれば、僕が知るインターネットの仕組みは、僕が歳を取っておじさんになってしまったのと同様にすでに古く、時代遅れになっている可能性が高い。それに、説明しようにもインターネットのことは実のところちんぷんかんぷんだ。そんな僕をなおも追いつめるように、ボニーが、僕があたかも我が家の猫の毛を剃ってしまったかのような目で僕を見てくる。

「アホロートルの身になってみたら大問題だよ！　パパは獣医でしょ、ちゃんと知ってなきゃだめだよ」

僕の方が諭されてしまった。

「一応言い訳させてもらうと、アホロートルを病院で診ることはあまりないんだ。ハーリー・ウィントナムでアホロートルを飼おうって人はほとんどいないから」

「だったらパパが飼うべきなんじゃない？　うちで飼おうよ」

まずい。エイミーに殺される。

エキゾチックなペットを飼うというボニーの新たな思いつきが確固たる決意に変わる前に、娘の気を何としてもそらさなければ。剝製作りに関心を示したかと思えば、お次はアホロートル……娘が示す興味のうち、何を真剣に受けとめるべきかを見極めるのは難しい。僕はこの問題はソニアに任せることにした。彼女が、〝やるべきことに集中しなさい〟とボニーを諭してくれることを祈ろう。それに、たぶんボニーの言うとおりだ。娘の助けになってやりたいのは山々だが、ことボニーのプロジェクトに関しては、僕はこの世で一番頼りになる人間とは言い難い。この家の中でさえ、一番とは言えない。カトウやリジーが加わったならなおさらだ。

それはさておき、僕には僕のやるべきことがある。僕が帰宅したならと、ソニアはすでに隣のミスター・パークス宅に出かけていた。ふたりが我が家のことを呆れ気味にぼやいているのが聞こえてくるようだ。

僕はボニーに、そろそろアナベルとのフランス語レッスンの時間だから、調べものは——アホロートルのことも——ひとまず置いておきなさいと告げた。

ダイニングテーブルにノートパソコンを置き、姪にビデオ通話をかけた。応答がなく、ため息が出た。まあ、でも、ボニーもまだ下りてきていないから、コーヒーでも淹れてからかけ直してみよう。やかんに水を入れていたら、着信音が鳴り出した。僕はボニーに一階に下りてくるように大声で呼びかけてから、ビデオ通話に応答した。画面にフランス領ギアナのアナベルのワンルームアパートメントが映し出され、その中央に笑顔のアナベルがいた。なぜか顔が赤い。

「ごめんなさい！　ほんとにごめんなさい。時間に気づかなくて。ちょっと……ちょっとバタバタしてたから」

僕に向かって話しているのは間違いないが、姪は別の何かに気を取られている様子だった。具体的に言うなら、ノートパソコンの向こう側にいる誰かに。

「気にしなくていいよ。君のお母さんから、今日はアナベルは仕事が休みだって聞いてたんだけど、もし——」

「いいの、いいの、大丈夫」と、アナベルは僕の言葉を遮った。「寝過ごしちゃっただけだから」

たしかに、アナベルは〝たった今起きました〟という感じだ。着ている白いシャツはアナベルには大きすぎるから、きっとナイトシャツだろう。あれでは湿度の高いギアナのカイエンヌでは暑くて寝苦しいだろうにとも思ったが、向こうの事情に疎い僕が口を出すことでもない。髪を後ろでまとめてポニーテールにしているアナベルに、僕はそっちの天気はどうかと尋ねた。

「今日も雨。雨季だからね」

「そっか。こっちは雪が降ったよ。あと、うちのボイラーが壊れた」

「聞いた」

アナベルはまたしても何かに気を取られているような顔をしながら、ボニーは元気かと尋ねた。そこへ、僕の声かけに応えて弾むように階段を下りてきたボニーが、僕が答えるより先にパソコンのカメラの前に陣取った。僕のことをぐっと押しのけ、「あっちに行って自分の用事をしてきなよ」と追いやる。またずいぶんとぞんざいにあしらわれたものだが、向こうで好きに過ごす分には異存はない。僕は、袖をたくし上げている姪にじゃあなと手を振ると、コーヒーを淹れに戻った。

歳こそ離れているものの、アナベルとボニーは昔から気が合った。アナベルはボニーの自閉スペクトラム症にもいち早く気づいていたし、彼女の洞察力に僕たちはおおいに助けられてきた。ここ数年はカイエンヌで働いていて、イギリスにはたまにしか帰ってこない。とりわけ今は、母親も家を留守にしているし、父親は……実のところ、デイブがどこにいるのかは知らない。航空会社のパイロットだから、世界のどこにいてもおかしくはない。姉の留守宅を預かっているのはアナベルの弟で僕にとっては甥のジョージーで、パートナーのダンカンやブライオニーの愛犬であるマスチフのベラと一緒に姉の家に滞在しているが、彼らは彼らで多忙な毎日を過ごしている。皆をうるさくせっついて家族が集まる機会を作ってくれるブライオニーがいないと、会わないままにいつの間にか時間が過ぎてしまう。

そんな中でも、アナベルはボニーとは連絡を取り合っている。ボニーのホームエデュケーションへの協力も買って出て、時間のある時にフランス語の文法を教えてくれている。ボニーはこのレッスンを気に入っていたが、それにはフランス語を話せない僕の耳を気にせず従姉とふたりだけのおしゃべりを楽しめることもおおいに関係しているようだ。ちなみに、エイミーは僕と違って多少はフランス語がわかる。だからなのか、ボニーはいつもエイミーではなく僕にアナベルとのビデオ通話のお膳立てをさせたがった。

僕がフランス語を話せないというのはおおむね事実だ。ただ、多くの人がそうであるように学校で多少はフランス語を習ったから、〝チーズ〟や〝プール〟を意味するフランス語の単語は知っているし、〝私の兄は青い目をしています〟をフランス語で言うこともできる。僕にとっては一生使うことのない一文だが。基本的な挨拶もわかるから、ボニーが「ボンジュール、フロリアン、コモサバ？」と呼びかけ、それに対して「元気だよ、ボニーは元気かな？」と返す、聞き間違いようのないフロリアンのなめらかな声がダイニングルームから聞こえてくると、僕は好奇心をそそられた。最後にフロリアンに会ったのは昨年のブライオニーの交通事故の日で、病院の外で見送ったきりだ。そして、僕が知る限り、彼はアナベルとは別れたはずだ。僕はエイミーにメッセージを送ろうとスマートフォンを取り出したが、間の悪いことにタングが学校から帰ってきた。廊下に鞄をドサッと放り出すと、ボニーの声を聞きつけて、何をしているのかとダイニングルームに早足で入っていった。僕から状況を説明する間もなかった。

「くそっ」と叫ぶ金属的な声が響き、次の瞬間、タングが足を踏み鳴らすようにしてキッチンに入ってきた。

「アナベルの部屋にフロリアンがいて、パンツ以外何も着てない。自分は特別な存在だって調子に乗ってるんだ。おかしいよ。もう二階に行く」

そして、憤然とキッチンを出ていった。残された僕は、タングが漏らした情報をどうしたものかと迷う羽目になった。

真っ先に考えたのは、ブライオニーに電話することだ。だが、応答がなかった。というより、電話をかけたら直接留守番電話サービスにつながった。時間を確かめたら、姉のいる場所は早朝で、まだ寝ていてもおかしくはなかった。僕はかわりにエイミーにメッセージを送った。

――タングとボニーが、アナベルの部屋にフロリアンがいるのを見たらしい。半裸で。

エイミーは裁判所にいたわけではないらしく、すぐにびっくり顔の絵文字が返ってきた。僕も返信した。

――僕もびっくりだよ。ブライオニーは知ってるのかな？

今度は肩をすくめる仕草の絵文字が返ってきて、さらにこう続いた。

――かもね。まだ伝えてないなら、アナベルも、ママにはまだ話してないと言ったはずだし。でも、知らない可能性もあるから、一応まだ黙っておいて。

僕は親指を立てた「いいね」マークを送ると、スマートフォンをしまった。さっきの電話が姉につながらなくてよかった。

玄関の扉が開く音がして、キッチンから顔だけ出したら、ソニアが隣から帰ってきたところだった。彼女がコートを脱ぐのを手伝いながら、先ほどのボニーとの会話について話した。

「そういうわけで、ボニーを新しいプロジェクトに集中させておいてもらえると、僕たちとしてはとても助かります。実際に何をしてるかは知りませんが」

ソニアは低くうなると、居間に向かった。僕もついていった。

「心配はいらないよ」

そう言って、ソニアはテレビのリモコンを手に取ると、ソファの片端に座ってテレビをつけた。それ以上何も話す気はないのだと思っていたら、ソニアがさらに続けた。

「あの子は自分がしていることをちゃんと理解している。わからないことにぶつかった時には、それがわからないということも理解している。すぐに助けを求めたりはしないけれどね。母親に似て頑固だから。それでも、自分の手には負えないと思い知らされた時に、それを認めるだけの謙虚さはある」

僕はソニアとは逆側のソファの肘掛けに座った。

「〝手に負えないと思い知らされた時〟というのは?」

「あの子は何でも自分でやりたがる。まずは一から自分でやってみてから、それについて知識のある人の助言を仰ぎたいのよ。だけども本当は、実際に助けを求めるよりかなり前の段階で、自分には必要なスキルも経験も備わっていないと気づいているんだと思う。それでもぎりぎりまで自分ひとりで頑張るけれど、このままではうまくいかないと認める謙虚さもある」

「なるほど」

「まあ、自分に腹を立てはするけれどね。あの子はたぶん、自分を幼い女の子だとは思ってなくて、大人だと思ってるんだわ。ちょっと小さいだけで」

僕は微笑した。たしかにそうかもしれない。だが、僕にはもう少し踏み込んで尋ねたいことがあった。

「ソニア」

呼びかけてはみたものの、自分の中にある疑問をどう言葉にすべきか迷った。それ以前に、本当に訊きたいのかどうかもわからない。

「ボニーが自分のことをそんなふうに感じるのは、学校に行かず、ほとんどの時間を大人ばかりに囲まれて過ごしているからでしょうか？」

ソニアは難しい顔をした。

「可能性としてはそれもある。これが他の子どもなら、はっきりそうだと答えるわ。でも、ボニーの場合はそういうことではないのかもしれない。あの子は生まれつき人よりはるかに……物事のつながりが見えるのよ」

「つながり？」

「そう、つながり」

そう言うと、ソニアは言葉を探すように両手で空気をかき混ぜるような仕草をした。

「物事を大局的に捉えるというのかしらね。あの子はつねに頭の中で、これをやったらどうなるかな？　あれをしたらどんな影響が出るかな？　とせわしく考えている。自分に何かができるかできないかという観点だけで物事を見ているわけではない。なぜそうなるのかという理屈も理解しないと気がすまないのよ」

興味深い洞察だった。ボニーについてそこまで見抜けていなかった自分に危機感を抱くべきなのか、今の段階で気づかせてもらえてよかったと安堵すべきなのか、わからなかった。どちらも少しずつ当てはまるのかもしれない。さっきボニーに調べものを手伝おうかと尋ねた時の、娘の反応を思い返してみた。あの時のボニーは、完全に行き詰まった現状を認める段階にはいたっていなかったのだろう。だから、助けを求めるのではなく、むしろ僕のリサーチ能力を否定した。ひょっとすると、剥製作りや外国の珍しいペットの話をし出したのも、単なる話題の転換だったのかもしれない。今取り組んでいる一大プロジェクトでぶつかっている壁について頭を悩ますより、剥製作りなどのことをあれこれ考えている方が楽だったということなのかもしれない。

そう思えば合点がいく。時には全然関係のないことを考えることで、脳がすっきりして、本題に対する打開策が見えたりするものだ。僕も経験上、それを知っていた。

剥製作り云々の話は、単にそういうことなのかもしれない。もし違うなら、ソニアが指摘したように、ボニーがいずれは自分の限界を認めて助けを求めてくるように祈るしかない。

七　タイミング

姉は事前の連絡もなく突然帰国した。それが、十年近く前にまったく同じことをした僕への当てつけなのか、はたまた家系的にそういう傾向があるのかはわからないが、とにかくいきなり帰ってきた。両親も気が向くままに出かけてはふらっと帰ってくる人たちだったことを思うと、親譲りの気がしてくる。

もっとも、親がそんなだったからか、ブライオニーはこれまで一度も思いつきで行動したことはない。つねに思慮深く、地に足がついていた。乗馬だけは物理的には地に足はついていないが、あれも熟慮のうえで始めた趣味だろう。郊外でのごく普通の暮らしを守るために一生懸命だった。だが、結局は〝普通の〟暮らしを手放さざるを得なかった。まるでデイブが――別居中でじきに元夫となる人が――家を出ていく際に〝普通〟も一緒に持っていってしまったかのようだ。そもそもデイブには〝普通〟から逃れたがっていた節があることを思うと、皮肉な話だ。

これから先もデイブと僕たち家族との関わりがなくなることはないだろう。僕の姪や甥の父親であり、娘の伯父なのだから当然だ。それに、彼はタングを家族の一員として受け入れてくれている。その点でもデイブの存在は僕たちにとって大きい。それでも、デイブは僕たちとともに生きる日々に終止符を打った。ブライオニーはひとりで生きることに慣れなければならない。

いや、そうとも限らないのかもしれない。

「マッチングアプリに登録したわ」

姉からの電話でいきなりそう告げられた。カトウ一家がイギリスに到着する一日前というタイミングで連絡してきたと思ったら、開口一番にそんな突拍子もないことを言うのである。

「アメリカで？」

変に突っ込んだりせず、さらりと受けとめて会話を進めてしまおう。そう思った僕に、姉はチッチッと舌打ちをした。

「まさか。こっちに決まってるじゃない」

「ちょっと待った……〝こっち〟っていうのは……」

「帰ってきたの」

「は？　いつ？」

「昨日」

「〝ただいま〟のひと言もなかったじゃないか」

「そうね。この十六時間はほぼ爆睡してたから」

「空港からはどうやって帰ってきたんだ？」

「ジョージーが迎えにきてくれた。それ以外にある？」

「帰ってくると知ってたら、僕が迎えにいったのに」

「そうね。でも、その必要はなかった。ジョージーが来てくれたから」

「だけど……それじゃあっさりしすぎじゃないか？　何か……もっとみんなで盛大に出迎えるとか、セレモニーとかさ、そういうのはまったくなし？」

「ジョージーが温かく迎えてくれたわ。ベンはどんなセレモニーを考えてくれてたわけ？　レッドカーペットを敷いて、合唱団に歌でも歌ってもらうつもりだった？」

「ハハッ、どんな大物だよ。僕はただ……いや、具体的に何って言われても思いつかないけどさ」

「盛大に迎えられても応えられなかったと思うわ。飛行機を降りた時点では、レッドカーペットを歩く元気なんてなかったし。長いフライトだったからね。知ってると思うけど」

「うん。知ってる」

僕が頭の中を整理する間、沈黙が流れた。ブライオニーが遠いアメリカにいる生活に慣れたと思ったら、今度は近くにいる日々に慣れ直さないといけない。

「〝おかえり〟って言ってくれないの？」

「今言おうとしてたんだって。おかえり、ブライ。会えて嬉しいよと言いたいところだけど、それは直接会えた時に取っておくよ」

玄関の呼び鈴が鳴った。


息子カップルとは前日に再会を果たしていたブライオニーは、その夜は我が家で夕食を食べていった。むろん、飼い犬のベラとも昨日のうちに再会している。息子よりベラの方がブライオニーの帰りをはるかに喜んだようで、帰宅したブライオニーをその場で半ば押し倒したらしい。

「ジョージーとダンカンはふたりでの生活を満喫したみたいね。正直なところ、そこに私が加わることには抵抗があるんじゃないかしら。気持ちはわかる。愛し合う若者同士だもの。私があの子たちだったら、母や義理の母と同居なんてしたくないわ」

「義理の母？」

僕とエイミーは同時に訊き返した。

「何か僕たちに報告することがあるのかな、ブライ？」

「違う、違う。状況を説明するのに、義理の母って言うのが一番わかりやすいと思っただけ。子どもたちのどっちが先に結婚するかはわからないわ。結婚するならの話だけど。ダンカンにはその気がありそうだけど、ジョージーはまだ心の準備ができてないかもね。アナベルがどうなるかはまったく読めなくなっちゃったし」

僕とエイミーは目と目を見交わした。

「そのことなんだけど」

エイミーがソニアに頼まれてラザニアの皿を回してやりながら、切り出した。

「アナベルから何か聞いてない？ その……彼氏の話とか」

ブライオニーは眉をひそめた。

「聞いてないけど、何で？ あの子から、何か私の知らないことを聞いてるの？」

「いや」と、僕は答えた。「そういうわけじゃ……いや、そうなんだけど、でも聞いてるってわけでもなくて」

リンゴジュースをごくごくと飲んでいたボニーがプラスチックのコップを置き、腕で口元を拭うと、言った。

「今、アナベルの家にフロリアンもいるの。この前ビデオ通話した時にはフロリアンも参加して、アナベルが私のフランス語のレッスンをするのを手伝ってくれた」

ありのままに伝えてしまった。フロリアンの件をブライオニーに伝えるのにデリカシーが必要であろうとなかろうと、そんなものはすっ飛ばしてしまえと思ったのかもしれない。

「あっちは雨だったけど、でもまだあったかいって。こっちとは違うみたい。ここもミックとウィリアムが来た時よりはあったかくなったけどね」

「フロリアンは裸だった」

タングがつけ足す。その声には隠し切れない苦々しさがにじみ出ていた。

「裸じゃないよ」ボニーが訂正した。「パンツははいてた。あっちは暑いんだよ。アナベルもシャツしか着てなかったけど、どっちも裸じゃなかったよ。タングのその言い方だとおかしなふうに聞こえちゃうよ」

「うん、ふたりともありがとう。もういいよ」

僕はタングがそれ以上何も言わないうちに、ふたりの報告を打ち切った。テーブルの端では、ブライオニーが二次方程式を暗算で解こうとでもしているみたいな（そして失敗している）顔をしている。しばらくして、姉が口を開いた。

「え、どういうこと？　ボニーがアナベルとビデオ通話をした時、そこにフ、フ、フロリアンも、いたの？」

「そう」と、ボニーが答える。「何でそんなに驚いてるの？」

テーブルの反対側の端に座るソニアがくすくすと笑った。人差し指でその場の全員を順に指していく。

「まるでコメディーね。メロドラマみたい」

だめだ、このままでは収拾がつかなくなる。僕は言った。

「ブライオニーにはアナベルが直接伝えていると思ってたんだ。ごめん」

「全然聞いてない」

そう言うと、ブライオニーはラザニアを乱暴にひと口大に切り、口の中に勢いよく突っ込んだ。エイミーは、〝あの説明はまずかったわね〟という顔でボニーを見ると、同じ顔を僕にも向けた。

「ふたりがまた一緒に過ごすようになったのは最近のことだと思うよ。フォローになってるかわからないけど」

ブライオニーは洟をすすっただけで、黙り込んでいる。エイミーがテーブルの下で僕のすねを蹴り、こちらを睨んだ。

「うん」と、僕は続けた。「絶対そうだよ。ビデオ通話に映り込んだのも、うっかり映っちゃっただけでさ。本当は姿を見せるつもりはなかったんじゃないかな。こっちからの通話の呼び出しで、きっとふたりを起こしちゃ……」

エイミーとボニーが同時に頭を抱えるのを見て、僕の言葉は尻すぼまりになった。話を引き取ったのはソニアだった。

「かわいそうに、あの子は今はそっとしておいてほしいだけなのよ。さっきあなたも自分で言ってたじゃないの。息子とそのパートナーがふたりだけの居場所を望む気持ちはわかるって。それなのに、娘にはその空間を与えてやろうとしない。ふたりは一度は別れた——言っときますけど、あなたたち家族に起きていることはちゃんと把握してるんですからね——」

突き立てた人差し指を僕たちひとりひとりに向けると、ソニアは話を続けた。

「そして今、よりを戻せるか試そうとしてる。それなのに、遠く離れた異国の地にいてもなお、家族の干渉が入る」

小首を傾げるブライオニーに、ボニーが追い討ちをかけた。

「ふたりはやり直すって決めてる感じだったよ。フロリアンがアナベルの部屋に遊びにいくには早すぎる時間だったから、たぶん泊まってたんだと思う」

「もういいよ、ボニー」と、僕は言った。「ブライオニー伯母さんはそんな説明はいらな……」

その時だ。タングが唐突に叫んだ。

「フロリアンの話はやめて！ もうあいつの話なんか聞きたくない。フロリアンにはうんざりだ！」

どうせまた憤然と席を立って部屋を出ていくのだろうと思った。近頃のタングはよくそういうことをする。だが、今日は違った。席についたまま、怒った顔で胸元のフラップをいじっている。

「いきなりどうしたの？　タングはフロリアンのこと、好きなんじゃなかったの？」

ブライオニーがタングに尋ねた。タングは曖昧に肩をすくめた。

「別に悪いやつじゃないけどさ。みんながフロリアンをちやほやする意味がわかんない。脳の大きさだって僕と変わんないし、できないこともたくさんあるのに。人間みたいなふりをしてるだけなんだから」

「アナベルはそうは思ってないだろうけどね」

うっすらと笑いながら指摘したソニアを、タングは睨んだ。

「みんなして何だよ！」と叫んで、椅子からガシャンと下りる。「そうやって、フロリアンを絵とかすてきなテーブルでも見るみたいにうっとり眺めちゃってさ」

「それはほとんどの人にとってフロリアンは魅力的だからだよ」

ボニーはそう応じると、チキンナゲットにフォークを突き刺し、そのまま食いちぎった（今日のボニーはラザニアみたいな外国料理を食べる気分ではなかったらしい）。

「ボニー！」

エイミーと僕は同時に注意した。

「何？」と言って、ボニーは次のナゲットにフォークを刺した。「本当のことだよ。フロリアンは美しく作ろうと思って作られてるし、ハグとか触れ合うとか、ほとんどの人間が好むことを好むように作られてる。でも、タングは違うってだけの話でしょ」

エイミーは目をつぶり、僕はぎくりとした。そっとタングの様子をうかがったら、案の定、激しい怒りに目が吊り上がっていた。フランキーがボニーの方に身を乗り出し、何かをささやいた。

「あっ」と、ボニーが言った。「ごめんね、タング。意地悪を言うつもりじゃなかったの」

ブライオニーに対する数分前の身も蓋もない説明と同じで、今の謝罪も状況を改善する役には立たなかった。タングは首を横に振り、叫んだ。

「みんな、わかってない！」

そして、今度こそ床を踏み鳴らしながら二階の自室に引っ込んでしまった。

僕とエイミーは、ベイクドビーンズを一心に口に運んでいるボニーに向き直った。

エイミーが叱る。

「ボニー、あなたが人間同士の体の触れ合いを好まないからって、他の人もそうとは限らないのよ！　タングはハグがしたいタイプなの。ボニーだってそれは知ってるでしょう！」

ボニーがスプーンを置いて僕たちふたりを見た。噛みつくように言い返す。

「そんなの言われなくてもわかってるよ！　ばかじゃないんだから！　ママたちなんかよりわかってる！　タングの言うとおりだよ。ふたりとも全然わかってない」

そして、やはり席を立った。

「フランキー、私たちも二階に行くよ」

テーブルの端から低い口笛が響いた。僕とエイミーはソニアを振り返った。

「何？」と、ソニアが言う。「やっぱりメロドラマだわね。あのね、あのおちびちゃんだって自分の言っていることをちゃんとわかっていることもあるの。それを表現する言葉を知らないだけで、嫉妬を目の当たりにした時に、それが嫉妬だときちんと理解してる」

「嫉妬？」

僕が訊き返すと、ソニアはブライオニーの方に人差し指を向けた。

「あなたの娘の恋人、アンドロイドのフロリアンに対してね。彼は人間社会に溶け込んでいる。人間のような見た目を与えられ、人間のように振る舞うように作られているからね。人間のように他者と交わるようにもね」

「本来は語学の先生として作られたんですけどね」

そう指摘したら、ソニアはしわがれた声で静かに笑った。

「はいはい、そうやって本質的なことから目をそらしているけどね。タングはフロリアンの二倍努力しても、せいぜい半分くらいしか人間と同等には扱ってもらえない。あなたたちはそれを仕方のないことと受けとめている」

「仕方がないなんて、断じて思ってませんよ、ソニア。それは不当な言いがかりだ。タングを中等学校に飛び級させたのだって、人間と対等の権利を与えてやりたかったからこそで」

「ふーん、そう？ その結果、タングは今やセックスのことしか頭にないティーンエージャーたちに囲まれているけれどね」

まさかソニアの口からそんな言葉が飛び出てくるとは思わなかった。親が十八禁の映画を見ているところにうっかり踏み込んでしまった子どものような気まずさを感じた。ただ、ソニアの言いたいことは理解できた。

残念ながら、それに対して僕たちに何ができるかはわからなかったが。

エイミーの助言もあり、タングと話をするのは夕食のあと、片づけを終えてからにした。ブライオニーは自宅に戻ったが、帰る前に、娘に電話していきなり叱ったりせず、話せる時が来たら本人から話してくれると信じて、もう少し辛抱強く見守るようにと説得しておいた。

タングが自室に閉じこもってからそこまで時間がたっていたわけではなかったが、

話をしにいくとタングはすでにベッドの中で、僕の声かけにも反応しなかった。本当に眠っているわけではない。タングは普段から家族が寝る時間には自分も同じように横になる。そうやって家族の中に溶け込もうとしてきた。一方で、その行動はひとりにしてほしいというタングの明確な意思表示でもあった。

タングを不憫《ふびん》に思う反面、少しほっとした。かけるべき言葉が見当たらなかったからだ。フロリアンに対するタングの言い分はひどく理不尽だったが、同時に完璧に筋が通っていた。少なくとも、ああ言いたくなる気持ちはわかる。だが、あんなことを言い出した原因は何なのだろう。恋愛の話題に何かしら関係しているのは間違いないが、僕たちが把握できていない事情がある気がしてならなかった。

それはそうと、僕は嬉しかった。アナベルとフロリアンの関係がタングのいら立ちとどう関連し、ふたりのことをブライオニーがどう考えているにせよ、ふたりがより を戻したことは喜ばしい。タングが日々直面している壁と、ふたりが直面している壁は違うが、ふたりはふたりなりの問題にぶつかり、乗り越えたのだろう。僕はそこに希望を感じた。

八　到着ロビー

翌日、カトウとリジーと息子のトモが予定どおりイギリスに到着した。二月のハーフターム休暇（学期中の中休み）が始まる一週間前の土曜日だった。週末で学校がなかったタングは、自分も空港に迎えにいくとしつこく言い張った。感情を爆発させて気がすんだのか、昨夜の夕食時に見せたフロリアンに対する複雑な思いは多少は収まったようだ。今は大好きな人たちがやってくることで頭がいっぱいで、すっかり上機嫌だ。ジャスミンも一緒だという事実も気にならないらしい。それには家族一同胸を撫で下ろした。タングにしてみれば、ひとつのややこしい恋が終わって次のややこしい恋が始まったということかもしれないが、少なくとも今恋している相手とは前みたいにひとつ屋根の下で暮らしているわけではない。

タングが空港に行きたがる気持ちは理解できた。僕とタングにとって、空港はたくさんの思い出が詰まった場所で、僕にしてもタングなしで空港に行くのは変な感じがする。

「空港に行くといったって、到着ロビーだけだから。僕が飛行機に乗るわけじゃない」

そう言い聞かせたものの、タングはむくれ、玄関前の廊下で胸元のフラップをいじりながら、僕がブーツに足をぐりぐりと押し込むのを見つめた。

「わかってるけど、ドライブも好きなんだよ」

「それは知ってるけど、連れてはいけないよ。カトウたちを乗せたら、タングの乗る場所はない」

「トランクに立てばいいよ……」

「そんなことしたら、荷物はどこに載せるんだ？」

それに対する答えをタングは持ち合わせていなかった。だが、ついていけない理由を頭で理解したところで、すねる気持ちは変わらない。

「なるべく早く帰ってくるから。な？」

そこに、背後の階段をドドドドと駆け下りてくるボニーの足音がした。

「タング、ロボット作りを手伝ってくれない？　ふたつの部品を決まった位置で持っててもらって、問題ないか確かめたいの」

僕とタングの会話が聞こえていたのか、それともたまたま絶妙なタイミングで会話に割り込んできたのか。いずれにしても助かった。タングは僕とボニーを順番に見ると、ガシャガシャと階段に向かった。

「いいよ」と、ボニーに返事をする。「でも、みんながうちに着くまでだよ」

僕がカトウ一家を連れて帰宅するまで数時間はかかるし、タングはそのだいぶ前にはボニーの手伝いに飽きてしまうだろうが、それは黙っておいた。当面はタングもやることができたので、僕もひとまず出発できる。

行ってくると呼びかけたら、家のあちこちから「いってらっしゃい！」との声が返ってきた。家の中に家族の声や家族の立てる物音がするのはいいものだ。そして、全員が、わざわざ玄関まで見送りに出なくてもいいと思っている気安さも等しくいいものだ。

空港へ向かう道中、僕はボニーのプロジェクトを手伝おうと奮闘するタングの姿を思い浮かべた。タングが必要に応じて部品を持っていてくれればボニーは助かるだろうが、タングにはタングの勉強があるし、中等学校ともなると学ぶべきことは多く、難易度も上がっている。じきに中等教育の修了試験である全国統一試験の準備も始まる。想像したら身震いがした。タングが統一試験の選択科目を決める日が来るとは。

節目の時が少しずつ近づいてきたというよりは、そこが暗いとも認識していなかった暗い路地から節目が突然飛び出てきたような感覚だった。

僕もエイミーも、タングが選択しそうな科目はいくつか心当たりがあった。まずは科学。もっともこれは必修科目だから、そもそも選択の余地はない。数学と英語も然《しか》りだ。それに、タングが今も助産師になる夢を持ち続けているなら、それら三科目はすべて必要になる。一方、人文科学、アート、外国語科目からタングが何を選ぶかはまだ見えてこない。ただ、できればタングには、友達がそれを選んでいるからというのではなく、自分が本当に学びたい科目を選択してほしい。そう考えて、ふと思い直す。それは果たしてそこまで大事なことだろうか。タングにとっては友達との今を楽しむことの方が大切なのではないだろうか。いずれボニーの番が来たら、あの子は間違いなく自分で自分のやりたいように決めるだろうし、親の僕たちにできるのはそれを受け入れ、環境を整えてやることくらいだ。いや、ボニーの場合はその前にまずは受験資格を得るための要件を調べなくては。

物思いにふけるあまり、僕は環状交差点《ラウンドアバウト》で目的の出口が迫っていることに気づかなかった。直前ではっとして車を減速させた挙げ句、交差点を出られずにもう一周回る羽目になり、後続車のドライバーをいらつかせてしまった。空港の敷地に入ると、駐車場のゲートバーの前で駐車券を取るためにいったん停車した。その時、ポケットのスマートフォンからメッセージの受信を告げる通知音が鳴った。それから駐車スペースを見つけるまでのわずか一分の間に、さらに数回通知音が鳴った。僕はいらいらすると同時に心配にもなった。何かあったのだろうか。いらない心配だった。

――ベン

――ベン

――ベン

――ベン

――何で無視するの？

僕はため息とともにシートベルトを外した。「運転していたからだ。知ってるだろう」と返した。

――あれ、そうなの？ 空港にいるんじゃないの？

――いるよ。今着いた。でも、ここには車を運転しなきゃ来られない。タングも言ってたじゃないか。一緒に来たいのはドライブが好きだからだって。

――いつ帰ってくる?

僕はもう一度ため息をついた。

――あのな、今空港に着いたところだし、カトウたちの飛行機の到着まであと十五分ある。着いてからも、荷物を取ったり何したりとやることがあるんだ。いつ帰れるかなんて、タングが家から当てずっぽうを言う程度の予想しか僕もできないよ。

それからしばらくはスマートフォンも沈黙していた。タングもようやく状況を理解したのかもしれない。そう思いながら到着ロビーに向かっていたら、また通知音が鳴った。

――僕の予想だとあと十分で帰れる。

――は?

――ベンの予想は僕の当てずっぽうと同じなんでしょ、だから当ててみた。

もう一度〝は？〟と返信しかけたところで、要は〝わからない〟と言いたかったことがタングには全然伝わっていないのだと気づいた。

――いや、今のはそういう意味じゃないんだ。だいたい、飛行機の到着まであと十五分はあるって言ってるんだから、十分で帰れるわけがないだろう。まあ、いいや。とにかく……最低でもあと一時間はかかる。こっちを出る時に連絡するから。いいか？

返事はなかった。僕はカトウたちが出てきたらすぐに迎えられる場所に陣取り、友人一家を待った。フライトは定刻どおりに着いたようだが、立って何かを待っている時というのは時間の経過がやけに遅く感じられるものだ。しばらくして、僕はタングの様子を確かめることにした。

――タング、さっきの質問の返事をもらってないぞ。こっちを出る時に連絡する。わかったか？

今度は間髪入れずに返信があった。

――ごめん、今忙しいから返事は無理。

カトゥは大事な友人だが、時々首を絞めたくなるような、〝おいっ〟と思う瞬間がある。僕自身、タングとのやり取りでもやもやしたせいで心が少々乱れていたのかもしれないし、何もなくてもむっとしていたのかもしれないが、とにかくカトゥを出迎えた時、僕は言いたいことを我慢するのに苦労した。

最初に見つけたのはジャスミンだった。彼女が宙に浮くロボットでどこにいても目立つからということもあるが、理由はそれだけではない。他の三人の姿は荷物がうずたかく積まれた手荷物カートにほぼ隠れていた。タングを連れてこなくて正解だ。

「ベン」

ジャスミンがなめらかな声で呼びかけながら、一行に先立ってこちらに近づいてきた。

「またお会いできて嬉しいです。このたびはご厚意に甘えて皆で押しかけてしまって申し訳ありません」

「謝ることなんかないよ！　君のことならいつでも大歓迎だ、ジャスミン」

僕はそう言うと、すかさずつけ足した。

「君たちみんな、大歓迎だ。友達じゃないか」

僕はお辞儀ともうなずきともつかぬ仕草でジャスミンを迎えた。はたから見ればとてつもなく不審な動きだっただろう。ジャスミンに愛を告白されたのはもう何年も前のことだ。その後、彼女は失恋から立ち直るためカトウ一家と暮らすようになった。あれ以来、僕はジャスミンにどう接していいかわからずにいる。また気を持たせるようなことになってはいけないが、彼女が今も僕に未練を残しているなどと決めつけるのも違う。

「ここでは話せないから、ひとまず君の家に移動しよう」

カートの後ろから姿を現したカトウが言った。一家がジャスミンに追いつく。挨拶と呼ぶにはあまりに愛想のないカトウの第一声に、僕はいささか戸惑った。荷物の山のてっぺんからダッフルバッグが落ち、リジーの姿も見えた。僕は落ちた鞄を拾って肩にかけた。リジーはどこか疲れた様子だ。まあ、十二時間のフライトを終えたばかりなら無理もないか。それでも、僕と目が合うとにっこり笑った。

「今のは〝やあ、ベン、久しぶりに会えて嬉しいよ〟って意味よ。空港まで迎えにきてくれて本当にありがとう」

リジーは僕の頬にキスをすると、呆れ気味に夫を見た。カトウは一瞬、困惑の表情を浮かべた。

「ああ。うん、もちろん会えて嬉しいよ。すまない。ちょっと疲れてて。まあ、それはみんな同じだけど。ただ、君と話さなければならないことがあるのは事実だ。行こうか」

「あー……うん、行こう」

それしか言葉が出なかった。ふと、カートの後ろに隠れているトモの姿が目に入った。

「こんにちは、トモ。大きくなったねぇ」

ありきたりな言葉を口にした自分に顔をしかめ、それを取り繕うようにトモにぎこちなく手を振った。トモは手に持ったゲーム機から目線だけこちらに向けると、日本語で挨拶した。

「英語で挨拶しなさい、トモ」

リジーがやはり日本語でぴしっと注意した。その後もひとしきり何か言い聞かせている。僕の知るごくわずかな日本語の語彙では到底理解できなかったが、〝英語で挨拶してねと言ってあったでしょう〟というような話をしているのだろう。

トモは英語で挨拶し直すかわりに、母親に口答えした。リジーはうんざり顔で息子を見つめ、夫を睨んだ。カトウはやはり日本語で息子に言葉をかけると、ジャスミンについてくるように合図し、駐車場に向かってゆっくりと歩き出した。

リジーはかぶりを振り、カートを押しながら言った。

「トモはね、〝僕は少なくともベンにこんにちはと挨拶したよ、パパはしなかったけど〟って言ったの。ボニーも親に向かって減らず口を叩いたりする？　それともうちの子だけ？」


僕に返信ができないほど何がそんなに忙しかったのかは謎だが、僕たちが家に着く頃には一段落していたようで、タングは玄関で待っていた。

「遅いよ！」と、文句を言う。「十分で帰るって言ったのに！」

「そうじゃないだろ、タング」

僕は反論しつつ、スーツケースを家の中に運び入れようとした。

「いいか、そっちが十分で帰ると言ったんだ。僕はもっと長くかかるとはっきり伝えた。人の話をちゃんと聞かないのが悪い」

「長くかかるなんて言った？」

タングの返事にリジーはくすくす笑ったが、僕は、今のはとぼけたわけではなく本気で言ったような気がした。タングは強引に前に出てきて、足を左右交互に踏み替えながら皆をハグしようとした。だが、大荷物を抱えた人間四人がひと塊となって、変幻自在なアメーバみたいに、玄関を塞いでいるタングの脇をいちどきに通り抜けようとしていては、ハグどころではない。ちなみにそんなことをしているのは人間だけで、昔からタングと比べて物静かなジャスミンは、私道で辛抱強く待っている。いや、待っているはずだ。振り返るだけの空間も気力もなかったから確かめようがなかったが。

「タング、ちょっとどいてくれ。そこにいちゃ、みんな入れないよ」

タングは一歩下がったが、その程度では状況は変わらない。幸い、玄関からの人の声を聞きつけたエイミーが廊下に出てきて、タングを後ろに引っ張ってくれた。

皆が家の中に入ったところで、ようやく再会のハグと相成った。やがてそれもすむと、リジーが尋ねた。

「ボニーはいないの？」

「ここにいるよ」

階段の踊り場から小さな声がした。

「もう少しこの……」と、両手を広げて僕たちを示す。「めちゃくちゃな状態が落ち着くのを待ってるの。あと、覚えてると思うけど、私はハグはしないよ。ジャスミン以外とは。ジャスミンも連れてきたんだよね？」

ボニーが眉根を寄せて階段の手すりから身を乗り出した。

「ここにいますよ」という返事とともに、ジャスミンが玄関をスーッと抜けて中に入ってきた。ボニーは階段を小走りに下りると、ジャスミンの卵型の体に両腕を回して抱きしめた。

「この間からミセス・カッカーも一緒に住んでるんだけど、昼寝中だから今はまだ会えないよ。見てほしいものがあるから二階に来て」

そう言うと、ボニーはトモを見やり、声をかけた。

「トモもおいで。ここにいるより二階の方が楽しいから。ミセス・カッカーを起こさないように静かにしてないとだめだけどね」

空港からの道中はゲーム機に向かって声を上げた以外はほぼ何もしゃべらず、英語にいたってはひと言も発していないトモが、ボニーをじっと見つめた。

「これ持ってくよ?」とゲーム機を見せ、両親から鋭く睨まれて、「持っていってもいいかな?」と言い直す。

ボニーは思案するように軽く上を向いたが、トモが自分のゲームを見せたいように、ボニーもトモが遊んでいるゲームの内容には興味津々なはずだ。僕はそれがポケモンのゲームだと知っていたし、ボニーが食いつくのもわかっていたが、せっかくのお楽しみを台無しにしないように黙っておいた。

「どうぞ」

ボニーは、民の注目を浴びる気高き小さな女王さながらに答えた。そして、その場でくるりと向こうを向くと、気取った足取りで二階に上がっていった。指名したふたりは当然ついてくるものと思っている。ジャスミンがトモをつんと押して促し、一緒にボニーのあとを追った。タングも続こうと足を踏み出しかけたが、それをカトウが呼び止めた。

「いや、タングとジャスミンはここに残ってほしい。遊ぶのはあとだ。大事な話がある」

僕とエイミーはすばやく視線を交わした。僕は腕組みをして、さて、どうなるかと成り行きを見守った。ボニーが振り返ってカトウを睨んだ。

「私のプロジェクトは遊びじゃない。それに、みんな着いたばかりなんだから、まずは座ってお茶を飲まないと。大人はどこかに出かけたらそうするものでしょ」

エイミーに目をやると、にやりとしそうになるのをこらえていた。リジーも笑ってしまわないように指先で口元を押さえている。カトウが助けを求めるように僕を見た。

「黙って言われたとおりにした方がいい時もある」

僕はそう言うと、キッチンの方へ首を傾けた。ボニーは自分の言い分が通ったことに満足し、お供の者たちを従えて階段を上がっていった。カトウはかぶりを振ったが、リジーに背中を押されて僕のあとをついてきた。

「先にこれを上に運んじゃうわね」と、エイミーがスーツケースを持ち上げる。「終わったらキッチンに行くわ」

リジーが〝私も一緒に運ぶ〟と申し出て、ふたりも二階に上がっていった。

「心配するな」

僕は誰にも話を聞かれない場所まで移動すると、カトウに言った。

「ボニーは、トモが何のゲームで遊んでいるかを知ったらロボットたちのことはそっちのけになるはずだから、タングもジャスミンもすぐ下りてくるよ」

「タングも？　タングだってポケモンが好きなんじゃないのか？」

「大好きだよ。でも、あいつのゲーム機は下にあるから、トモと遊ぶにはいったん下りてこなきゃならない。それに、中等学校に通うようになってからは、昔好きだったことを今も好きだと認めるのはかっこ悪いと思ってる節もある」

僕がボニーに言われたとおりお茶、もとい、コーヒーを淹れる間、カトウはキッチンカウンターの前に座っていた。ふいに通知音が鳴り、カトウがポケットからスマートフォンを取り出した。画面を確認し、その画面をカウンターに伏せる。

「大丈夫か？」

僕はスマートフォンの隣にコーヒーを置きつつ、尋ねた。

カトウはありがとうと頭を下げた。

「大丈夫。単なる業務連絡だ」

僕は調理台にもたれ、左右の足首を交差させると、お預けを食らっていた次の質問へのカトウの返答に備えた。

「さてと。話を聞かせてくれ。何が起きてるんだ？」

カトウはほとんどわからないほどわずかに首を左右に振ると、コーヒーを飲んだ。

「すまないが、状況が変わって今の段階で君に話せることはなくなった。少なくとも君が知らないようなことは何も。タングとは一度話をして、何か知っていることはないか、確かめる必要があるかもしれないが。ただそれも、今夜急いで話さなくてもいい。明日は僕もジャスミンも仕事だから、今夜はゆっくりするのもいいかもしれない」

「仕事？　日曜に？　時差ボケもあるだろうに。君のボスもひどいな」

「要請があれば応じるのが僕たちの仕事だ。状況はつねに動いていて、対応が必要になるのは平日の月曜から金曜までとは限らないからな」

「たしかに」

僕は自分が過去に対応した、ラブラドール・レトリーバーの腸からレゴブロックを取り出す緊急手術などを思い出しながら、うなずいた。ただ、休日に対応が必要になるのは理解できるが、カトウの口が急に重くなったのは不可解だ。空港ではすぐにも話をしたい様子だったのに。カトウがスマートフォンの角をいじるのを見て、ふと、話せなくなったのはカトウ自身の気持ちの変化というより、上の人間の判断のためなのかもしれないと思った。僕はもう少し食い下がってみた。

「それにしても空港で会った時とはずいぶん様子が違うじゃないか。あの時は一刻も早く話したそうにしてたのに」

「今言ったように、状況は変わる」

そう言うと、カトウはいったん口をつぐみ、続けた。

「さっきはごめん。本当にすまなかった。時差ボケの影響だと思う。あとは子ども連れでの長時間フライトの疲れかな」

カトウが笑ったので、僕も笑った。

「たしかにボニーを連れて東京に行った時は大変だった。タングもいたしな」

そこに再度通知音が鳴った。カトウはスマートフォンを手に取り、画面を一瞥すると、すぐにポケットにしまい、明るい口調で言った。

「それはそうと、ボニーが取り組んでいる試作品について聞きたいな」

「教えたいのは山々だけど、ボニーは僕たち家族にもプロジェクトの話はほとんどしないんだ。何かの部品を手に入れようとしてたのはたしかなんだけど。少なくともそのためのリサーチはしてた。でも、求めているものが見つからないらしくて、いらいらしてて。そのくせ手伝おうかと言っても拒否するんだ。どうやらソニアが手伝っているみたいだけど、彼女から情報を聞き出すのはボニーと同じくらい至難の業だ」

カトウはうなずいた。

「プロトタイプを見せてもらうのは可能かな？」

僕は両手を挙げて肩をすくめた。

「見せたいのも山々だけど、僕も実物は見てないんだ。目にしたのは図面だけ。それだってちゃんと見たとは言えないしな。何かのスケッチや走り書きが何枚もあったけど、僕には何のことやらさっぱりだし、具体的に形になったものがあるわけじゃないんだ、見たり触ったりできるようなものは。今のところは全部ボニーの頭の中にあるみたいだというのが、僕の印象だ。ひょっとしたらエイミーが何か知っているかもしれないけど、そうだとしても、エイミーからも何も聞いてない」

「彼女が君に隠し事をするなんてあり得ないよ」と、カトウが即座に否定した。

「まあ、そうだな」

「プロジェクトの中身を見せてもらえないか、ボニーに直接頼んでみようかな」

カトウがなぜこれほどまでにボニーのプロジェクトにこだわるのか、僕には不思議だった。もっとも、ボニーがコンテストで入賞したことはカトウも知っているし、タングの人間の妹がどんなものを作っているのか、カトウが知りたがるのは自然なことなのかもしれない。それに空港での様子を思い返すと、カトウと息子のトモとの間は少しばかりぎくしゃくしているようだ。もしかしたら、トモは両親と違ってロボットには無関心で、カトウは自分と同じ興味を持つ子どもと純粋に話がしたいだけなのかもしれない。

九　気がかり

夕食を終え、カトウとリジーがトモを寝かしつけにいくと、僕はボニーの方を向き、娘が身構えないように、なるべくさりげなく問いかけた。

「さっきからずっとカトウのことを見てるけど、どうかしたか？」

ボニーは少しの間、横目で僕を見つめた。答えるだけの価値があるかを吟味する時によくする顔だ。やがて小さくうなずくと、ボニーは言った。

「あの人を信用していいか、わからない。フランキーも同じ意見だよ」

「えっ？」僕とエイミーは同時に訊き返した。

「カトウやリジーたちとはボニーが生まれる前からのつき合いなんだぞ。今さら何が信用できないんだ？」

ボニーは肩をすくめたが、それがのんきな仕草でないことは、両手で拳を握る娘を見ればわかった。しばらく前から考えていたに違いない。エイミーにちらりと目をやったら、彼女も同じことを考えているようだった。

「信用してないとは言ってない。信用していいかわからないって言ったんだよ。パパやママだって、カトウのことを全部知ってるわけじゃない」

「どうして……どうしてそう思うの？」

僕が何か言うより先に、エイミーがそう尋ねた。

ボニーが顔にかかった髪を払う。以前ほどくりくりではなくなったが、金髪の色味は変わらない。

「違う国に住んでて、しょっちゅう会えるわけじゃないんだから、知らないことがあるのは当たり前でしょ？」

もう一度エイミーの様子をうかがったら、思案顔になっていた。何を気にしているのか尋ねようと口を開きかけた時、フランキーがダイニングルームに入ってきた。ボニーに近づき、何かをささやく。一見内緒話をしているようだが、フランキーの胸元のパネルが点灯してなじみの画面が表示された。フランキーが介入モードに入ると起動する画面だ。ふと思い当たることがあり、その瞬間にボニーの発言にも得心がいった。僕はテーブルから少しだけ体を離してボニーに向き直ると、上体を乗り出すようにして膝に両肘をついた。

「うちには今、人がいっぱいいる。今までで一番多いと思うし、普段よりあきらかに騒がしい。ボニーが自分の居場所を侵害されていると感じているとしたら、それは当然だと思うよ」

「そういうことじゃない」と、ボニーは反論した。「まあ、たしかにそれもあるけど。侵害されている感じはする。カトウたちはいつ帰るの？」

答えたのはエイミーだ。

「少なくともあと数週間はこっちにいる予定よ。カトウにはこっちでやらなくてはならない仕事があって、それがいつまでかかるか、まだわからないみたい」

僕は怪訝な顔でエイミーを見た。ボニーを納得させるために適当なことを言ったのだろうか。それとも僕が知らない何かを知っているのだろうか。ボニーがうなずく。

「リジーがそんなようなことを言ってたのよ」

僕の表情に気づいたエイミーが補足した。

「それはともかく、パパの言うとおりよ。ボニーの気持ちは当然だと思う。それにタイミングも悪かったわよね。ミセス・カッカーがうちで暮らすようになって間もないところに、カトウたちも来たから。許容量を超えていると感じるのも無理はない」

エイミーは立ち上がり、ボニーに手を差し出した。その手をボニーが取ることはまずない。それは家族の誰もが承知している。それでも、差し出された手の意味はボニーも理解している。ボニーが疲れていてもいなくても、そろそろ寝る時間だという合図だ。

「そういうことじゃない」と、ボニーは繰り返した。「少なくとも……私は違うと思う。でも、もしかしたらそうなのかな」

僕は食卓を片づけ、食洗機に食器を入れると、カトウとリジーがお土産に持ってきてくれたウイスキーの封を切った。冷凍庫から角氷を出していたら、カトウが二階から下りてきた。一杯どうかという僕の誘いに、彼はうなずいた。

「ありがとう」

そして、肩越しに親指で背後を示した。

「トモは興奮しすぎてくたくただよ。そうは見えないだろうけどね。よく知らない人にはなかなか打ち解けない性格で。そこは君のところのボニーと似ている気がする」

「ほんとだな」

そう答えつつ、カトウがたばこの箱を取り出したのを見て、僕は思わず二度見した。そして、黙ってフランス窓の方に頭を傾けた。カトウと庭のデッキに出て、ふたりして手すりに腕を預けた。今夜は先日までの寒さは感じない。雲が地表の熱が逃げるのを遮っているからだろう。とはいえ、そこまで厚い雲ではなく、月のありかを告げるように一点だけ明るくなっていた。

カトウがたばこの箱をこちらに差し出す。僕が首を横に振ると、カトウは箱の蓋を閉め、ポケットにしまった。

「そういえば、夕食の時にボニーにプロジェクトのことを訊かなかったね」

一番訊きたかった、〝いつからたばこを吸うようになったんだ？〟のひと言はのみ込んだ。

「考えが変わったのか？」

カトウはたばこを吸うと、かぶりを振った。

「そうじゃない。ただ、ボニーはあの場で僕とプロジェクトの話をする気はなさそうだったから。夕食の席に限った話ではないのかもしれないけど。ボニーはどことなく僕を信用していない感じがする。だから、無理強いはしない方がいいと思ったんだ」

「鋭いな。僕とエイミーも同じことを感じて、さっきボニーに確かめたところだ。君の予想どおり、ボニーは君を信用してない」

カトウは笑った。

「気のせいであることを願ってたんだけどな」

「ごめん。考えすぎだとごまかしてもよかったんだけど、正直に話すのが一番だと思ってさ」

カトウは再びたばこを吸うと、もう一度僕に箱を差し出した。二度目だったので、さすがに一本もらおうかとも思ったが、僕は一度も吸ったことがないし、今も特段吸いたいわけでもない。だから、断った。カトウは驚くでもなく、気を悪くした様子もなかった。たばこの箱をしまうかわりに、両手の人差し指で挟んでくるくる回した。手遊びおもちゃのハンドスピナーみたいだ。

「カトウ、大丈夫か？　ちょっと変だぞ。かなりのストレスにさらされてるようだし、いつもの君らしくない」

カトウは箱を回すのをやめ、二本目のたばこを取り出して火をつけた。

「タングは今は中等学校に通ってるんだっけ？」

僕の質問が聞こえなかったかのように尋ねる。かなり強引な話題転換だが、カトウが自分自身について答えたくないのはあきらかだったので、今の質問は忘れることにした。話せる時が来たら話してくれるだろう。そうであることを願う。

「あー、うん」と、僕は答えた。「学校側が……いや、僕たちで話し合って、去年飛び級させたんだ。小学校の勉強はタングにはもはや易しすぎたから。それで問題行動を起こすようになってた。退屈してたんだ」

カトウがうなずく。以前の彼なら飛び級のニュースに胸を躍らせただろう。だが、今日は違った。カトウはウイスキーをひと口飲むと、グラスの中をじっと見つめた。

僕も酒をぐいっと流し込み、心を決めた。

「カトウ、教えてくれ……どうしてここに来た？　いや、君たちに会えるのはいつだって嬉しいよ。だけど、休暇で来たわけじゃないだろ？　何が起きているにせよ、それだけははっきりしている」

　カトウがそっと辺りを見回した。

「前にタングがアルバイト先の病院の停電騒ぎについて話してくれたことがあっただろう？　僕とジャスミンは……実際に何があったのかを調査してるんだ」

「地域の中核病院とはいえ、しょせんはイングランドの片田舎にある小さな病院の停電について調べるために、はるばる日本から来たのか？」

　カトウは少しためらってから、うなずいた。

「どうして？」

「それを調べようとしている」

「いや、そうじゃなくて、どうして君なんだ？　わからない。だっておかしいじゃないか。停電なんてよくあることだろう。それに、あの停電のおかげでタングは産科病棟で働く機会を得た。本来うろついてちゃだめな場所をふらふらしてたのは褒められたことじゃないが、ああやって自分の道を切り開いていくところは尊敬する。タングはチャンスを見つけて、それを摑ん――」

「タングのことはともかく、あの停電はよくあることで片づけてはいけないのかもしれない」

カトウは僕の話を遮り、異様な速さで髪をかき上げた。かき上げた手にたばこを持っていたからだ。もう一方の手はグラスで塞がっていた。カトウの顔を最後に見たのは数ヶ月前だが、そのわずかな期間に彼の髪の生え際はあきらかに後退していた。それに、時差ボケだけでは説明がつかないほど疲労の色が濃い。

「あの停電は偶発的な出来事ではないということか？」

「そうだ」

「詳しく聞かせてくれ……」

「何者かが異なる場所の異なるシステムを巧妙にハッキングしている。我々は当初、それを個別の攻撃と認識していた。手口が一見違っていたからだ。でも、個別の事案だと思っていたものが、どうも関連しているようだと気づいた。ジャスミンと僕は……僕たちは、この事案に関連する、たとえばコードの類いを前にも目にしたことがある。ごめん。これ以上はどこまで話していいものか、はっきりしないんだ」

「わかるよ」

そう返したものの、本当にわかっているか、自信はなかった。

「でも、なぜここに、うちに来ようと思ったんだ？」

カトウはほほ笑んだ。

「友達に会いたいと思うのは当たり前じゃないか。僕たちは近くに……」

カトウはふと言いよどみ、ウイスキーをあおった。

「……ロンドンの近くにいる必要があった。それならせっかくだからベンたちにも会えたらと思ったんだ。久しぶりに」

「リジーやトモにもまた会えて、僕たちも嬉しいよ」

一瞬、カトウの表情が変わり、僕は胸騒ぎを覚えた。

「ふたりは日本に残った方がよかったかもしれない」カトウはそう言うと、続けた。「こっちにいる間、僕はほぼ仕事漬けになるし、ジャスミンも同じだ。リジーやトモにとってはたいして楽しい滞在にならないかもしれない。特にトモにとっては。それも、他の場所ではなく君たちの家に寄せてもらった理由のひとつだ」

「ふたりのことはこっちで最大限もてなすよ。心配するな」

「ありがとう」

カトウはまだ何か言いたげだったが、背後でフランス窓が開き、会話が途切れた。振り返ると、敷居にタングが立っていた。

「何で冬にデッキなんかに出てるの？　雪が降ってるわけでもないのに。エイミーが、〝中に戻ってみんなで話しましょう〟って言ってるよ」

僕の視界の端で、カトウがたばこの吸い殻を湿った草の上に放り、タングに向き直った。

「それもそうだな、タング！」と、タングに近づいてその肩を抱き、室内に連れ戻す。

「ベンから聞いたよ。中等学校に飛び級したんだってね。学校生活はどうだい？」

僕は少しためらってから、ふたりを追って家の中に戻った。やはりカトウはあきらかに様子がおかしい。立て続けにたばこを吸っていたのも、たった今目の当たりにした唐突な気持ちの切り替えも、ひどく気にかかる。僕は頭の奥の方で考え始めていた。ボニーの直感は正しいのではないかと。


「ベンが気にしすぎているだけじゃない？」

翌朝、エイミーとふたりでカトウ一家やソニアの朝食の準備をしている時に、そう言われた。

「たぶん、知的財産に関する秘密保持契約なんかがあるのよ。私がつねに守秘義務を課されているのと同じで。私が職務上知り得た情報を人に話せないように、彼も仕事については口外できないんだと思うわ」

「そうだな」と言いながら、僕はフライパンに並べたスライスベーコンをひっくり返していった。「ただ、どう見ても……働きすぎだし、ストレスもすごそうだから。純粋な家族旅行で訪ねてきてくれたんだったらよかったんだけどな。カトウには休みが必要だ。あの家族全員がそれを必要としてる気がする」

そこに、ふいに火災報知器が鳴り響いた。エイミーが慌てて布巾を手に取り、報知器をあおぐと、キッチンのドアを閉めた。数秒後、廊下に面したドアが勢いよく開いた。カトウが取り乱した様子で立っていた。

「警報音が聞こえた。何があった？　火事か？」

「何でもないよ、カトウ。ベーコンを焼きすぎただけだ」

僕はフライパンの油から上がる煙を指差した。

「何だ、そうか」

カトウの肩の力がすっと抜けた。エイミーがコーヒーポットを示すと、カトウは自らコーヒーを注いで一気に飲み干し、マグカップをシンクに置いた。

「座ってて。朝食を用意するから」

僕の言葉に、カトウは首を横に振った。

「悪いが食べている時間はない。僕もジャスミンももう出かけないと。仕事なんだ。リジーはまだ寝てる。たぶん時差ボケだ……あとで戻ると伝えておいてもらえるかな？」

「もちろん。それよりカトウ、よかったら車で送って……」

言いかけた時にはもう、カトウはキッチンをあとにしていた。後ろ手にドアを閉めていく。一分後、車のクラクションが鳴った。閉まりきっていなかったキッチンのドアがわずかに開き、すぐにバタンと閉まった。玄関の扉が開け閉めされた際に家の中の気流が変わったせいだ。

「タクシーを呼んでたようね」と、エイミーが言った。

朝食を終えても誰も起きてこないので、せっかくの日曜日だしと、僕たちもベッドでごろごろすることにした。

「リジーがね、カトウとの間がぎくしゃくしてるって言うの」

エイミーがベッドに横になりながら言った。僕は思わず大きなため息を漏らした。

「驚いたと言いたいところだけど」と断り、空港での夫婦の様子を話した。エイミーがうなずく。

「リジー、悩んでた。今のカトウにどう接すればいいかわからない、まるでふたりして卵の殻の上を歩いているみたいだって。カトウの様子がいつもと違うのは仕事のせいで、その内容については、さっき言ったように話せないこともあるのはリジーも理解してる。家に持ち込まないでくれさえすれば、それで構わないとも思ってる。ただ、実際には持ち込んじゃってるみたいなのよね」

「家に持ち込む？　カトウは最近じゃ家でも仕事してるのか？」

「違う。そうじゃなくて、仕事のストレスを持ち込むってこと……緊張をね。何が起きているにせよ、それがカトウを悩ませ、今やリジーやトモにまで悪影響を及ぼしている。リジーもトモもうちに来てほっとしてるんじゃないかしら。これでしばらくは、カトウが家庭に落とす影を薄められるって」

気持ちはわかる気がした。リジーは元来陽気な人で、一方カトウは真面目で、こうと決めたら譲らないところがある。空港でカトウとトモの間に微妙な空気が流れていたように感じたのも、エイミーの話を聞けば合点がいく。

「どうにも腑に落ちないのは、カトウがなぜ一連の問題に関わらなきゃならないかってことだ。たしかに彼はロボット工学の世界に身を置いてるよ。だからって、なぜカトウが各地のシステムに生じている異常の原因究明に当たらなきゃならない？　余計なことに首を突っ込まないでくれたらいいのに」

「うーん。どこかの誰かさんに似ているわね」

「何だよ、エイミーだって人のこと言えないだろ？　この案件は一筋縄ではいかないからといって依頼を断ったことがあったか？」

エイミーは顔をしかめたが、すぐに笑った。羽毛の上掛けの下にもぞもぞと入り、僕の胸に腕を伸ばす。僕はあくびをして、エイミーに腕を回した。エイミーが言った。

「それもそうね。とにかく、こっちにいる間にリジーも少しは羽を伸ばさないとね。近いうちに、夜、連れ出してみようかしら」

十　ドーナッツ

カトウが予期していたように、ハーフターム休暇はカトウもジャスミンもほぼ不在のまま過ぎた。彼に約束したとおり、僕たちはリジーとトモにイギリス滞在を楽しんでもらおうと、できる限りのことをした。タングに頼み込んで、週の半ばにタングが友人たちとやる予定のテーブルトークRPGにボニーとトモを参加させてもらうことにもなった。

ただし、タングが協力したのはそれくらいで、あとは自室で過ごすことが多かった。本人は勉強していると言い張っているが、おおかた友達とビデオ通話でおしゃべりしているのだろう。病院のアルバイトのシフトもそれなりに入っており、誰に訊いても今やタングは産科チームに欠かせない仲間だと言う。もっとも、現在はもっぱら医療以外の面からチームを支えている。

人間の子どもやティーンエージャーが往々にしてそうであるように、タングも自分の具体的な仕事ぶりについては詳しく話そうとしない。ただ、これまた人間の子どもの場合と同じで、親である僕たちのいずれかに一見偶然のようにもたらされる断片的な情報をつなぎ合わせることで、状況をそれなりに把握することはできる。たとえば、病棟が落ち着いていて暇だった日に、タングが保管室に保管された患者情報のハードコピーのファイリングシステムを大幅に作り替えたと判明したことがある。上司である助産師は、作り替え作業の真っ最中のタングを見つけて激怒した。そんな彼女に、タングは新しいファイリング方法がいかに能率アップにつながるかを説いた。上司は、生意気だとますます怒った。だが、そこはタング。例のごとく人を味方につける才能を発揮して、最終的には上司を納得させた。聞いた話では、タングは、依頼を受けて何冊ものフォルダーを取りにいくのは自分や自分のような立場の者なのだから、自分たちにとってやりやすい合理的な整理方法に極力改めるべきだと主張したらしい。そして、自分のシステムと従来のシステムのどちらがより早く患者情報を取り出せるか、時間を計ろうと提案した。結果、タングのシステムが採用された。

タングは患者に食べ物や飲み物を運ぶのもうまかった。これは正直意外だった。というのも、食べ物を用意したり運んだりという作業はどちらかといえば苦手としてきたことだからだ。それが、出産に立ち会う人からは、タングに頼めば、途中で中身の大半をこぼしてしまうこともなくコーヒーを持ってきてもらえると信用されるようになり、陣痛の始まった妊婦にも、〝食べられるなら食べた方がいいよ〟と進言し、取ってきてあげたバナナを投げ返されることなく受け取ってもらえるようにもなった。タングの成長を感じた。

もっとも、どのエピソードもタングらしいといえばタングらしい。タングの最大の長所は、人と仲よくなるのが上手で、人を動かす力があるところだ。学業面では、教師と保護者との個人面談で、タングは科学の成績が特に優秀だと褒められた。本人も科学は好きだし、将来的にも必要な科目だ。その反面、アートなどは苦労しているようで、タングもアートはどうせ自分には役に立たないと思っていた。ただし、その考えにはボニーが異を唱えた。アートもデザインも科学も互いに関連していて、それに気づけないならタングは惨めな負け犬人生を送ることになる——ボニー自身の言葉だ。その議論になったのはある日の夕食の時だったが、真っ向から対立するふたりをエイミーと僕とでどうにか歩み寄らせようとする羽目になり、実に厄介だった。

それはさておき、中等学校生が仕事の経験を得るという意味においても、病院で単純労働者として働くという意味においても、タングは最大限よくやっていた。タングに欠けていたのは実際の医療経験で、これはタングと同じ立場の人間にも当てはまることだった。ただし、人間と違い、タングが将来的に医療を提供する立場に転じることを許されるのかは、現時点では未知数だ。

それでも、自分に与えられた役割が組織の歯車としてはけっして大きくないことなど気づきもしないタングは、熱心に仕事に励んだ。休みを希望してもおかしくないハーフターム休暇の期間でさえ休まなかった。むしろ、ある朝ブライオニーが事前の連絡もなしにベラを連れて我が家を訪ねてきて、皆で牧草地を散歩しようと誘いにきた時も、タングは午前中のシフトに入っていた。ちなみにカトウとジャスミンは不在で、ソニアは部屋で休んでいた。

「赤ちゃんは時間を選ばずに生まれてくるからさ」

病院まで送り届けた僕に、タングは車を降りながらそう言った。

「ハーフタームだからって生まれてくるのをやめたりはしない」

「カトウみたいな口ぶりだな」僕はタングの背中に叫んだ。

そういうわけで不在者もちらほらいる中での散歩となったが、リジーとブライオニーはすぐに打ち解け、ボニーとトモも犬との外遊びを楽しんでいた。すがすがしい朝だった。ひとつの重大な会話を除けば。

リジーはブライオニーとエイミーと僕を残し、少し前を行く子どもたちに走って合流し、ベラに棒を投げてやっていた。ここから見る限り、犬より子どもたちの方が夢中になって棒を追いかけている。犬の方は、どうせ子どもたちが棒を取ってきてくれるなら、何も大きな体で頑張って走らなくてもいいやと言わんばかりの態度だ。一方、ブライオニーは歩くのも少しつらそうで、あまり体調がよくないのだと言った。

「何だかさえないなとは思ってた」

僕はよく考えもせず思ったままを口にした。

「悪かったわね、さえなくて！」

「どうしたの？」と、エイミーが気遣う。

「ここしばらく、よく眠れなくて。寝汗もかくし。気分の落ち込みもひどい。はじめはホームシックかなと思ったの。住み慣れた場所や日常から離れた高揚感が少しずつ薄れて、家が恋しくなったのかなって。だから帰ってきたんだけどね。でも、体調不良の原因は別にある」

「そんな話を聞いたら心配になるわ、ブライ。大きな病気が見つかったわけじゃないわよね？　癌とかじゃないわよね？」

「癌じゃないわ」

「本当に？」エイミーはすっかり動揺し、喉が詰まったようになっている。「どうして言い切れるの？　軽んじてはいけない症状ってたくさんあるのよ。寝汗もそうだし、疲労だってそう。それに……」

「私たちももう四十代、疲労とも仲よくつき合っていかなきゃならない年齢じゃない！」

エイミーも僕も笑ったが、それはどこかぎこちなく、不安は隠し切れなかった。

「そうだとしても」と、僕は言った。「軽く見ては……」

「だから、癌じゃないってば。閉経したの！」

姉の告白に、僕たち夫婦ははっとして口をつぐんだ。閉経については僕はまったくの門外漢だし、ショックを受けているエイミーの表情を見る限り、彼女も閉経を現実問題として意識したことはないようだ。僕の胸を真っ先によぎったのは、姉の心情を無視した思いだった。病気でなくてよかったと、心底ほっとしたのだ。だが、考えてみればそれはあくまで男の視点であって、姉が閉経をどう受けとめているかはわからない。ふと、僕もエイミーも姉の告白にひと言も返していないと気づいた。愚かな僕は、沈黙を破ろうとして最初に頭に浮かんだことをそのまま口にした。

「閉経を迎えるにはまだちょっと若くないか、ブライ？」

姉は僕を睨んだ。

「年齢的には更年期に入ってるわ。残念ながら」

「でも……」エイミーが魚みたいに口をぱくぱくさせる。「でも……でも……それでもブライオニーはブライオニーよ。母の更年期の頃を覚えているけど、あれはひどかった。母はものすごく情緒不安定だった。でも、誰も状況を説明してくれないから、私たち家族はわけもわからないまま耐えるしかなかった」

「お母さんの場合は、原因は更年期だけじゃないと思うわよ、エイミー」

ブライオニーが指摘した。エイミーは実家の家族のこと、とりわけ母親のことはめったに話さない。だが、姉の今の発言から想像するに、僕があえて詮索してこなかったエイミーの家族事情について、姉は何か知っているのかもしれない。

エイミーが唇をきゅっと結び、顎を引いた。

「そうね。ブライオニーの言うとおりかも。それでも、あの頃大変だったことに変わりはないけど。私が言いたかったのは、ブライオニーには更年期を思わせる言動は見られないってこと。本当にそれが原因なの？」

「まず間違いないわ。ていうか、ふたりとも何でそんな顔をしてるの？」

「そんな顔？」僕たちは声を揃えて訊き返した。

「私の人生が終わったみたいな顔」

僕たちはそんなことはないと慌てて否定したが、何のフォローにもならなかった。

「言っとくけど、単に閉経を迎えただけで、モンスターに変身するわけじゃないんだからね。まったく。世界の人口の半分が経験することで、恐るるに足らずって思ってきたのに、いざなってみると、誰もその話題に触れようともしないんだから！　目下の悩みは、このやたらと汗っかきで、世間からタブー視された目に見えない巨大な厄介者にまとわりつかれている状態で、どうやってボーイフレンドを見つけたらいいかってことよ。はあ、リジーのところに行ってくるわ」

そう言うと、ブライオニーは立ち上がって大股で歩いていった。残された僕とエイミーは顔を見合わせ、やってしまったと反省した。それでもひとつわかったことがある。ブライオニーは平気なふうを装っていたが、本当は人生の新たなステージを迎えたことをあきらかに気にしている。そして、そのステージとは必ずしも閉経のことは限らない。

エイミーが考えていた夜の外出は、ブライオニーが登録しているマッチングアプリの運営者主催の、近隣のクラブで開かれるイベントに参加するという形で、翌週末に実現した。厳密には〝シングル限定ナイト〟だったが、ブライオニーは主催者から、友達の参加も大歓迎で、言うなれば〝恋活市場に出ていない〟人にはそれとわかるバッジをつけてもらうから、変に言い寄られる心配もないと説明されたらしい。

更年期についての会話では、僕たち夫婦は失言をしている。ブライオニーはその償いとして、エイミーには一緒にイベントに参加してもらい、僕にはその間しっかり子守をしてもらおうと決めていた。僕が子どもたちを見ていれば、リジーも一緒に出かけられる。

「僕も行けるよ？」

電話でイベント参加の件を連絡してきたブライオニーに、僕はそう言った。

「家にはソニアがいるから。ブライオニーが彼女のこともクラブに連れていくつもりなら、話は別だけど」

「それもありかもね！　人はわからないものよ。案外クラブで踊るのが好きかもしれないじゃない」

「彼女の腰が悲鳴を上げそうだけどな。まあ、でも、ブライオニーの言うことはわかる」

「リジーにはエイミーから声をかけてもらえばいいわ」

それは提案ではなく指示だった。僕は思わずにんまりした。それでこそ姉だ。いつもの調子が戻ってきたのを感じて嬉しかった。

ブライオニーの言いつけどおりにエイミーがリジーを誘うと、はじめは鼻にしわを寄せて気乗りしない顔をしていたリジーだったが、それから数日、カトウの姿をほとんど見ない日が続くと、考えを変えた。

クラブなどもう何年もご無沙汰のエイミーは、イベントの数日前、手持ちの服から当日着ていくのにふさわしいものを探した。〝できればスパンコールの服、それがないなら、せめてミニ丈できらきらしている服〟。エイミー自身の言葉だ。

服探しの最中に、インターネットで頼んでおいた日常の買い物を配送ロボットが届けにきた。僕はエイミーを寝室に残し、荷物を受け取りにいった。タングは友人たちとテーブルトークRPGに興じていた。こちらの無理な頼みに応じて、ボニーとトモも仲間に入れてくれている。荷物の受け取りついでに、子どもたちが仲よくやっているか見てこよう。リジーは買い物に出かけていた。クラブに着ていく服など持ってきていないからだ。ただ、買い物につき合うというエイミーの申し出は断っていた。ひとりになる時間がほしいのかもと、エイミーは理解を示した。僕にはその気持ちがいまいちわからなかった。リジーが抱えている悩みのひとつは、東京の自宅でひとりで過ごす時間が長いことなのに。だが、エイミーにそう言ったら、目をぐるりとさせて、これだから男の人はと呆れられた。ますますわけがわからない。

それと比べれば、ミスター・パークスとソニアがついにアフタヌーンティー・デートを実現させたのは嘘みたいに単純明快な出来事だった。ソニアの方から唐突に〝行こう〟と言い出したらしい。振り回されるミスター・パークスも大変だ。おまけに彼女が出かけたかったのは、ひとえにその日の午後はティーンエージャーたちの集まりで家が騒がしくなりそうだったからだ。だが、そんな急すぎるひどい誘われ方にも、ミスター・パークスは見事に応えた。ソニアを迎えにきた彼は手に花束を抱え、髪は一筋の乱れもないほどに櫛で整えられていた。

ソニアはやけに早くから青いコートを着て待っていた。ミスター・パークスは約束の時間の三十秒前に迎えにきたが、それでは遅いとソニアがデートを取りやめにするのではないかと、僕は内心ひやひやした。だが、玄関の呼び鈴の音に、「私が出るわ」と宣言するソニアの声を聞き、僕は大丈夫そうだと胸を撫で下ろした。ちなみに、呼び鈴を聞いて僕自身も玄関に向かったのだが、行った時にはすでにドアは開いていて、ソニアが敷居を危なっかしい足取りでまたぐところだった。花を花瓶に生けておこうかと声をかけるくらいしか、僕にできることは残っていなかった。

　ソニアが振り向き、花束を僕に差し出した。ついでに辛口コメントのひとつでも寄越すのだろうと待っていたら、ソニアはにっこり笑って礼を述べた。思いがけないことに僕は調子が狂ってしまい、ミスター・パークスの手を借りて彼の車に乗り込むソニアに呼びかけた。

「花はちゃんと生けておくから、安心して！」

　ミスター・パークスは助手席のドアを閉めると、僕を振り返り、こっちが思わず首をすくめたくなるような顔でやれやれとかぶりを振った。私はまだおまえを一人前とは認めてないぞとでも言いたげだ。ミスター・パークスがいつもどおりで安心した。ただし、その瞳には明るい光が宿っていた。彼のそんな目を見るのはおそらく初めてだ。ここだけの話、彼の妻が生きていた頃にも見せたことはない気がする。視線を交わした時、ミスター・パークス自身、世界がこんなにも輝いて見えるのはいつぶりだろうという顔をしていた。本人がそうなのだから、彼の晴れやかな顔を最後に見たのがいつか、僕が思い出せないのも当然だ。彼の幸せを思い、僕まで嬉しくなった。

ミスター・パークスが車をバックで私道から出そうとしているところへ、ホームコメディーばりのタイミングでタングの友人たちがやってきた。タングの友達のティムと、弟のイアン、そしてタングのもうひとりの友達ライアンだ。三人は、ティムとイアンの父親であるアンドリューが運転する車で到着した。ミスター・パークスが私道から出るのを待とうとするアンドリューと、アンドリューが駐車するのをいつになく親切に待とうとするミスター・パークスの間で譲り合いが起き、互いに動けなくなっている。

面白いのでしばらく眺めていようと思ったが、愉快な譲り合いは数秒で終わってしまい、ミスター・パークスとソニアはデートに出発した。イアンとティムとライアンが開いている玄関から我が家になだれ込み、階段下の収納スペースの前にスニーカーをいっせいに脱ぎ捨てた。

「花、きれいっすね、ミスター・チェンバーズ」

僕が抱えていた花束を指して、ライアンが言った。

「ありがとう。たまには自分にご褒美をやるのもいいかと思ってさ」

冗談のつもりだったのだが、ライアンは素直にうなずいた。

「いいと思います」

そして、ティムやイアンとともに、キッチン経由でタングとボニーとトモの待つダイニングルームに向かった。僕が玄関を閉めようとしたら、タングのもうひとりの友人クレアが小走りでやってきた。男の子たちと違い、クレアはブーツを脱がなかった。紐をほどくのが大変なのだろう。そもそも、うちを訪ねてくる人に玄関で靴を脱ぐように頼んだことはないから、クレアが脱がないのは当然だ。むしろ、さっきの男の子たちが毎度律儀に脱ぐことの方が不思議だ。ちなみにクレアはRPGの進行役を務めているのだが、ブーツなしだと身長がライアンの半分くらいになってしまう。ひょっとしたら、ブーツを脱がないのは自信や力関係を保つためでもあるのかもしれない。

僕はダイニングルームの入口から顔だけのぞかせて、必要なものが揃っているか確認した。タングとその友達だけなら、皆、どこに何があるかを把握しているから、僕もそんなことはしないのだが、今日は小さな子どもたちもいるので念のためだ。僕はリンゴジュースだけ出すと、あとは子どもたちに任せて部屋を出た。

エイミーが寝室で何やらごそごそしているのに気づいたのはその時で、様子を見にいったら、クラブ用の服を探していたというわけだ。

話を今に戻そう。配送ロボットから荷物を受け取り、玄関を閉めた僕は、届いたものを所定の場所にしまい、ゲーム中の子どもたちにドーナッツを持っていった。そして、エイミーと僕の分として取り分けておいたドーナッツを手に二階に向かった。

僕のいない間の衣装探しは難航していたようで、僕が寝室に入るなり、エイミーが叫んだ。

「ああ、もう！　ほんとやだ！」

「どうした？」

そう尋ねながらドーナッツを差し出したら、怖い顔で睨まれた。エイミーの手には、かつてのお気に入りの〝夜遊び用〟スカートがあった。

「ジム通いを再開する」エイミーが宣言した。「どの服もきついんだもの」

「君は今のままできれいだよ」

我ながらいいことを言ったと思ったのだが――むろん、本当のことでもある――僕が望んだ効果は得られなかった。

「あなたがどう思うかは関係ない！　あなたがいいと思えばそれでいいわけじゃないんだから！」

そう声を荒らげると、エイミーはスカートをベッドの上に投げ捨て、両手を腰に当てた。僕はドーナッツをひと口かじろうとしているところだった。この手にはドーナッツがあり、ドーナッツとは食べるものだからだ。だが、今はやめておけと直感が告げた。

「見た目には、い、太ったようには見えないよ。フォローになってるかわからないけど」

エイミーがかすかに首を傾げた。僕のひと言がフォローになっているのか、はたまた事態を悪くしただけなのか、思案している。

「実際には太ったと思ってるってこと？」

思いすごしかもしれないが、その瞬間に太陽が雲の後ろに隠れた気がした。それを、このまま会話を進めたらまずいというサインと捉えるべきだった。

「そんなことは言ってないよ。それに、仮に太ったんだとしても、問題あるか？」

「持っている服が入らないとなったら問題だわ」

「なるほど」

そこで黙るべきだった。それ以上余計なことは言わずに、ドーナッツを持って一階に戻ればよかった。だが、愚かな僕はそうしなかった。

「新しい服を買う口実にはなるよ。そうだろ？」

「新しい服なんていらないのよ。持っている服を気に入ってるんだから！」

「わかるけど、そのうちのいくつかはそろそろ手放す時なのかもよ。僕たちが出会った頃から持ってるものも何着かあるだろ？　君もあの頃よりは歳を取って、子どもも産んだんだ。そりゃ入らなくもなるよ」

エイミーがいら立ちを爆発させて金切り声を上げ、僕にスカートを投げつけた。

そこにいたってようやくドーナッツとともに撤収することにした僕は、誰の邪魔にもならない書斎に引っ込んだ。時々、歓声や落胆の声が子どもたちのいるダイニングルームから、そしてどうやらエイミーのいる夫婦の寝室からも聞こえてきた。僕は机に向かい、インターネットでも見ながら暇つぶしをすることにした。

それからしばらくして、ゲームの展開や盛り上がりとは関係なさそうな複数の叫び声が上がり、間もなくドアの開く音がした。何事かと書斎のドアを開けたら、ドーナッツをくわえて廊下を足早に横切ろうとする猫のポムポムと、ドーナッツを取り返そうと追いかけるボニーの姿が目に飛び込んできた。僕に気づいたボニーが叫ぶ。

「ポムポムを捕まえて、パパ！　ポムポムにドーナッツを食べさせたらだめだから！」

僕は一歩前に出て猫をひょいと抱き上げると、低くうなって抗議するポムポムの口をこじ開け、ドーナッツを取り上げた。こんなことをしたらだめだろうと注意し、床に下ろす。ポムポムはそのまま横になって毛繕いを始めた。

「ポムポムってば、テーブルに飛び乗ったんだよ！」と、ボニーが甲高く訴えた。

「ドアは閉まってたのに、どうやってか入ってくる。取っ手を摑んで開けてるのか何なのか、とにかく入ってきちゃう！　もう二回もだよ！」

「ボニー、落ち着いて」

僕は娘のそばまで行き、なだめた。

「ドアを開けちゃうことについてはなるべく早く対処するから、今はあまり気にしないようにしてごらん。いらいらする気持ちはわかるけど、上っちゃいけないところに上るのは猫の習性なんだ。ボニーもそれは知ってるだろう？　最悪お菓子を盗み食いしたとしても、具合が悪くなることはないから。ただ、サイコロだけは食べさせないように気をつけて。ほら、戻ってゲームをしておいで。本当に大丈夫だから」

ボニーは少しの間ためらうと、言われたとおりに戻っていった。ダイニングルームのドアを乱暴に閉める音が大きく響いた。ポムポムの一連の振る舞いとボニーの反応が、ゲームの流れを壊していないことを祈った。仮に壊していたとしても、皆がボニーを責めないでくれますように。そもそもタングは、当初ボニーとトモをゲームに加えてよいものか、迷っていた。かつてはボニーと同学年に在籍していたタングも、今はかなり上の学年にいる。下級生と遊んでもしっくりこないと感じるのは自然なことだ。それでも最終的にはボニーが、その話を持ち出せば確実にタングの心を揺さぶれるという、他の家族は知らない、タングとの間でだけ通じる話を持ち出し、承諾させた。

「ねえ、タング。私、今のプロジェクトに一生懸命取り組んでるよね。私が燃え尽きちゃってプロジェクトをやり遂げられなかったら、タングも困るでしょ？」

プロジェクトの詳細については僕もエイミーもいまだよく知らないままだったが、ボニーが何に取り組んでいるにせよ、親よりタングの方が内容を把握しているらしい。

あとになってみれば、あの時もっと関心を寄せていれば、もっと早くに内容を聞き出す努力をしていればと悔やまれたが、この時点では、タングとボニーだけの秘密があるのは兄妹仲がよいしるしで、害はないと思っていた。それはともかく、ボニーもRPGに入れてもらえることになり、それなら我が家に滞在中のトモを仲間外れにするのはかわいそうだという流れになった。すると、ボニーはさらに一歩踏み込み、イアンも仲間に入れるべきだと主張した。〝イアンは私の親友だし、兄のティムが来るのなら、イアンも一緒で何が悪い〟という理屈だ。タングに反論の余地はなく、クレアは気の毒にもいつもの倍のプレーヤーを相手にゲームを取り仕切る羽目になった。おまけにそのうちのひとりが話すのは外国語だ。それでもタングの友人はよい子ばかりだ。あの子たちなら、あんなメンバー構成でも上手に遊んでくれるに違いない。

十一　自信

子どもたちがゲームを始めてから一、二時間後、椅子を引く音がした。休憩を挟むことにしたらしい。その数分後、今度は書斎のドアをノックする音がして、僕は少し面食らった。家族は僕が忙しいかとか邪魔をしても大丈夫かなどと気にしたりはしないから、誰もノックしない。そんな礼儀正しい振る舞いをするとすればフランキーだが、音の印象からして、ノックしたのはゴム手袋をはめた金属の手ではなく、人間の手のようだ。エイミーの可能性もない。そもそもノックをしないことに加え、先ほど、やっぱり町で買い物中のリジーと合流することにしたと報告にきたのだ。ブライオニーにもつき合ってもらうと言っていた。頭は弱いがぴちぴちでかわいい若い子みたいな格好をしなければならなくなったのは、ブライオニーのせいだからだそうだ。僕ではなく、エイミーの言葉だ。

こんなふうにノックされると、自分が『高慢と偏見』のベネット氏みたいな、摂政時代を舞台にした小説の登場人物にでもなった気がして、それらしく応対したくなる。

少なくとも、頭ではその気になっていた。だが、意識より無意識の方が反応が早く、気がつけば大声でこう返していた。

「何？」

書斎のドア越しに顔をのぞかせたのはクレアだった。意外に思ったのが顔に出て、うっかり眉をひそめてしまったせいで、クレアの表情が緊張でこわばった。

「クレアか」

見ればわかることを口にした。これ以上何か言って間抜けさの上塗りをしないように、僕は黙った。

「お忙しいところをすみませんが、少しお話しできますか、ミスター・チェンバーズ？」

「あー……うん、もちろん。どうぞ入って」

僕のことはベンと呼んでくれと、クレアには——他の子たちにも——前に伝えたのだが、誰もそこまでの親密さは求めていないようで、僕もそれ以上の無理強いはしないようにしていた。驚くことでもない。僕たちもミスター・パークスのことはいまだにミスター・パークスと呼んでいる。

僕は、机の脇の肘掛けのない椅子に積んであった書類の山をどけた。クレアは椅子の端に浅く腰かけ、爪を噛んだ。他の爪の状態からして昔からの癖らしく、僕と話すのが怖いせいではない。そういうことにしておこう。

「実はタングのことで相談があって」

クレアはそう切り出すと、僕が彼女の爪に目をやったのに気づき、両手をパーカーの袖の内側に引っ込めた。

「えっ！　タングのこと？」僕は焦った。「聞くよ。あいつ、何をやらかしたんだ？」

「あっ、いえ、違うんです。タングが何かをやらかしたとか、そういう話じゃありません。彼はすごくいい人です」

最後のひと言を、クレアは目をきらきらさせながら言った。それを見て、タングが恋している相手が誰なのかを確信した。クレアは話を続けた。

「友達のことは気にかけるものですよね？」「それで、もし何か気がかりなことがあったら、その子の親に伝えるべきですよね？」

僕は今やクレアの一言一句に全神経を集中させていた。こんな始まり方の会話を歓迎する親はいない。僕はごくりと唾をのんだ。

「そうだね」と言って、声のかすれを取ろうと咳払いした。

「私、心配なんです……何ていうか、彼の自信の問題っていうか」

「タングの自信？」

「メンタルヘルスの問題かもしれません。よくわからないですけど。これが他の友達なら、そんなサイトは見るのやめなって言うところですけど、タングの場合、状況が違ってて」

この時点で、僕は、これが単に女性の体に強い関心を示すという十代の男子によくある話であってくれと念じていた。まあ、それはそれで新たな問題発生だが、そういう類いの話なら、少なくともクレアを安心させてやることはできる。多少気まずい会話にはなるが。だが、クレアはこう続けた。

「男子がやたらとおしゃれに気を遣うようになったり体を鍛え出したりしたら、〝そっか、この人、私には興味がないんだな〟って思うんですけど。言ってる意味、わかりますか？」

「あー……たぶん……」

「でも、そういうことじゃないんです。タングが繰り返し見てるのは、自分がこうなりたいと思ってる人の写真なんです。好きなタイプの人の写真じゃなくて。それに、しゃべる内容もそういう話題ばっかりで。私たちが何の話をしてても、そっちに話を持っていっちゃうんです」

僕は顔をしかめた。眉間のしわが一段と深くなる。

「クレア、タングは具体的にはどんなことを言ってるんだ？」

クレアは椅子の上でもじもじした。説明しようとして身振りが大きくなる。

「たとえば、あのポスターの男はいい筋肉をしてるとか、僕もいい筋肉がついてたらよかったのにとか。まあ、それだけなら男子にありがちな話ですよね？　でも、この間、知り合いの男の人の話が出て……ミスター・チェンバーズの甥か誰かですかね？」

「フロリアン？」

「ああ、そうです、その人です」

「彼は姪の彼氏でね。それに……実はアンドロイドなんだ。十人いたら八人とか九人がものすごくハンサムだと思うタイプの」

クレアが口をあんぐりと開けた。

「タングの従姉の彼氏ってことですか？　ああ、そうか、そういうことか」

そして、一瞬黙り込むと、続けた。

「ふたりはどうなふうに……」

「訊いてない。正直、あえて知りたいとも思わないかな」

クレアはほほ笑んだ。

「ですよね。自分の姪が……いえ、何でもないです。とにかくタングが心配なんです。彼、そういう話になるとすごく……すごく悲しそうで。前から何となく考えてはいたことなんですけど、フロリアンが誰なのかがわかって、はっきりした気がします。タングが悲しそうなのは……」

クレアの声が小さくなり、手が袖の中に引っ込んだ。彼女が何を言いたかったのか、僕にはわかった。

「……タングがロボットで、学校にいる他の子たちのようには一生なれないから。そういうことかな？」

クレアがうなずく。

「そう思います。見た目のことだけじゃありません。自分と周りとの違いを見つけては嘆くんです。たとえば、〝僕がパン作りなんかしたってしようがない、生地の感触を感じられないんだから〟とか。あとは、誰かがキスしてたりするとものすごく不機嫌になるんです。そういう場面に出くわすことは避けようがないのに。自分にはできないことばかりに目が行ってるタングに、何を言えば助けになれるのか、わかりません。仲間の誰もわからない。それでも励まそうとすると、それを突っぱねて、〝僕の気持ちなんてみんなにはわからない〟って言うんです。まあ、それはそのとおりだと思うけど、でも、私たちにも私たちの悩みがある。自分なんかつまらない存在だと思って落ち込む気持ちは、みんな味わってる」

一気にまくし立てたクレアに、僕はうなずいた。タングに対するもどかしさや心配が堰《せき》を切ってあふれ出たのだろう。クレアが気の毒でならなかった。思春期を生きることはそれだけで大変だ。ただ、普通は皆が似たような悩みを抱えている。

「クレアの気持ちはわかる。本当だ。僕も前に似たような言葉をタングにかけた。こんなことを言っても慰めにならないかもしれないけど、あいつ、僕の言葉にもほとんど聞く耳を持たなかったよ」

今度はクレアが眉をひそめた。

「そうなんですか？　ミスター・チェンバーズから話してもらえば、タングも素直に聞くかなって、ちょっと期待してたんですけど」

人間であることの不幸のひとつは、自分から見て大人だと思う人たちもいまだに成り行き任せで生きている部分があり、誰もが答えを探して迷ったりあがいたりしているということだ。クレアは、僕を通して今まさにその真実を知ろうとしている。だが、本来それを伝えるのは僕の務めでも責任でもない。クレアを失望させるのは彼女の両親の役目であり、僕は僕で、いずれ我が子をがっかりさせることになる。

「むろん、あいつとはちゃんと話をするよ」僕は請け合った。「はじめは僕の話に耳を貸さないかもしれないけど、たいてい最後にはわかってくれるから」

少しはほっとしたのか、クレアの表情が和らいだ。

「それはたしかにすごくタングっぽいです」と言ってふふっと笑うと、クレアは立ち上がった。「ありがとうございました。タングがミスター・チェンバーズの話をちゃんと聞いてくれるといいんですけど。タングのことが大事だから、おかしなことはしてほしくないんです」
クレアはそろそろゲームに戻りますと身振りで示すと、書斎を出ていった。残された僕は、いやな予感が胸のうちに冷たく広がって胃が締めつけられるのを感じた。
いい、いい、いい、いい
おかしなことはしてほしくない？

クレアの最後のひと言が、午後中ずっと頭の中でこだましていた。ゲームの終了を告げる、椅子を引く音が聞こえてくる頃には、運河に沈むタングを見つける未来を想像するまでに思いつめていた。想像の中の運河は、僕の母校である大学のそばにあった運河みたいに葦《あし》が生い茂っていて、それがタングの体に巻きついている。ラファエル前派の暗く不吉な絵をリメイクした感じだ。

僕はジュースを取りにいくふりをして、タングの友人たちが帰るのに合わせて書斎を出た。アンドリューが、とめた車の中で子どもたちを待っているのが、開いた玄関から見えた。妻のマンディなら玄関まで迎えにくるだろうが、アンドリューはそこまで社交的ではない。そういえば、つい先日、僕はマンディを玄関に放置してしまったのだった。ひょっとすると夫妻は、今は僕と言葉を交わす気分ではないのかもしれない。

子どもたちはいつもどおり僕に礼儀正しく挨拶をして我が家をあとにしたが、クレアだけは玄関に留まっていた。クレアもタングもどこかそわそわしながら、僕をちらちらと気にしては床に視線を落としている。しばらくして、自分がふたりの邪魔をしていることに気づいた。

僕はキッチンに引っ込むことにした。去り際に、僕の視界の端でクレアが身を乗り出してタングの頰にすばやくキスをした。続けて、クレアがコートを着る衣擦れの音と、「私が言ったこと、忘れないで」とささやく声が聞こえた。そして、彼女も帰っていった。

僕はグラスにジュースを注ぐと、キッチンを出た。てっきりタングはすでに居間に行ったか、自分の部屋に引っ込んだものと思っていたら、まだ玄関に突っ立っていた。自分の片方のマジックハンドの手先を開いたり閉じたりしながら、それをじっと見つめ、もう一方の手でクレアにキスされた場所を押さえている。厳密にはキスされた場所からは外れていたが、その付近ではある。タングは半ば放心状態だった。

「タング、大丈夫か？」

僕は声をかけた。こんなふうに妙な様子のタングを目の当たりにすると、先ほどのクレアとの会話が余計に重く感じられてくる。

「タング？」

反応のないタングにもう一度呼びかけた。何を考えていたかは知らないが、ウィーンという音とともにタングは物思いから覚めた。瞼を斜めにして顔をしかめ、不機嫌に答える。

「大丈夫。ベンには関係ないし。僕のことにいちいち首を突っ込んでこないで」

そして、床を踏み鳴らすようにして階段を上がっていった。

ボニーが怒って部屋に閉じこもる時は、ものの数秒で階段を駆け上がってドアを乱暴に閉める。だが、タングの場合は階段を一段一段上るのにも、廊下を歩き、自分の部屋のドアをバタンと閉めるのにも時間がかかるので、迫力に欠ける。タングの反抗的な態度にいらっときた僕は、今すぐ追いかけていって口の利き方を注意しようかと思ったが、やめた。タングも自分の主張を冷静に振り返る時間が必要だろう。今廊下でタングを引きとめて説教したところで、頭を冷やす時間がなくて、かっかしたままに決まっている。ただし、〝僕のことにいちいち口を出すな〟と言われようが、引き下がるつもりはなかった。タングと話をして、本当に大丈夫なのかを確かめなくてはならない。

タングの部屋のドアが乱暴に閉められるのを待ち、さらに数分時間を置いてから、二階に上がった。待っている間に僕のいら立ちはいくらか収まっていた。タングの怒りもそうであってほしい。

ドアをノックしたら、「放っておいて」と言われたが、本気ではなさそうだったし、実際僕が部屋に入っても、同じ言葉で追い返しはしなかった。タングはフトンベッドに座って胸元のフラップをいじっていたが、僕が隣に腰かけると、こちらに視線を寄越した。

「さっきのはどういうことか、話してくれるか？」

タングは目をそらしたが、答えてはくれた。

「この体が嫌い。新しい体がほしい」

「え……えっ？」

「こんな見た目じゃなくて、もっといろんなことができる新しい体がほしい」

「そうか。でもな、第一に、みんな今のありのままのタングが大好きなんだよ」

タングは黙ったまま、何の反応も示さない。僕はありきたりな励ましの言葉を並べつつ、頭の中で本質を突く深い言葉を探した。それに、今しがた僕が言ったことも嘘ではない——真実だ。ただ、それではタングには不十分だということもわかっていた。

考えを巡らせる僕に、タングが言った。

「どんな感じか、知りたいんだ。人間が感じているものがどんな感じか、知りたい」

僕はタングが感情の話をしているのだと思った。だから、僕が知る限り、タングは相当感情豊かな方だよと伝えようとした。だが、タングはこう続けた。

「みんなが話していることが、僕には理解できない。みんなみたいな体じゃないから。

みんなと同じ体がほしい。じゃないと、いつまでたっても人間の世界に溶け込めない。このまま一生、ただの金属の箱扱いされて、本気で相手にしてもらえない」

これには僕も迷わず反論した。

「それは違うよ、タング。病院の人たちはタングをひとりの仲間として受け入れているだろう？　前例のないことでも、タングだからこそ頑張ってできるようになったことはたくさんある。新しい体にしなくても、なりたい自分になれるんだ。それに、タングは他の人には不可能なことができる。たとえば心拍を聞き取ること。あれは僕にはできない。少なくともタングのようには。タングがタングでなかったなら、今の居場所は得られなかった。言っていること、わかるか？」

タングはうなずいた。そして、視線だけすばやくこちらに向けると、顔をそむけた。

「ベン、この前僕がティムの家にゲームしにいったこと、覚えてる？　テーブルトークRPGをやりにいった時のこと」

「覚えてるよ」

「あの時、なんか変な気分でさ。でも何でかわかんなくて。クレアは僕がいつもと違うのに気づいてた」

「変な気分？」

「クレアがしゃべったり動いたり何かしたりするたびに、頭がぼーってなるんだ」

僕は微笑した。先ほどクレアが僕に助けを求めにきたわけも、これではっきりした。タングがどんな場面でそわそわし出すか、クレアはそのパターンに気づいている。

「この前、タングが話してたこと――誰かを好きになるとって話――あれはクレアのことだったのかな？」

タングはうなずき、自分の手をじっと見下ろした。

「つまり、クレアのことが好きだけど、どうすればいいかわからないってことか」

タングがもう一度うなずく。

「デートに誘ってみたらどうだ？」

試しに提案したら、タングは瞼を斜めにして顔をしかめた。

「誘ってもしようがないよ。クレアは僕のこと、そういう意味で好きではないもん。そういうふうに好きになることは一生ない」

深掘りしたくはなかった。子どもとそういう話をしたい親などいないだろう。だが、僕が好むと好まざるとに関係なく、会話はそっちの方向に行きつくようだった。腹をくくるしかない。

「〝そういう意味で〟っていうのは……どういう意味だ？」

タングは僕を見上げると、手に視線を戻した。

「どういう意味かなんて知ってるでしょ。僕の言いたいこと、わかってるくせに。僕とデートして、僕の彼女になって、あと……あと、キスしたり、そういうことだよ」

これはタングと僕にとってまったく新しいステージだった。友達作りなら簡単だ。僕も助言してやれる。ありのままのタングでいたらいいとか、皆、そのままのタングを大好きになるからとか。だが……恋愛となると？　僕にはかける言葉がなかった。タングは、自分にはないと自覚しているものをほしがっている。好きな人と恋愛という形で関係を育むのに必要なホルモンや知覚能力がタングにはない。それは厳然たる事実だった。

お互いにこれ以上ないほど気まずかった。なお悪いことに、僕はタングとクレアが互いを想い合っていることに気づいていなかった。クレアのことは好きだ。クレアもタングの他のゲーム仲間たちも、よく我が家に集まってはRPGを楽しんでいるが、クレアはつねに敬意と愛情を持ってタングに接してくれる。クレアがタングに対して他の仲間とは違う扱いをしたことは一度もない。ただ、クレアが相談にくるまで、僕は彼女がタングを恋愛対象として見る可能性を考えもしなかった。自分の認識のありように強烈な後ろめたさを覚えた。可能性がないというのは僕の勝手な思い込みで、その認識が間違っていることも十分にあり得るのに。一方でクレアは、タングをどう思っているかをはっきり口にしたわけではない。それでも、彼女がタングを大事に思ってくれていることだけはたしかだ。

フトンベッドに座るタングはひどく悲しげで、ロボットの心を痛めていた。何か、その痛みを和らげる言葉をかけてやりたい。だが、クレアがタングを恋愛対象として見るはずはないというさっきまでの僕の考えが間違いであろうとなかろうと、タングをぬか喜びさせるようなことは迂闊《うかつ》には言えない。

「でもさ」と、僕は切り出した。「そんなのはわからないじゃないか。仮に今はクレアにその気がないとしても、考えてみたことがないだけかもしれないよ。どうしたら……うまくいくか。とりあえず、クレアと話をしてみたらどうだ？」

〝どうしたらうまくいくか〟の具体的な意味を訊かれないことを祈った。タングはもう一度うなずくと、しばらく黙っていた。

「何があろうと、もしくはなかろうと、これだけは保証する。痛みは時間とともに必ず消えてなくなるよ」

〝ジャスミンの時みたいに〟と続けたかったが、ジャスミン本人が我が家に滞在中の今、それを言うのもどうかと思ってやめた。もっとも、彼女はシャーロック・ホームズの相棒のワトソンみたいにカトウと行動をともにしており、姿を見ることはまれだった。

「でも、そこが問題なんだ」と、タングが言った。「痛みが存在しないんだ。痛みと言われても僕にはわからない。僕なんて誰にも釣り合わない気がしてすごく悲しいし、集中もできない。でも、その気持ちと痛みとが結びつかない。こうやって自分が経験してることを説明してるのだって……人間の視点に置き換えて言葉にして説明してるだけで、僕の思考や感情をつかさどる中枢と体とは実際にはつながってない。少なくとも人間みたいには。僕に認識できるのは、ダメージとか、自分の体が機能するための最適な状態は何かってことだけ。うまく説明できないけど」

「でも、喜びは感じるだろう？ 感じているはずだよ。僕もこの目で見てきた。それに思い出してごらん。前に酔っ払ったことがあるよな？ あれは体に起きていることが脳に直接影響したといういい例だ。あれは……」

「それと僕が言いたいこととは同じじゃないよ。どう違うかはわからないけど、とにかく違う」

僕はため息をついて額をさすると、タングの肩を抱いた。タングは僕の肩に頭を預けた。

その時、気づいた。こうして僕が肩を抱いた時にタングが感じる癒やしは、僕が誰かに肩を抱いてもらった時に感じる癒やしとは違う。同じように、僕が肩を抱かれて感じる癒やしと、ボニーが感じる、もしくは感じない癒やしも違う。ボニーが親友イアンを慰める時には、互いの指先を合わせる。それがふたりにとってのハグなのだ。ボニーもイアンもロボットではない。それでも、ふたりは他の人とは異なる関わり方を見つけた。ふたりはまだ幼いからタングと状況は違うが——違うと思いたい——大事なのは、スキンシップの形は、それがどんな意味合いのものであれ、ひとつである必要はないということだ。親密さや愛情を体のどこを使ってどんなふうに表すか、その方法はひとつではない。

とはいえ、中等学校で思春期のホルモンの影響をおおいに受けている人間のティーンエージャーたちに囲まれているタングは、これからも葛藤を抱えていくことになる。現状を打ち破る具体的な解決策があるのか、それはわからない。ただ、この先どんな展開が待っているにせよ、タングは今一度パイオニアになるしかない。そして僕は、タングがどのように道を切り開こうとも、タングの安全を守らなくてはならない。

十二　はじける泡と音楽

その週の土曜日は、カトウもジャスミンも珍しく一日家にいた。カトウは午前中はゲームで遊ぶ息子やタングと過ごした。ボニーも一緒だったが、床に座る三人の輪には加わらず、ソファの、皆から遠い方の端で膝を抱えて座っていた。そんなボニーに寄り添うように、フランキーが傍らの床に静かに控えている。ボニーのことを日々見守っているから、カトウに対する娘の不安も敏感に感じ取っているのだろう。少なくとも、ボニーの中にカトウへの不信感があるのは間違いない。ただ、ボニーが今カトウをどう思っているかを推し量るのは難しかった。目の前の光景だけ見れば、ボニーはわずかに細めた目でカトウを見据え、今にもカトウの首を絞めそうな雰囲気を醸し出している。一方で、今週は何度か、ふたりがロボット工学や科学関連の話題で長時間話し込んでいる姿を見かけた。ただし、ボニーは自分のプロジェクトについては依然として語らず、取り組んでいる作品も見せなかった。もっとも、それ自体は僕たち家族の大半が同じ状況だったので、僕は気にすることはないとカトウを慰めた。

以前ボニーに、僕がカトウと初めて――いや、二回目に――会った際に彼の事務所で見たロボットアームについて話したことがある。ずいぶん前のことだが、ボニーはカトウとその話をしたがった。まさか娘が覚えているとは思っていなかったから、僕は驚いた。もしかしたら、ボニーはロボットアームに取り組んでいるのかもしれない。これまでに娘から聞いている情報とも矛盾しない。だが、ボニーは詳細を明かそうとはしなかった。

「そのうちわかるよ、パパ」

返ってくる答えはそれだけだ。僕もエイミーも、ボニーやタングにこれまでさんざん同じことを言ってきたから、文句は言えない。

カトウはといえば、ボニーから話す価値のある相手だと認めてもらえただけで嬉しかったらしく、自分の知識を惜しげもなくボニーに分け与えた。僕たち家族の中で、彼の説明しようとする概念を理解できるのはボニーだけだと見抜いたのかもしれない。何にせよ、打ち解けるまではいかないにしても、ふたりがそこに向けて一歩前進してくれてほっとした。

リジーはカトウに近い方のソファの端に座り、スマートフォンの画面をスクロールしていた。ただそこにいて、家族揃って過ごす時間を楽しんでいる。せっかく家族でくつろいでいるのに、ボニーだけでなく僕までじろじろ見ているのも悪いし、僕がそこにいる必要もないので、居間を離れた。

ソニアは、数日前のミスター・パークスとのデートの疲れを引きずっていた。そう言うとずいぶん活動的なデートだったように聞こえるが、そうではない。長期入院を経てつい先日退院したばかりとなれば、少し動いただけで疲れてしまうのも無理はない。そもそもソニアは元気な時でも昼寝が欠かせない人だ。

デートそのものは非常にうまくいったようだ。アフタヌーンティーにしてはずいぶん帰りが遅く、聞けば気持ちのいい天気だったので、お茶のあとにふたりで湖のほとりを散歩したらしい。どこの湖だろう。僕は地元民だが、すぐに思い当たる湖はない。それでも、とにかく湖を見つけて散歩したらしい。

「で、ふたりはもうつき合ってるの？」

あの日、夕方に帰宅してゆっくりとした足取りで居間に入ってきたソニアに、タングは尋ねた。ゲームはやめず、直接彼女の方を向きはしなかったが、誰に向けられた質問かは家族全員がわかっていた。皆が訊きたいことだったからだ。

「タングには関係ないことよ」

ソニアは予想どおりの答えをつぶやいたが、僕たちに背を向け、部屋で休むと告げた彼女の口元が思わずほころんだのを、僕たちは見逃さなかった。遠回しに伝えられた新たなカップル誕生のニュースに、僕はタングがまた癇癪《かんしゃく》を起こすのではないかと身構えた。だが、タングはその場を動かず、その件についてはそれ以上何も言わなかった。

ミスター・パークスとソニアがカップルとなり、アナベルとフロリアンもよりを戻した。この辺で一度、家族内で恋愛や夫婦関係がうまくいっている人を整理しておいた方がいいかもしれない。現時点でロマンスの相手がいないのはブライオニーとタングだけだが、それも見方次第だ。僕が知る限り、今週はじめにRPGの会で集まって以来、タングはクレアに会ってはいなかったが、メッセージのやり取りは頻繁にしているに違いなかった。クレアとの件については、タングとは先日以来話をしていないし、そもそも僕から言ってやれることはほとんどないが、あれから何日かは、タングはそれ以前より多少は機嫌よく過ごしているように見えた。僕の言葉の何かがタングの心に響いたのであれば嬉しい。だが、あるいは、僕のアドバイスに従ってクレアをデートに誘い、オーケーをもらったか。だが、それにしてはタングはやけに落ち着いていた。デートが決まったなら、もっとわかりやすく態度に出そうなものだ。

残るはブライオニーだが、もしかしたら今夜のクラブイベントで新たな出会いがあるかもしれない。

ところで、なぜそうするのか僕にはさっぱり理解できないのだが、エイミーはイベント当日はまずジムで汗を流すと決めていた。しかし、ことはそう単純には運ばなかった。朝早くに家を出たエイミーは、皆が各々の朝食をのんびり用意しているところに帰ってきた。

「前にジムでカードの読み取りができなかったことがあったじゃない？」

エイミーはおはようをすっ飛ばしてそう言った。

「そうだね」

僕は数枚のトーストにマーマレードを塗り広げながら応じた。

「今朝もまた読み取れなかったの。カードを再発行してもらわないとだめみたい。同じことが立て続けに二回もあるなんて。まあ、前回から二、三ヶ月あいてはいるけど」

「何かあったのかい？」

カトウがキッチンにやってきて尋ねた。

「たいしたことじゃないの。今朝久しぶりにジムに行ったら、会員カードの読み取りができなかったってだけ。しばらく行ってなかったから、会員資格を停止されちゃったのかも。だとしたら、ひどい話だけど。何ヶ月も行かないことなんて、私に限らずよくある話なのに」

「なるほど。そういうことは前にもあったの？」

「うん、前回がそう。数ヶ月前なんだけど、その時はスタッフから問題は解決したと言われたの。でも、解消されてなかったみたい。間にクリスマスやら何やらがあったから、私もその後の状況を確認し忘れてたのよね」

「カードを見せてもらってもいいかな？」と言って、カトウが手を差し出した。

エイミーは「えっ？」という顔をして、一瞬ためらってから、ジム用のバックパックのポケットからカードを取り出した。裏表を返しながらカトウに渡す。

「見たところで何もないと思うけど。よくある、ホテルのルームキーみたいなカードだから。磁気テープに傷がないか確かめたけど、特には見当たらなかった」

僕は眉をひそめ、トーストをかじりながら、カトウがカードを検分してエイミーに返す様子を見つめた。エイミーはシャワーを浴びてくると言ってキッチンをあとにした。

「今のは何だったんだ？」

僕は尋ねた。カトウがキッチンのテーブルにつき、シリアルの箱に手を伸ばした。

「それには手をつけない方がいい」僕は忠告した。「ボニーのだから。他の人が食べると落ち着かなくなるんだ」

カトウは黙って箱を戻すと、トーストを一枚取り、無言でバターを塗った。思案するような顔をしている。

「僕もよくわからない。カードの件は、僕が気にしすぎただけなのかもしれない」

そう答えたカトウの表情を見て、これはまた「仕事に行かないと」と言い出すなと思った。だが、そのまましばらく考え込んではいたものの、前述のとおり、カトウは午前中を家族と過ごした。家族水入らずの時間を楽しんでもらうことにして、エイミーの様子を見にいったら、彼女は寝室のベッドに横になっていた。顔に泥パックをして、薄切りのキュウリを二枚、瞼の上に載せている。

僕が入っていったことに、音で気づいたのだろう。

「何も言わないで」

エイミーが、泥パックが割れないように、腹話術師みたいに言った。

「ツッコむ勇気はないよ」と答えながら、僕はエイミーの隣に寝転がった。「でも、似合ってる」

エイミーは危うくにやりとしかけて、笑わせないでというようなことをつぶやいた。

「何時頃、出かけるの?」僕は尋ねた。

「しち」

「七時?」

「そう。タクシー。ブリーニー、七、十。スター、八」

「七時にタクシーを呼んであって、ブライオニーを七時十分に拾って、イベントがスタートする八時にクラブに到着予定ってこと?」

「そう」

エイミーのセルフケアを見ていたら僕までまったりとした気分になり、次に気づいたら外が暗くなり始めていた。数時間、眠りこけていたらしい。僕はベッドを出て、皆の様子を見にいった。

ソニアとボニーは居間でいつものクイズ番組を見ており、同じ部屋の片隅でカトウがリジーやエイミーと話していた。テレビの邪魔にならないよう、声を落としている。

「頼むから持っていってくれ」

声量こそ抑えているが、カトウは強い口調で訴えていた。エイミーが反論する。

「私たちが出かけるのはベイジングストーク（英国南部ハンプシャー北部の都市）よ、カトウ。そんなものなくても大丈夫よ」

「どうした？」

僕が尋ねたら、リジーがため息をついた。

「今夜のイベントに緊急通報用の携帯端末を持っていけってきかないの。必要ないって言ってるんだけど」

僕は肩をすくめた。

「それくらい、別に持っていったっていいんじゃない？」

エイミーが僕にうんざりした視線を寄越す。

「GPS機能付きで追跡もできるタイプなのよ。そっちが好き勝手に私たちの居場所を確かめるなんて、そんなの間違ってる」

「そんな理由で持っていってほしいわけじゃないんだ!」カトウが食い下がる。「リジー、頼むよ。君たちの安全を把握しておきたいだけなんだ」

だが、エイミーも譲らない。

「私たち、つねに一緒に行動するのよ。誰もひとりでふらっとどこかへ消えたりしないから」

「そうだよ」と、僕も言った。「僕の姉も一緒だしな。姉に悪さをしようなんて強者《つわもの》はいない。まあ、それは三人全員に言えることだけど」

褒め言葉のつもりだったが、そうは聞こえないことに、言ってしまってから気づいた。よくて遠回しな皮肉、下手をすればいろいろな意味で侮辱的だと取られかねない。エイミーとリジーにぎろっと睨まれた。

カトウがリジーの手を取り、その手に光沢のある小さな菱形の端末を握らせた。僕が馬に処方する薬よりひとまわり大きいくらいのサイズだ。そんなもので果たして位置情報を追跡できるのだろうか。

「お願いだから」

そう懇願すると、カトウはGPS端末を握らせたリジーの手を握ったまま、追加の端末ふたつをエイミーに差し出した。

「ひとつはエイミー、もうひとつはブライオニーの分だ。頼むから持っていてくれ」

「心配な時はこちらから電話をかけるのではだめなのか?」

僕はさっきの失言の分を挽回しようと、提案した。それに、リジーやエイミーが拒否反応を示す気持ちも理解できる。GPS端末を持っていけというカトウの主張は強引だし、必要性も欠く。ふたりがカトウに食ってかかるのも当然だった。だが、カトウは言った。

「クラブでは電話は必ずしも通じない」

そして、懇願するようにエイミーを見た。その目を見つめ返すこと数秒、エイミーは仕方ないというようにチッチッと舌を鳴らした。

「それもそうね。前にブライオニーとクラブに行った時に、彼女を見失っちゃって、電話したけど通じなかったことがある。あまりに電波が悪くて」

自分の言い分が通りそうな気配に、カトウの肩から力が抜けた。だが、僕は違和感を覚えた。エイミーはなぜカトウの主張を急にのむ気になったのだろう。

「ちょっと待った。電話は通じないのに、その端末の位置情報は追跡できるのか?何が違うんだ?」

答えたのはリジーだ。

「GPSだからよ。人工衛星を使ってるの。電話回線じゃなくて」

「職場のを拝借してきたんだ」と、カトウが説明した。「地球上のどこで使っても位置情報を特定できる。これ単独で機能して、スキャナーや金属探知機などでは検知されない」

「まるでセールストークだな」

僕のツッコミに、カトウは笑った。

「実際に使われているところを見たことがあるってだけだ。高齢者の見守りとかに。もしよければミセス・カッカー用にひとつ差し上げるよ。彼女のことが心配なようなら」

「余計なお世話よ！」

ソファの向こうからソニアの声が飛んできた。クイズ番組の邪魔をしないどころか、話をしっかり聞かれていた。

「それも悪くないかもしれないわね」

エイミーは今やすっかりカトウ側に立っている。納得がいかないリジーは不満げな声を漏らしたが、最後にはこう言った。

「わかった。持ってく。で、どうすればいいわけ？　飲み込むの？」

カトウは笑った。一分前の張りつめた様子が目に見えて和らいでいる。

「まさか。キーリングに通すこともできるし……」と言って、端末の一方の端に設けられた穴を示した。「……財布に入れておいてもいい。あとは靴の中でも、えっと、その、ブラでも、ポケットでも、どこでもいい。飲み込めないことはないが、お勧めはしない――スイッチのオンオフの操作が難しくなるから」

GPS端末の側面には見落としそうなほど小さなボタンがあり、数秒押し続けると、端末が三つとも赤く点滅して問題の発生を知らせる仕組みになっていた。カトウが今度は端末をひねると、中央で開いた。中には小さなフラッシュドライブのようなものが収められていた。

「これを使えばパソコンやスマートフォンに接続できる。そうすることで、必要に応じてお互いの居場所を確認できる。この三つの端末は互いに自動接続されるように設定してある。四つ目をベンと僕とで持っていよう」

「電波は必要ないんじゃなかったっけ？」

「それ単体では電波は必要ない。ただ、他の人が持っている端末の場所を特定するには電波が必要だ」

「だったら、この端末もスマートフォンと同じでクラブではたいして役に立たないんじゃないのか？」

「たしかにあまり役には立たないかもしれない」

カトウがGPS端末の限界を認めた。

「それでも、誰かがトラブルに巻き込まれても、他のふたりが自分の端末の点滅で問題発生に気づくことができれば、助けを呼べる」

「何かいやだな。夜のイベントに出かけるだけのはずが、まるで秘密工作みたいだ」

「僕だっていやだ。でも、今の時代は用心しすぎるくらいでちょうどいいのかもしれない」

僕は賛同できなかった。少なくとも、したくはなかった。だが、エイミーはどういうわけかカトウの言い分にも一理あると納得したようで、リジーもすっかり説得されていた。ふたりがそれでいいなら、僕からうるさく口出しすべきではない。ブライオニーがGPS端末を持っていくことをよしとするかは疑問だが、それは僕の知ったことではない。

「ほら、リジー」と、エイミーが声をかける。「支度を始めましょ。じゃないと遅れちゃうわ」

エイミーの口調は普段どおりで、何を心配するでもなく、ただ純粋に夜の外出を楽しみにしている感じだった。それでも一連の会話のどこかで、ほとんど感知できない何かが起きた気がしてならなかった。何かが変わった。だが、それが何なのかが僕にはわからなかった。

GPS端末の件で気持ちがざわついているのは僕だけのようで、エイミーやリジーに気にするそぶりはなかった。支度の段階から目一杯楽しんじゃおうと、音楽をかけ、スパークリングワインを取ってきてと僕に指示する。リジーがこんなにも楽しげな顔を見せるのはイギリスに来て以来初めてだったし、エイミーもはしゃいでいる。そんなふたりを見ていたら、僕の胸騒ぎも鎮まっていった。

エイミーとリジーは、主寝室のドレッサーの鏡を分け合って化粧をした。そんな大学生みたいなことをしなくても、鏡なら他の部屋にもあるのだが、ふたりが踊りながら化粧をする光景はなかなか愉快だった。僕はふたりの気分をとことん盛り上げようと、本物のシャンパンをアイスバケットに入れて寝室に持っていった。どちらも埃をかぶっていたが、シャンパンが冷えたらすぐにグラスに注いでしまえば、ふたりとも埃のことなど気づかないだろう。寝室のスピーカーにつないだリジーのスマートフォンからJポップが流れ、家中に響いていた。知らないアーティストだったが、陽気な音楽に僕も知らずと頭を揺らしていた。

僕だけではなかった。普段はうるさい音楽を嫌うボニーも、耳栓をしてやってくると、ベッドに腰かけ、ご機嫌に踊る母親を見つめた。ボニーがいるところにはフランキーもついてくる。ただ、フランキーはソニアの様子を見てくるというのを口実に早々に退散した。寝室にはジャスミンもやってきた。日中読み続けていたペーパーバックを脇に置き、部屋の隅で浮きながら、ゆったりと体を上下させている。

タングも、いったい何の騒ぎかと、ゲームを中断して急ぎ足で二階に上がってきた。部屋にたどり着くだいぶ手前で寝室のムードを感じ取ったらしく、入ってきた時にはすでに腰や肩を揺らし、両手を振り、音楽に合わせて歌っていた。ところどころ日本語の歌詞を拾っている。タングにそんな語学センスがあったとは驚きだ。そのうちにタングは本格的に踊り出し、いくつかのパターンの振りを繰り返した。ネット動画で見て覚えたに違いない。僕はボニーと並んでベッドに座り、目の前で繰り広げられる光景をのんびり眺めた。メインの照明の明るさを落としてムード作りに貢献しさえした。もっとも、しばらくすると、暗くてマスカラが塗れないとエイミーから文句が出た。

僕はタングに呼びかけた。

「ほらな、タング。その気になればタングにできないことなんてないんだ！」

タングは一瞬動きを止め、小首を傾げた。だが、すぐに何事もなかったように歌とダンスを再開した。流れている歌の歌手はわからなかったが、プレイリストを聴き進めるうちに、何曲かは数年前に家族で東京に滞在した時に聞いたことがあると思い出した。

「リジー、これ歌ってるの、誰？」

僕が音楽に負けじと声を張り上げたら、リジーも大声で答えたが、よく聞き取れなかった。「彼女《シー》」がどうとか叫んでいるが、誰のことだかさっぱりだ。あまりに伝わらないものだから、しまいにリジーは笑い出した。答えを教えてくれたのはタングだった。

「〝彼女《シー》〟じゃなくて嵐だよ、ベン、あ、ら、し！」

「あああ！」言われて思い出した。「そうだ、そうだ！」

ボニーが僕を見てかぶりを振った。

「パパ、その記憶力は本当にやばいよ」

返す言葉もなく、僕はシャンパンを開けようと立ち上がった。コルク栓を押さえている針金を緩めて外し、ボトルを回す。次の瞬間、コルクが飛んだ。リジーとエイミーが揃って悲鳴を上げる。何かに当たってしまったかと一瞬ひやっとした。そんな僕にエイミーが笑いかけ、すっと手を前に伸ばした。そこにはコルクが握られていた。エイミーが僕のそばに来てキスをした。

「これでおあいこだ」

僕はそう言ってほほ笑むと、エイミーにもう一度キスをした。

僕の記憶力も捨てたものじゃない。

十三 モグラ

認めよう。イベント会場に無事に着いたとの連絡があったきり、エイミーたちから音沙汰がないまま夜が更けるにつれ、家族の身の安全を確かめる手段があるという事実に誘惑されそうになる自分がいた。カトウが僕たち用にと手元に残した四個目のGPS端末は、ローテーブルに置いてある。だが、必要に迫られない限り、スマートフォンに接続することは避けたかった。一度使ってしまったら、そのままずるずると追跡をやめられなくなりそうで、そんなふうに誰かを監視する人間にはなりたくなかった。

エイミーとリジーとブライオニーが揃って出かけてしまったことに、ボニーも少し落ち着かない様子だったので、いつもより夜更かしさせてやり、ふたりで映画を見ることにした。タングとフランキーも仲間に加わったが、ソニアは辞退し、カトウは今夜は仕事をしたいので書斎を借りたいと言った。

何の映画を見るかで意見が分かれ、ボニーやフランキーが鑑賞するのに適切な範囲を押し広げようとするタングと、それはまだ早いと却下しようとする僕とで議論になった。もっとも、ボニーが〝小さな子ども向け〟映画に関心を示すはずはないから、そこは考慮してあげるべきだというタングの主張はそのとおりだった。そのうちにボニーが、自分の意見くらい自分で言えるから勝手に決めないでと僕たちを黙らせ、『スパイダーマン』が見たいと希望したので、皆でそれを見た。

僕とボニーは映画の途中でソファで眠ってしまった。タングとフランキーは僕たちを起こすことはせず、毛布をかけると、それぞれの部屋に引っ込んだ。だから、帰宅したエイミーとリジーを待っていたのもソファで眠りこける僕とボニーだった。

いや、実際は、エイミーが玄関の鍵を開け、自分の肩にリジーの腕を回させて彼女を支えつつ、よろめきながら家の中に入ってきた音で、僕は目が覚めた。こそこそと帰ってきたつもりが、こそこそできていない、酔っ払い独特のご帰宅である。僕が変な体勢で眠っていたせいで寝違えてしまった首をさすりながら、いったい何事かと廊下に出ていくのと、カトウが書斎から出てくるのと、同時だった。

そこそこ中身が入っていそうな、エチケット袋がわりに使ったと思われる紙袋を抱えたリジーが、カトウを見つけてご機嫌な声を上げ、抱きついた。

そして、カトウの肩に吐いた。

カトウがリジーを一階のトイレに連れていく間に、僕はボニーを子ども部屋のベッドに運んだ。エイミーはリジーほどにはスパークリングワインを飲まなかったようで、他の皆の様子をひとしきり見て回ってから、寝室に来た。

ドレッサーの前に座り、ブーツを脱ぐ。ふたつ目を引っ張って脱いだ時、何か小さなものがブーツの中のつま先側に落ちる音がした。エイミーが僕を見てほほ笑んだ。

「GPS端末をブーツに入れといたの。そこなら邪魔にならないし、他の場所だとなくしそうで怖かったから。嘘みたいに小さいんだもの」

「必要になるような場面はなかったってことかな？」

エイミーはパジャマに着替え、化粧を落としにかかった。鏡越しに僕を見て、にっと笑う。

「持っていって正解だったわね。あなたは眠りこけてたみたいだから」

「たしかに。僕はスパイには向かないな」

エイミーが手を滑らせ、クレンジングミルクのボトルを落とした。ボトルはドレッサーに当たって跳ね返り、床に落下した。白い染みが絨毯に転々と飛び、エイミーは悪態をついた。

「何で向いてないと思うの？」

コットン球でこぼれたクレンジングを拭き取りながら、エイミーが尋ねた。

「張り込み中に寝落ちしそうだから」

「張り込みをするのは警察じゃない？」

「どっちでもいいよ」僕はあくびをした。「どのみち僕は役に立たない」

化粧を落とし終えたエイミーがベッドに潜り込む。

「それはそうと、イベントはどうだった？」

僕が尋ねたら、エイミーはもう一度ほほ笑んだ。

「ブライオニーは、何ていうか……今彼女が必要としているものを持ち帰ったわ」

「それ、詳しく聞いた方がいいのかな？」

「やめといた方がいいかもね。リジーも今夜は楽しそうだったわ。三人ともいい時間を過ごせた。百パーセント出会い目的のイベントだったわりに、しっかり満喫できた。リジーにはいい気分転換になったと思う」

「今頃、便器に顔を突っ込んでることを除けばな」

僕の指摘にエイミーは笑った。

「もっと長い目で見たらってことよ」

「わかってるよ。三人が楽しめたならよかった」

僕はエイミーにキスをして、そろそろ寝ようと寝返りを打った。眠りに落ちる間際、エイミーがひとりつぶやくのが聞こえた。

「あとは、何が起きているのかを私たちの方で整理しないと。そうすればカトウも落ち着くかもしれない」

翌朝、僕は目覚めると同時に昨夜のエイミーの言葉をはっきりと思い出した。聞いた瞬間は半分寝ていてその意味を理解していなかったが、エイミーは最後に、何が起きているのかを整理しなくてはというようなことをつぶやいていた。〝私たちの方で〟とも言っていた。エイミーらしい。彼女もカトウと一緒で、いかなる問題もけっして放置しない。

カトウは、タングのアルバイト先の病院で停電が起きたことについて、タングが当時話していた以上の情報がないか、僕たちに確認するためにやってきた。電話で訊けばすむ話だし、実際電話でも訊かれたが、それでもカトウは――カトウ一家は――はるばる日本から僕たちに会いにきた。リジーに気分転換が必要だったのも事実だろう。だが、休暇の行き先なら他にいくらでもある。それなのに、なぜ僕たちを訪ねてきたのか？

一階から話し声がした。僕は寝返りを打って時間を確かめた。朝の八時半。今日は日曜日だから急いで起きなくてもよかったが、どうせ心配事のせいで目が覚めてしまったのだ。ここで気を揉んでいるより、さっさと訊いてしまった方がすっきりできる。

僕は上掛けをはいで立ち上がった。動きが急すぎたのか、頭からさーっと血の気が引いて、いったん座り直した。立ちくらみが治まるのを待ちながら、パジャマのズボンをはき、ガウンを着た。寝室のドアに向かう途中、スリッパに足を突っ込んだ。いや、突っ込むつもりだった。片方のスリッパに頭のないモグラの死骸が入っていなければ。

「ポムポム!」

僕は叫んだ。ボニーのベッドから象でも飛び降りたのかというような音がして、そのまま一階へと脱兎のごとく逃げていく足音が聞こえた。猫は人間の心理を理解できないと思っている人がいるとしたら、その人は猫を飼ったことがないのだ。猫はその時々の状況をちゃんとわかっている。普段は知らん顔を決め込んでいるだけだ。

僕は片方だけスリッパをはき、もう片方の(頭なしの)モグラつきのスリッパを手に一階に下りた。スリッパを傾けてキッチンのゴミ箱にモグラを捨て、他に何も出てこないのを確かめてスリッパを床に落とすと、ゴミ袋の口を閉じ、外の車輪つきのゴミ箱に捨てにいった。ばか猫のせいでスリッパがはけないから、裸足だ。

家の中に戻り、キッチンのシンクで手を洗うと、僕は部屋を見回した。

エイミーはリジーと並んで座り、ボニーやフランキーやソニアとおしゃべりをしている。リジーは厚手のパジャマ姿でカウンターに向かい、両手で頭を抱えている。彼女の前には手つかずのベーコンや目玉焼きの載った皿と鎮痛剤の容器が置かれていた。

僕はエイミーからコーヒーのカップを受け取りながら、茶化した。

「あーあ。いい夜だったようで」

リジーが僕をきっと睨み、中指を立てた。ソニアがくっと笑った。

「あれはどうしたの？」

エイミーがスリッパを指差した。

「ポムポムにやられた。今回はいつもの胃から吐き出した毛玉のプレゼントじゃなくて、頭のないモグラだったよ。どこで獲ってきたんだか。モグラの穴の前でひたすら張っていたに違いない」

「それは災難だったわね。洗濯機の前に置いといて。どうせ回さないといけないから」

「カトウは？」

僕は一転して真面目な口調で尋ねた。キッチンを見回し、「ジャスミンもいないみたいだけど」と言い足した。

エイミーとリジーが目を見合わせる。リジーが咳払いをして、スツールに座ったまま体をもじもじと動かした。そして、両手で顔をさすると、言った。

「また仕事に行かなきゃならなくなったみたい。ジャスミンも連れていったわ」

「日曜日に」

僕は返した。これで二週連続だ。

「帰りが何時になるかはわからないよね？」

リジーが肩をすくめる。

「今日中に帰るとは思うけど、もっと遅くなるかもしれない。時々そういうことがあるのよ」

「もっと？」

「このところ家を空けることが多いの。こっちに来て以来、零時を回る前に帰ってきてたのは奇跡よ。帰らないこともちょくちょくあるから。彼が何の……プロジェクトに関わってるのかは知らないけど、そのせいでもう何ヶ月も忙しいのが続いてるわ」

リジーが〝プロジェクト〟と口にした時の言い方が妙に引っかかった。

早くスリッパのある生活に戻りたかった僕は、早々にキッチンを離れて着替えると、洗濯かごを抱えて各部屋を回り、雑多な洗濯物を集めた。

洗濯ロボットの前に、リジーがクラブに着ていったトップスが脱ぎ捨てられていた。そのトップスの様子が、自分の見てくれに——臭いにも——しょげ返っているように見えて笑えた。僕は鼻にしわを寄せながら、リジーの服を他の洗濯物と一緒に洗濯槽に放り込んだ。

我が家では以前から洗濯ロボットを導入したいと考えていた。もう何年も前にタングとテキサスに泊まった時に見たような洗濯ロボットだ。あれからあの種のロボットも大幅に進化し、今ではバリエーションも豊富だ。だが、タングは当時と変わらず、洗濯ロボットの迎え入れには後ろ向きだった。ことロボットに関しては、タングが敏感に反応するので僕たちもいささか気を遣う。タングが他のロボットとは一線を画す特別な存在で、他の家族のメンバー同様、チェンバーズ家の大事な一員だということは、本人も理解している。ただ、近頃はその事実を覚えていることが、いや覚えてはいても信じることがあきらかに難しくなっているようだ。

だから、前の古い洗濯機がとうとう壊れて動かなくなった際も、単純に希望の洗濯ロボットを買うわけにはいかず、タングを店に連れていき、これなら家にいても許せるというものを本人に選ばせなくてはならなかった。

タングが自分の体について悩む気持ちはわからないでもない。それだけが理由ではないだろうが、今のタングは同級生の中でも際だって背が低く、おまけにこの先成長することもない。前向きに考えるなら、タングが思いを寄せている女の子も小柄だ。彼女が聞いたら気を悪くするかもしれないが。何はともあれ、僕たち家族は今まで以上にタングの感情を傷つけないように気をつけなければならなかった。

「タング、おまえはそもそも洗濯機を使わないじゃないか！」

洗濯ロボット選びに際して、僕もエイミーも訴えた。

「普段から家事室には入らないんだから、どんな洗濯ロボットにしようが構わないだろう」

すると、タングは反論した。

「そう言うけど、ずっと家事室にいるわけじゃないでしょ？　洗濯物を集めに家中を回るじゃない。僕の部屋にまでずかずか入ってこられて邪魔されるのはやだ」

タングが十代の人間の男の子だったなら、その言い分を受け入れてすぐに話題を変えただろう。ここでもまた、僕は自分の認識と現実とのずれに戸惑った。プライバシーの問題は基本的にタングとは無縁だと思ってきた。タング自身、他人のプライバシーを気にしてきたとは言い難いし、ひとりにしてくれと言うこともめったにない。ボニーはしょっちゅうひとりになりたがる。だが、タングは？　僕がタングの何気ないひと言を深読みしすぎているだけかもしれないが、そのひと言もまた、タングが大人の階段を上っていることの表れのような気がした。

それはそうと、洗濯ロボットの導入に反対なのはタングだけではなかった。

「私もいや」と、ボニーが話に割り込んだ。

「私も洗濯ロボットにうろちょろされるのはいやだわ」ソニアも同調した。

「ああ、もう、いい加減にして」エイミーが言った。「タング、あなたはそもそもめったに服を着ないんだから、洗濯ロボットがタングの部屋に入ることなんてそうそうないわよ。ボニーは、今だってパパかママのどっちかがあなたの部屋に汚れた服を取りにいってるんだから、ロボットが入ってこようが、たいした違いはないでしょ？　そして、ソニア、あなたは自分で洗濯しなくてよくなってありがたいとおっしゃってましたよね？　それなのに、三人して何をごたごた言ってるの？」

「そうだよ」

僕はそれだけ言った。本当はエイミーに加勢したかったが、言い足すことが見当たらなかった。誰も反論できなかった。ぐうの音も出ないとはこのことだ。エイミーが続けた。

「じゃあ、こうしない？　部屋を回って洗濯物を集める〝機能のある〟洗濯ロボットを買うの。その機能を使うかどうかは別として」

エイミーの提案に三人はぼそぼそと同意した。ただし、タングは注文もつけた。

「それでも、ベンたちが買いにいく時は僕もついていきたい」

エイミーは渋い顔をした。

「ネットで買うつもりだったんだけど」

「そんなのだめだよ。お店で実際に見てみなきゃ、その洗濯ロボットとうまくやっていけるかどうか、判断できないじゃん」

「タングってば、マッチングアプリをやってるんじゃないんだから」エイミーが反論した。「恋愛相手を探そうってわけじゃない。壊れた洗濯機を買い換えたいだけなのよ」

「そう言うけど、その機械のことをろくに知りもせずに得体の知れない機械をほいほいと家の中に入れるのはまずいでしょ」

夫婦で顔を見合わせた。エイミーが何度か口をぱくぱくさせ、最後にはこう言った。

「ベン、あとはあなたに任せたわ」

エイミーがこの先の対応を僕に丸投げした理由は訊かなくてもわかった。一方で、タングの言うことにも一理あるとも思った。

「しようがない。店に行って実物を見てこよう」

僕の言葉にタングはうなずいた。自身の最後の発言の皮肉さにはまるで気づいていない。タングが立ち上がると、ボニーもあとに続いた。ソニアまでソファから立ち上がろうというそぶりを見せている。エイミーがかぶりを振り、〝この人たちを何とかして〟という目で僕を見た。

「みんなは留守番だ。これは家族のお出かけじゃないし、店で多数決を取って決めるわけでもないんだから。タングと僕とで見てきて、報告する」

僕はきっぱり告げると、皆に本格的に反論される前にタングとふたりで家を出た。

店に着くと、僕たちは自動ドアと、そのすぐ内側の天井の吹き出し口から吹き出される温風の下を通って店内に進んだ。郊外の大型ショッピングセンターにつきもののエアカーテンは、ある種のエアロック装置みたいで、真剣に何かを買う気があるのかを試されている気がする。あるいは、買い物客を洗浄するための気体状の消毒剤が出ているのか。パンデミック後の世の中では十分にあり得る話だ。

髪を乱す気流を抜けると、店員ロボットに出迎えられた。体に〝いらっしゃいませ、今日は何をお探しですか?〟と表示されており、すぐに同じ言葉を音声でも発した。

「うるさい」

僕がどう答えようか迷う間もなく、タングがそっけなく返した。

「タング、今のは感じ悪いぞ。それに、ロボットに……」

「必要ない。それに感じよくすることもないよ、ベン。相手は機械なんだから」

僕としては、タングの態度も今の発言も、中等学校に通っているという自負から、自分を大きく見せようといっぱしに威勢を振るった結果だと想像するほかなかった。意図的に不愉快な態度を取っている可能性もなくはないが、そうではないと信じたい。

洗濯機コーナーは店舗の奥にあった。ちょうど中二階が設けられたエリアの下にあたり、天井が低く、スポットライトによる照明も薄暗いせいで、動物園の夜行動物の展示みたいになっている。僕は眼鏡を外してセーターで拭いた。それで明るさが改善するわけもないのだが。

とある列に、従来型の洗濯ロボットがひととおり並んでいた。タングは不愉快そうに目を細め、背中を向けて別の列へと歩き出した。

「タング、ここにあるものも見るだけは見て……」

「必要ない」

愛想のないひと言を繰り返すと、タングは僕から離れていった。途中で足を止め、頭だけこちらを振り返る。

「違うタイプの中に気に入ったのがなかったら、そっちのを見たらいい」

さすがに僕もいらっときた。

「タング、ここの支払いは僕のカードでするんだからな。そこを忘れるな。それに、エイミーの希望は家中の洗濯物を集めてくる機能が搭載された洗濯ロボットだ。それを叶えるのに必要なら、この列の製品も見ておかないとしようがないだろう」

タングは僕の顔を見て目をぱちぱちさせると、片手を挙げて案内板を示した。

ここにあるすべての洗濯機には、設定のカスタマイズが可能な、洗濯物の収集と選別を自動で行う機能が搭載されております。

僕は降参とばかりに両手を挙げた。

「わかったよ。そういうことなら確認する手間が省けていい」

「見た目で決めつけるのはよくないよ、ベン」

「その言い方、ボニーそっくりだ」と、僕は腕組みをした。

この場所の照明のせいか、タングのいつになく気難しい態度のせいか、とにかく頭痛がしてきた。いったん、ひとりになった方がよさそうだ。

「こうしよう。タングはそっちを見てくれ。僕はこっちを見る。求める洗濯ロボットがどういうものかはお互いわかってるわけだから、その方が早い。何か……これはいいぞっていうのを見つけたら大声で呼んでくれ」

タングはうなずき、向こうへ歩いていった。

僕は列に沿ってゆっくり歩きながら、ずらりと並ぶ洗濯機のボタンを押したりダイヤルを回したりした。見れば見るほど混乱した。最後に家電を購入した時と比べて、家電選びはとてつもなく複雑になっていた。求める洗濯機像をタングがしっかり理解していることを祈るしかない。情けないが、僕にはもうわからない。

それからさらに十分、積極的に検討しているふりを続けたところで、洗濯機エリアの向こうの方から、僕をこの苦行から解放する、タングのヒヒヒヒという甲高い笑い声が聞こえてきた。

「ヒヒヒ！　ヒヒヒ！　これ、いい！」

一瞬だが、十年ほど前のしゃべり方に戻っていた。僕は声のした方を目指して歩き、一台の洗濯ロボットの前にいたタングの隣に立った。ぱっと見た限り、同じ列に並ぶ他の洗濯ロボットと何が違うのかわからない。白い直方体で、ボタンやダイヤルの配置がどことなく人間の顔っぽく見える。

「これのどこがそんなに気に入ったんだ？　僕にはどれも同じに見えるけど」

「聞いて！　これ、歌うんだよ！」

タングはそう答えると、〝クイックスタート〟と表示されたボタンを押した。洗濯機がクリスマスツリーのように点灯し、短い電子メロディーが流れた。

「東京の電車みたいだよ、ベン！」

タングが嬉しそうに言う。

そこからはとんとん拍子に購入手続きに進んだ。何しろ選んだのはタングだから、タングが納得する洗濯ロボット探しはこれにて一件落着だし、クイックスタートボタンなるものがついているくらいだから、他の洗濯ロボットより操作も簡単そうだ。エイミーが望む機能も搭載されている。僕に言わせれば、必要な条件は完璧に満たしている。

何だかんだでいい買い物ができた。これで家に帰れる。配達と設置は翌日にお願いした。そう思った。

洗濯ロボットの前にかがみ、混じり合う雑多な臭いに顔をしかめつつ、衣類を投入した洗濯槽にタブレット型洗剤を放り込んで扉を閉めた時、玄関の扉が開く音がして、カトウとジャスミンの声が聞こえた。今週の日曜日はちょっと出かけただけで帰ってきたということか。よかった。僕が起きて一階に下りてきたのも、そもそもはカトウと話をするためだ。だが、その前にまずは洗濯機を回してしまおう。僕は洗濯ロボットに洗濯物の内容を伝え、最適なプログラムをひとつ、もしくはいくつか組み合わせて洗濯するよう指示した。ドラム内の衣類は種類がばらばらなので、今回はクイックスタートボタンの使用は控えた。

「できません」と、洗濯ロボットが答えた。

洗濯機に〝できません〟の単語がプログラムされているとは思いもよらなかった。

僕は指示を繰り返した。

「できません」

同じ返事が返ってきた。

「できませんって、どういうことだよ?」

「できません」

違う返事は期待していなかったし、正直なところ、違う返事が返ってこなくてほっとした。故障した洗濯ロボットに対処する方が、意識や意思を持つ洗濯ロボットを相手にするよりはるかに楽だ。とはいえ、僕は動かない洗濯ロボットに困惑した。そしてそれは、汚れた衣類を洗えなくて困るという単純な話ではなかった。

頭の中の問題リストに、洗濯機トラブルも追加した。病院の停電、エイミーのジムの会員カードの読み取り不良、新聞記事で読んだ老人ホームのシステムのハッキング、そして我が家のボイラーの故障。きっと他にも気づいていない問題があるのではないか。あっ、もしかして歯ブラシの不具合も関係があるのだろうか。電動歯ブラシはしょっちゅう動作がおかしくなったり、動かなくなったりする。そういうものだと諦めていたが、カトウが抱いている懸念を知ってしまった今、僕まであれこれ疑い始め……すべての問題が非常に……身近なところで起きている気がしてならなかった。

気は進まなかったが、その仮説を確かめる確実な方法があった。僕は家事室から呼びかけた。

「カトウ。またひとつ、ちょっとした問題を発見したよ」

どういう意味かと尋ねながら、カトウが声を頼りに家事室にやってきた。

「新しい洗濯ロボットがストライキを起こしてる。ほら」

僕は再度洗濯を開始させようと試みたが、案の定拒否された。カトウが身をかがめてボタンを押したりダイヤルを回したりしたら、おちょくるようにメロディーが流れた。カトウが珍しくカッとなった。

「ばか洗濯機が！　東京の地下鉄にでもなったつもりか？　黙ってやるべき仕事をしろ！」

洗濯ロボットは一瞬黙ると、「できません」と繰り返した。

「他の言葉までべらべらしゃべらなくてよかったと思うべきなんだろうな」僕は言った。

カトウが片手で拳を握り、その側面で洗濯ロボットをガンと叩いた。洗濯ロボットは我に返ったかのように洗濯を始めた。

「よし」と言って、カトウが立ち上がった。「少なくとも動きはした」

そして、両手を腰に当て、洗濯槽が回るのをじっと見つめた。僕は言った。

「一応、メーカーには連絡するよ。というか、エイミーに電話してもらう。口答えする洗濯ロボットに金を払ったつもりはないからな」

「それはそうだ」

僕は深く息を吸い込んだ。

「カトウ、これも関係あるのかな？　それとも、僕が気にしすぎなのか？」

カトウはしばらく無言で僕を見つめると、うなずいた。

「関係ありそうな気がする。来てくれ」

そして、家事室を出てキッチンに向かった。ソニアの姿はすでになかったが、二日酔いのエイミーとリジーはまだキッチンにいて、僕たちが入っていくと、少なくともエイミーは顔を上げた。

「どうしたの？」と尋ねる。

「座って」

カトウが僕を促した。

「わ……かった……」

僕はエイミーの隣のバースツールを引き出した。カトウはキッチンを行ったり来たりし始め、やがて切り出した。

「何から話せばいいんだろう？」

エイミーが僕の手を取った。カトウは家事室の方に腕を振った。

「洗濯ロボットは僕の方で修理の手配をしておく」

「何で？」僕は訊き返した。「さっきの一撃で壊したのか？」

「いやいや、そうじゃない。ただ、あれは品質不良の問題ではないと思う。専門家に見てもらった方がよさそうだ」

「専門家って、何の？」

「機械学習」

「つまり、君みたいな人にってことか？」

「そうだな」

そう答えると、カトウは黙り込んだ。何から話すべきか、本当に迷っているみたいだ。そんな彼に考える時間を与えたのはリジーだった。唐突に立ち上がり、「吐きそう」と叫んでキッチンを飛び出していく。

「わざわざトイレに走らなくても、そこのシンクに吐けばよかったのに」

僕の言葉にエイミーが顔をしかめた。

「そうしないでくれてよかったわ。ごめんね、カトウ、話を続けて」

「まず、こうなることは僕も避けたかったということはわかってほしい」

「こうなるって？」

訊き返した僕を、エイミーが「しっ」とたしなめた。

「ベン、いいから黙って話を聞いて」

〝そっちこそ落ち着けよ〟という言葉が喉まで出たが、エイミーもカトウもひどく深刻な顔をしていたので、僕は素直に黙った。

「それから、こちらに来て以来、留守にしてばかりなのも申し訳ない。それも本意ではなくて——」

結局黙っていられずに、僕は言った。

「カトウ、それは僕たちじゃなくてリジーに伝えるべきことなんじゃないか？」

カトウが声を荒らげた。

「伝えたよ！　何度も何度も！　でも、その話はいい。今は、君に関わる話をしてるんだ。ベンはさっき、洗濯ロボットの問題もタングが病院で目撃した問題と関連しているのかと尋ねた。訊かれたのが昨日だったなら、明確には答えられなかった。でも、今日になって君に話をする許可が下りた。だから答えよう。関連はある。どう関連しているか、正確なところはわからないが、それは必ずしも重要ではない。一連の問題に新たな問題がまたひとつ加わったというだけだ」

僕はうなずいた。

「やっぱりそうなのね」

エイミーが僕の手を放し、コーヒーのマグカップを両手で包むように持った。僕は腕組みをした。

「そうなると、君は次に、一連の問題は自分とどう関係しているのかと問うだろうね」

「当然だ」

「おおいに関係しているよ。君とタングに」

話の流れに胸騒ぎを覚えた。

「何だって？」

「一連の問題の裏にいるのが誰なのか、ずっとわからなかった。タングの働く病院にハッキングを仕掛けたのは誰なのか。ミセス・カッカーが入居する予定だった老人ホームをつい最近ハッキングしたのは誰なのか……」

ソニアがあの老人ホームに行くことは絶対にない。まあ、ここで訂正する必要もないが。

「……そして、エイミーが通っているジム。ベンのお姉さんが巻き込まれた自動車事故。その他、君が認識さえしていない問題の数々」

「えっ？　嘘だろ？　ブライオニーの事故は……事故ではなかったって言うのか？」

「相手の車の運転手には、赤信号を無視しているとの認識はなかったそうだ」

「誰かが信号を不正に操作したってことか？」

「何者かがあちこちで不正なアクセスや操作を繰り返し、君たちに接触しようとしている」

「狙いは僕か？　それとも僕たち家族か？」

「わからない。ただ、君とタングに接触したがっているのはたしかだ」

「誰かがベンとタングに危害を加えようとしているの？」

エイミーが喉を締めつけられているかのような声で尋ねた。マグカップを置き、僕の手を握り直す。

「危害を加えたいわけではないと思う。たぶん、君たちを見つけようとしているんだ」

「どうして？　いったい誰が僕やタ……まさか。そんなはずはない。あいつのはずがない」

一階のトイレを流す音がして、リジーの足音が近づいてきた。入れ替わりで今度は僕が便器を抱えにいこうかと一瞬思った。吐き気に襲われていた。だが、その場に留まった。

「あいつは刑務所に入ってるじゃないか、カトウ！」

叫んだ僕を、エイミーとカトウが黙らせた。

「声を落として！」と、エイミーが言う。「家族全員をここに集める気？」

ボニーやタングがこの会話に加わることを想像したら、ますます気分が悪くなった。

「あいつの魔の手が迫ってくることは、二度とないと思ってたのに！」

僕は押し殺した声で訴えた。

「誰の？」

リジーがキッチンに戻ってきて、ドアを閉めた。僕は答えた。

「ボリンジャー」

十四　参考人

「ボリンジャー？」

リジーが思わず声を上げ、僕たちに「しーっ」と言われて両手で口元を押さえた。少し前の僕みたいだ。リジーが口をあんぐりさせて僕たちを見つめる。

カトウが慌てて説明した。

「早合点しないで。彼は今も刑務所の中で、君たちに危害を加えることはない。ただ、残念ながら君たちの日常にボリンジャーとの関わりが戻ってきてしまったのは事実だ」

今すぐ荷物をまとめ、家族を車に乗せて逃げたい衝動に駆られた。だが、たったこれだけの情報でそんなことをしたところで無意味なのは、僕でもわかる。

「カトウ、ちゃんと説明してくれ。今この場で」

「一連の問題を起こしているのはボリンジャーではない。ただ、実行者を突き止める鍵をボリンジャーが握っている可能性がある」

「というと？」

僕は尋ねた。リジーは先ほどまで座っていたバースツールに座り直した。

「一連の事故や障害をたどっていくと、いずれも君たち、ベンとタングにつながっている。その事実だけでボリンジャーとの関連を疑うには十分だ。でも、それだけじゃない。ジャスミンとコードを調べるうちに、すべての問題で共通のコードが使われていたことを突き止めた。言うなれば……ＩＤや指紋みたいなものだ」

「連続殺人犯が残すサインみたいな？」

リジーが不安をあおるようなことを言う。全員が彼女を見た。

「何？　状況を理解しようとしているだけよ」

「まあ、それと似たものだろうな」カトウが答えた。

「前から不思議だったの。連続殺人犯はなぜサインを残すのか。どうして容易に身元を突き止められるような真似をわざわざするのか」

「理屈としては突き止められたいという欲求があるんじゃない？」

エイミーがそう言うと、カトウもうなずいた。

「今回の問題ではまさにそういうことだと思う。問題を起こしているのが誰にせよ、このまま匿名で終わることは望んでいない。僕たちが突き止めるのを待っている」

「そうか」と、僕は言った。「だけど、ボリンジャーが実行者でないのなら、彼はどう関わってくるんだ？」

「共通のコードの一部が、私に使われているものと一致しているんです」

いつからそこにいたのか、ジャスミンが会話に入ってきた。

「呼ばれてもいないのに来てしまって申し訳ありません。他の皆さんに話を聞かれてはいけないので、階段の下で見張り番をしていたのですが、カトウの説明が聞こえてきて、私もそろそろ話に加わった方がよさそうだと判断しました」

僕たちひとりひとりを見つめるジャスミンの赤い光が、ためらいがちに揺れた。

「一連の問題を実行するには各種システムへのアクセスが必要で、ボリンジャーにそれは不可能です。それに、彼の手口ではないというのが私たちの見解です」

「手口を変えるくらい、あいつならいくらでもできるだろう」

僕は反論した。カトウが話を引き取った。

「彼ではない。それは保証する。ただ、実行者は僕たちに一連の問題とボリンジャーとを結びつけさせたがっている」

「模倣犯かしら？」エイミーが尋ねる。

「それもひとつの可能性だ」

僕はまたしても胸騒ぎに襲われた。

「ボリンジャーが今も刑務所にいて、必要なシステムにアクセスできないと、なぜ言い切れるんだ？」

カトウとジャスミンが顔を見合わせた。答えたのはカトウだ。

「彼と面会したからだ」

「向こうは協力的ではなかっただろうね」

「そうだな」

「そして、その話を僕たちにしているということは……」

「彼は君との面会を要求している」

やっぱり。最も恐れていたひと言だった。

「最初からこれが目的だったんだろう！　僕をボリンジャーに引き合わせたい。だから、ここに来た、違うか？」

懸命に冷静な口調を保とうとしたが、もはや不可能に近かった。カトウが弁明した。

「ボリンジャーとは無関係であることを願っていた。単なる偶然であってくれと」

「私たちふたりともそう願っていました」と、ジャスミンも訴えた。「あなたたちを二度と巻き込みたくなかった。本当です」

「ジャスミンの言うとおりだ。だが、僕たちにはボリンジャーの協力が必要で、君と会わせない限り協力は得られない。どうか彼と会ってくれないか」

僕はエイミーと顔を見合わせた。

「断る。そもそも、カトウは何を根拠に僕が面会すれば協力が得られると思うんだ?」

「彼がタングにも会いたがっているからだ。それに——」

僕は笑った。

「タングを会わせるつもりはない」

「交渉の切り札として提示してはどうだろう」

「待てよ、僕はまだあいつに会うとはひと言も言ってない。僕たちはもうあの男とは何の関わりもないんだ。だいたい何であいつの勝手な要求に従わなきゃならない? 僕たちはただ平穏に暮らしたいだけだ。普通の家庭みたいに。できることなら世間ともあまり関わらずにひっそり暮らしたいくらいだ」

「それはちょっと違うと思うけど」

エイミーがぼそっとつぶやいた。

「全然違う」と、カトウも否定した。「君たちの家庭のどこが普通なんだ。ベンは考えが甘すぎる! 君は世界で初めて、ロボットを人間の子どもであるかのように学校に通わせた男なんだぞ。それに、それがなかったとしても、オーガスト・ボリンジャーの生み出したロボットを家族の一員としてそばに置いている。その時点で、何らかのリストに名前が載っているかもしれないとは考えなかったのか?」

「何らかのリストって?」

「〝当局が関心を寄せている参考人〟リストに決まってるじゃないか」

ここに来て初めて、僕は自分の思考と行動の矛盾を自覚して落ち着かなくなった。

「でも……でも……」

言葉に詰まった。まともな反論をする自信は正直なかった。

「でも、僕たちは悪いことはしていない」

「もちろんだ。そういう意味で言ったわけじゃない。僕の言い方のせいで不安をあおってしまったなら申し訳ない。それでも、当局が君たち家族を取り巻く状況を注視してきたことも事実だ。とりわけボリンジャーが君たちを襲ってからは。それも君たちの家で。君たちには一定の保護が必要だった」

僕はブライオニーの自動車事故のことをちらりと思い浮かべた。

「正直、これといって守られていた実感はないけどな」

「それでも守られていたのよ」エイミーが静かに言った。「あなたが知らなかっただけ」

「どういう意味だ?」

「不思議に思ったことはない? たとえば、タングは私たちと一緒に画期的なことをいくつも成し遂げてきた。でも、メディアに注目されたことはない」

「それは……それは、僕らは自分たちの生活をしているだけで、有名になろうとしてきたわけじゃないから」

「わかりやすく脚光を浴びることだけが有名になることじゃないわ。私は業務上、知的財産が許諾なく利用されないように尽力しているけど、それでも何か、もっと言うと誰かによって技術や情報が漏れて、その対応に追われることもある。それだけ技術というのは注目を集めるものなの」

「でも、カトウやエイミーの口ぶりだと、もう何年も前から政府機関の遣わした守護天使が僕たち家族に張りついていたように聞こえる。そんなの信じられない！」

「どうして？」と、エイミーが問う。

「そんなのがいたなら、気づかないわけがないからだよ！　僕もそこまで間抜けじゃない。それにエイミー、君が気づかないわけがない」

「そうね、ベン……私たちもそこまで間抜けではない」

「だったら、どうやって僕たちを監視してたって言うんだ？」

エイミーがカトウをちらりと見やり、緊張した面持ちで唇を噛んだ。

「エイミー？」

体がすーっと冷たくなっていくのを感じた。

「僕たちが気づかなかった理由を説明してくれよ……」

「それは僕がきっちり仕事をしたからだ」

その場からただただ離れたかった。水中に沈められたみたいで、息ができず、何も聞こえなかった。エイミーの声もくぐもってしまって聞き取れない。もう一度座って話を聞いて、カトウの説明を最後まで聞いてあげて、というようなことを言っているのだろうが、頭に入ってこず、言葉が単なる音にしか聞こえなかった。

エイミーは僕をその場に押しとどめようとし、カトウも何か言っていたが、彼の言葉はエイミーのもの以上にごちゃ混ぜの暗号みたいだった。リジーは泣き叫んでいるようだが、その声さえもぼんやりしている。吐きそうだった。僕は空気をかくようにして立ち上がると、キッチンのドアに向かった。数分前のリジーみたいだが、今やそれさえも遠い昔のことのように感じられる。背後で椅子が床をひっかく音がした。三人が僕のあとを追おうとしているのだろう。その時、ふいにキッチンの入口にフランキーが現れた。胸元のモニターに表示されていたのは、ボニーの感情が爆発してコントロール不能になった時にフランキーが使う画面だが、今はその上部に僕の名前があった。

とっさにその画面を指で突き刺すように押したら、フランキーはただちに保護モードになり、僕だけを通すと、入口を塞いで他の三人の行く手を阻んだ。僕は一階のトイレで吐いた。大量の汗をかいていた。心臓がバクバクして、頭も割れそうに痛かった。フランキーは依然としてエイミーとカトウを通すまいとしていたが、キッチンにふたつある出入口をひとりで塞ぐことは不可能で、エイミーはもう一方のドアへと走った。

駆けつけたエイミーが、キッチンの引き出しから持ってきた紙袋を僕の両手に強引に押しつけ、それを口元に当てて呼吸をするように促した。僕はエイミーを押しのけたが、紙袋は受け取った。エイミーは一歩下がると、泣き出した。

やがてその紙袋を使った過呼吸状態への対処法が功を奏して僕が少しずつ落ち着きを取り戻し始めた頃、いったい何の騒ぎかと、タングとボニーがガシャガシャドタドタと階段を下りてくるのが聞こえた。これ以上人が増えて、あれこれ言われるのは耐えられない。

「出かけてくる」

嘔吐のせいで焼けたようになった喉から言葉を絞り出した。エイミーを押しのけて玄関に向かい、デッキシューズに足を突っ込むと、コートを引っ摑み、ほとんどけつまずくようにして表に出た。

車に目をやったが、運転できる精神状態ではないと自覚するだけの冷静さは残っていた。運転できなくても構わなかった。行き先は決まっていて、歩ける距離だった。

ブライオニー宅の玄関の呼び鈴に額を押し当て、ドアの向こうで間断なく鳴り響く呼び鈴の音と犬が吠える声を聞くともなく聞いていた。やがて、ブライオニーが玄関を開けた。

「いったい何の……？」

そう言いかけ、僕を見て口をつぐんだ。

「彼はもう……ていうか……彼は……彼は……もう彼のことがわからない。とにかく昔の彼とは違う。違うんだ、ブライ。それに彼女も知ってた！ ずっと知ってたんだ」

大型犬のベラが通りに飛び出さないように、首輪をがっしりと摑んでいたブライオニーが、犬ともども脇にどいて僕を中に通した。姉に促されるままソファに座ったら、ベラがそばにやってきて、僕の膝に顎を載せ、心配そうにクンクンと鳴いた。もっとも、ベラがそうやって鳴くと、クンクンというより、足元の床のすぐ下を地下鉄が通過しているんじゃないかと思うようなすごい音がする。こういうところは人より動物の方がいいなと思う。自分が今どういう気持ちでいるかや、その理由を説明しなくても、犬はちゃんとわかってくれる。こちらが、こんなふうに愛情もよだれもダダ漏れの頭を膝に載っけて寄り添ってくれる存在を必要としていることを。僕が耳の裏をかいてやったら、ベラはゆっくりと瞬きをして尻尾を振った。

「お湯を沸かしてくる」と言って、ブライオニーが部屋を出ていこうとした。

「いや、それより酒が必要だ」

ブライオニーが唇を引き結ぶ。

「必要じゃないわよ。まだ昼にもなっていないのに、ばか言わないで。ベンに必要なのは紅茶と水。抗議しても無駄よ。お茶を淹れたら話を聞くから、何があったのか、改めて説明してみてちょうだい」

しばらくして、ブライオニーが紅茶が入った大きなマグカップふたつとトーストを載せた皿を運んできた。僕はマグカップを手に取ったが、胃に何かを入れると考えただけで気持ちが悪くなった。

僕なりに精一杯状況を説明した。ブライオニーは意見や見解を差し挟むことなく、僕の話に耳を傾けていた。やがて気力が尽きた僕は、ソファの背にどさっともたれ、顔をさすった。ブライオニーが口を開いた。

「私には、あなたの周りにはあなたを愛してくれる人がたくさんいて、その人たちはあなたを守りたい一心なんだというふうに思える。だからこそ、知ればあなたに害が及ぶ情報を、あなたの耳に入れまいとしてきたんだって。ちなみに、私が言う害にはメンタル面での害も含まれる。最初から事情を知らされていたら、ベンは年を追うごとに精神的に追い込まれていったはず。あなたは何でも考えすぎるきらいがあるから」

「そんなことないよ！」

反射的に言い返したが、姉の言うとおりだと気づいて低くうめいた。

「負のスパイラルから抜け出せなくなることだって、一度ならずあったかもしれない」

「でも、それなら過去にも乗り越えてきただろ？　一度ならず」

「それよりもっと強烈な負のスパイラルよ」

「何だよ、ブライオニーなら僕の味方をしてくれると思ったのに。だから来たのに」

「そうじゃないでしょ。そんなのは自分に対する建前。ベンがここに来たのは、姉《ビッグシスター》に、しっかりしなさいと発破をかけてもらうためよ」

「体は僕より小さいけどな」

「今日の私はあなたほどしょぼくれてないわよ」

「今の僕の状況なら、動揺してもしようがないと思うけど」

「もちろんそうよ。エイミーは親友だけど、私も今は怒鳴りつけてやりたい気分だもの。カトウのこともね。まあ、ひとつはっきりしたとすれば、リジーを悩ませていたものの正体よね。話を聞く限り、彼女も何も知らされてなかったみたいだから。リジーとは今週親しくなったばかりだけど、この数年、カトウが彼女をどれだけ悩ませてきたかを想像したら、顔をひっぱたいてやりたいわ。ただ、これで事情はすべてあきらかになった」

「そうだな。ちっとも気は晴れないけど」

ブライオニーが腕を伸ばして、手の甲で僕の頬を優しく撫でた。

「落ち着いてくれただけでも十分よ」

僕は紅茶をひと口飲むと、ベラを撫でた。ベラは僕の膝に顎を載せるのをやめ、僕の足先を下敷きにして丸くなった。ブライオニーの飼い猫が一匹——我が家に以前いた〝ネコ〟という名の猫が産んだ子だ——ふらりと部屋に入ってきて、僕と隣り合わせにソファの肘掛けに座った。この家の猫たちは我が家のポムポムよりはるかに猫らしく、好きな時に好きな場所へ行き、気の向くままに食べる。自由を奪われた存在に成り下がる気などさらさらない。そこはブライオニーの子どもたちに通じるところがある。ついでにブライオニーにも。そう思ったのは、階段が軋む音がして、見知らぬ男がコートを手に居間の出入口にぬっと現れ、開いていたドアをノックしたからだ。日曜の朝にしてはずいぶんとしゃれた装いだ。まるで、昨夜着ていた服をそのまま着たかのようだ。ブライオニーがぎょっとして顔を真っ赤にしたところを見ると、まさにそういうことらしい。

見知らぬ男と僕は、〝どちら様？〟という表情を交わしたが、僕にはその問いを口にするだけの元気はなかった。ブライオニーが慌てて立ち上がり、男の元に行って腕を取ると、玄関へと促した。ごたごたの渦中にいる僕だったが、姉が一夜限りの相手を家から追い出そうとする瞬間を見物しない手はない。しっかり楽しませてもらった。キスしようとした男を、姉はすばやくかわした。男の唇は姉の頬をかすめただけで終わった。その後はいかにもイギリス人らしい礼儀正しさでぎこちない謝罪や挨拶がひとしきりぼそぼそと交わされ、姉にいたっては男の手を取り握手までした。男は帰っていった。

「彼も気の毒に」

戻ってきた姉に言った。

「うるさいわね。黙ってお茶だけ飲んでなさい」

僕は言われたとおりにし、それから数分、互いに無言の時間が続いた。やがて、姉が口を開いた。

「デイブに電話してみるわ。お茶かディナーにでも誘ってみる。会ってくれるかわからないけど」

「会ってくれるさ。ブライオニーがアメリカに行ってた間にも様子を尋ねてきたし」

「そうなの？」

「そうだよ、ブライ。この先ふたりの関係がどうなろうと、ブライオニーがデイブの娘や息子の母親であることに変わりはないんだから」

「まあ、そうね」

「デイブとやり直したいのか？」

僕の問いにブライオニーは眉をひそめ、しばらく唇を噛んでいた。

「アメリカに行く前だったら、やり直したいと即答してた」

「今は？」

「私は変わった。世界が前より広くなった。何でもかんでも私が管理しようとしなくてもいいんだってことを学んだ。私がたまには人のことに口出しせずに黙って見守ってみたからって、天地がひっくり返るわけじゃない」

僕はほほ笑んだ。

「僕はその逆を学んだよ。つねに誰かに頼って物事を決めてもらうだけじゃだめなんだよな。自らの責任で判断して動くことを学んだ気がする」

「私が学んだのは何より忍耐かな。それと相手への思いやり」

「母さんや父さんがこういった意識を僕たちに教えたことはあったのかな。あったとしても覚えてないな」

「私も。まあ、でも……子どもを信じて口出ししないことも子育てには大事なのかも。〝あなたは正しい〟と子どもに語りかけ、〝だからあなたの言葉を信じる〟と伝えることが。道路に飛び出したり、床用洗剤を飲んだりもしないと信じてるってね」

「そうかもな。で、ある日思い知らされる。我が子も完璧ではないのだと」

短い沈黙が流れた。やがて、ブライオニーが言った。

「つねに正しくあろうとするのって、すごく疲れるのよね」

そして、大きなため息をついた。

「別につねに正しくあろうとする必要はない。時には自分の過ちを認めることがあってもいい」

「今ならそれもわかる」

ブライオニーが静かに言った。少し間があいた。

「ただ……口で言うほど簡単じゃないわよね。子どもたちには〝ありがとう〟と〝ごめんなさい〟はちゃんと言いなさい、嘘をついたり陰口を叩いたり意地悪をしたりしてはいけませんと教える。でも、間違い方は教えない。この国の人間は文化的に、過ちを犯すことイコール弱さだと捉えている気がする。過ちを認めたくないばかりに、心の奥底では間違いに気づいていながら、声高に自分の主張を繰り返してしまうことが往々にしてある。もしかしたら、どの国の文化にも似た側面はあるのかも。よくわからないけど。そこが厄介なのよね」

僕はブライオニーの手を取った。

「僕が言っても説得力ないけど、ブライオニーの言うとおりだと思う。〝ごめんなさい〟を口にするのは難しいなんて言われるけど、本当に難しいのは、自分は誤りを犯す不完全な人間だと認めることだ。そのふたつは似ているようで違う」

「たしかに違うわね。謝ることができても、自分の誤りを言葉にして認めることができないなら、改心も道半ばだわ」

「深いひと言だなぁ」

そう言ったら、ブライオニーは寂しそうに笑った。

「そうでしょ、深いでしょ。法廷で立派な弁論を繰り広げて稼いでいた時を彷彿《ほうふつ》とさせるでしょ」

ブライオニーは肘で僕を小突くと、もう一度ほほ笑んだ。

「ちょっと待った。今、過去形になってたけど……」

「そうよ。戻るつもりはない。いろいろなことに気づいてしまったから。もう弁護士の私に戻る自信はない」

「法曹界《ほうそうかい》にとっては損失だな。エイミーもきっとそう言うよ」

「そうかもね。でも、もう決めたことだから。ちなみに……デイブとはやっぱりやり直したいかも。彼もそれを望んでくれるならだけど。昨日の夜の一件……誰かを連れて帰ってきたことだけど。あれで、自分が本当に望んでいるものが何なのかがはっきりした」

「わかるよ。よかったな、ブライオニー」

僕は姉の肩を抱き、頭のてっぺんに頬を預けた。僕たちはしばらくそうしていた。

「ちなみにさっきの男は何て名前だったの？」

ブライオニーの頭頂部に向かってつぶやいたら、姉は僕をぱっと押し戻し、眉をひそめた。そして、一瞬困惑した表情を見せると、言った。

「実は知らないのって言ったら、軽蔑する？」

十五　組織の一員

姉の一件がおかしくて、歩いて家に帰る道すがら、僕はまだ笑っていた。だが、自宅が近づくにつれて家を飛び出したそもそもの理由をいやでも思い出し、玄関前に立つ頃には、家を出た時とたいして変わらない精神状態に戻っていた。

エイミーが、玄関を入ってすぐの廊下の床に、ラジエーターを背に座っていた。僕がドアを開けて中に入ると、立ち上がって僕を抱きしめた。僕が身じろぎをしたら、彼女は体を離して一歩下がった。僕は靴をぞんざいに脱ぎ、その隣にコートも脱ぎ捨てた。今はしまう気にもならない。そのまま居間に向かうと、幸い誰もいなかった。

エイミーも居間に入ってきて、ドアを閉めた。

「僕たちは娘に嘘をついてしまった」

僕はこみ上げる怒りを抑え、できるだけ静かに切り出した。

「僕は故意ではなかったけど、君は、ボニーがカトウに不信感を抱くのは的外れではないと知っていながら、考えすぎだと思わせようとした！　よくそんなひどいことができたな」

エイミーはごくりと唾をのみ、床に視線を落とした。僕がいない間に着替えていたが、いつもの洗練された雰囲気は影を潜めていた。涙がひと粒落ちてシャツを濡らした。

「それについては申し訳なかったと思ってる。あの子を心配させたくなかったの……あなたのことも！　それに、知るべきことがあるという確証もなかった」

「嘘だ！」僕は叫んだ。「君は最初から、カトウがここにいる理由も何が起きているかも知ってた。そうだろう。それなのに僕に黙っていた！」

「知ってたわけじゃない！　疑いはしたけど、それと知っていることとは違う」

いつものエイミーらしくない、頼りない反論だった。それに――珍しく――本気で僕を納得させる気もないみたいだ。

「ねえ、何て言えばよかったの？　〝ところで、あなたの親友に関して国家レベルの機密情報があるんだけど〟とでも言えばよかった？」

「そうだよ。それなら……少なくとも僕には言えない何かがあるんだと認識できた！」

「ベン、私は弁護士よ。あなたに言えないことなんて毎週無数に発生するし、あなたもそれは承知のはずじゃない！　私が事情を知り得たのは、ひとえに、以前日本でカトウのプロジェクトにジャスミンとともに関わったから。あれと、私が業務上携わる他の案件とを分ける唯一の違いは、あなたがカトウやジャスミンと友達だって事実だけよ！」

「ジャスミンも……？」

「ううん。彼女も私と同じ。業務には関わったけど……たぶん、組織の一員とは見なされてなくて、事情を知る立場にはない」

「リジーは？」

「彼女は何も知らなかった」

「それは察しがつく。僕が訊きたいのは、彼女は今、どんな様子かってことだ」

「数日間ホテルに移ると言って、トモを連れていったわ。トモにロンドンの観光名所を見せてあげたいからって」

「カトウを置いて出ていったのか？」

いろいろなものが音を立てて崩れていくようだった。だが、エイミーは首を横に振った。

「違う。そういうことではないと、リジーもきっぱり否定してた。ただ、考える時間がほしいって。頭の中を整理するために。たぶん、リジーはショックは受けたけど驚いてはいないんだと思う。カトウがどんな性格かも、どういった仕事に携わってきたかもよく理解してる。状況を把握するのはそう大変ではなかったはずよ」

「僕もリジーも、今日まで把握できなかったけどな」

「それはカトウが、ふたりが知らずにすむように必死に動いてきたからよ。今日になって打ち明けたのは、そうせざるを得なくなったから。それに、あなたが今何を考えているにせよ、カトウが打ち明けた情報は軽々しく口にしていいものではない。まあ、ブライオニーには話してしまったんだろうけど」

僕が眉をひそめると、エイミーがスマートフォンを掲げてみせた。

「あなたがそっちに行ってないかとブライオニーにメッセージを送ったけど、返信がなかったの。入力中のサインは出てたけどね。おおかた私への不満をぶちまけようとして、気が変わったんでしょう。返信はなくとも、知りたかった答えはそれでわかった」

僕はぞっとした。ブライオニーが知っていい情報ではないのだとは考えもしなかった。まともな精神状態なら判断できたのだろうが、あいにくあの時は気が動転していた。エイミーが僕の表情を読んで言った。

「大丈夫。ブライオニーも私たちと同じ責任を負うことになったってだけだから」

「ブライオニーなら絶対に口外しない。そこは僕よりずっとわきまえているから」

「知ってる。何と言ってもブライオニーも弁護士だしね」

とっさに、姉が口にしたキャリアのこと、デイブのこと、そして一夜限りの男のことを話したくなった。だが、ふと、今までとは逆に僕だけが誰も知らない情報を握っているのだという考えが頭をよぎり、このまま秘密にしておきたくなった。エイミーやカトウと対等な立場に立つために。せめて対等だと感じたくて。

エイミーが僕の手を握ろうとしたが、僕はそれをよけて腕組みをした。エイミーは両手をジーンズのポケットに入れ、待った。

しばらくして、僕はうなずいた。

「君の言うことはわかった」

どっと疲れを感じた。

「本当だ。ただ……頭の中を整理したい」

昼時だったが、皆を集めてサンデーロースト的な食事を作る気分にはなれず、僕はボニーやロボットたちに調子がよくないからとだけ告げて書斎に向かい、ドアを閉めた。今日ばかりはひとりにしてくれと願った。ソニアとボニーは、お腹がすいたと思えば――そう思った時に――適当に食べるだろうし、エイミーとカトウのことは正直どうでもよかった。自分たちでどうとでもすればいい。

一時間ほどたった頃、廊下から話し声が聞こえてきた。家に残っていた面々が玄関前に集まっているみたいだ。カトウとジャスミンはいなさそうだったが。エイミーが提案したのか、それとも何かがおかしいと勘づいたソニアが言い出したのか、とにかく今日の午後は皆でミスター・パークスの家にお邪魔することにしたらしい。ありがたかった。皆の声が遠くなり、玄関の扉が閉まった。ただし、今も廊下に人の動く気配はあるから、エイミーは残ったのだろう。

次の一時間、僕は書斎の肘掛け椅子に膝を抱えて座り、窓の外を眺めながら考えていた。

エイミーに告げた言葉に嘘はない。彼女の言い分は本当に理解していた。ただ、エイミーがリジーには考える時間が必要だと述べたように、僕も頭の中にあるばらばらの情報を整理する必要があった。ここ数年、不可解だと感じてきて、今日ようやく合点がいった物事、そして、カトウの空港での態度。いや、実際には空港に限らず〝おや？〟と思う場面は何度もあった。この何年もの間、彼はどうやって僕たち家族の動向を遠く離れた東京から監視していたのだろう。僕の監視の一翼をエイミーが担っていたとは思えないし、カトウもそんな役目を彼女に負わせはしなかっただろう。そこだけは感謝したい。それでも、過去に自分がふたり宛に送ったメッセージや、ふたりと交わした妙に違和感のある会話について振り返らずにはいられなかった。エイミーも、今日こそ、次こそ、僕がカトウにひそかに監視されている事実を見破るのではないか、そしてそのことを自分が何年も前から承知していたことも知られてしまうのではないかと、気が気でなかっただろう。

僕はスマートフォンを取り出し、リジーにメッセージを送った。

——大丈夫？

すぐに入力中のサインが表示されたが、リジーが返事を書き終えるまで少し時間がかかった。無理もない。

——そのうち大丈夫になるわ。そっちは？

——同じく。この件についてよかったら直接話す？

——やめとく。でも、ありがとね。大丈夫、きっとすべてよい方向に向かうわ。私たちの関係も元どおりになる。

——そうだね。

本当はそんなふうには考えられなかったが、今はそう返すべきだと思った。いや、違うな。たぶん、心の奥底では僕もそうだとわかっているのだ。カトウにしてもエイミーにしても、今日まで僕やリジーに秘密を打ち明けることを許されず、エイミーが話していたように、その事実に苦悩してきた。それに、僕を収監中のオーガスト・ボリンジャーと面会させて頼みごとをさせる事態を誰より避けたかったのも、カトウとエイミーだろう。他に方法があるなら、カトウはそっちを選んだはずだ。おそらく、イギリスに来てからの数週間、そしてそれ以前も何ヶ月にもわたって、カトウとジャスミンは他の方法を懸命に模索していたに違いない。だが、打つ手が尽きてしまったのだ。

僕はため息をついて立ち上がった。とたんに強烈な空腹感に襲われ、キッチンに向かった。冷凍庫からピザを取り出してオーブンに突っ込む。エイミーはカウンターテーブルの前でスマートフォンの画面をスクロールしていた。僕が入っていくと顔を上げたが、何も言わずにただこちらを見つめた。僕は戸棚にもたれて腕組みをした。

「カトウを呼んできてくれ」

僕の言葉に、エイミーが慌ててスツールから下り、居間の入口まで行ってカトウを呼んだ。カトウがキッチンにやってきた。隣にジャスミンもいる。エイミーはカウンターのスツールに座り直し、カトウもあいているスツールに腰かけた。ジャスミンは空中に静止している。皆、僕が口火を切るのを待っている。そのまま数分気を揉ませてから、僕は大きく息を吸った。

「わかった、行くよ。でも、向こうの意図がはっきりするまで、タングを連れていくつもりはない」

「向こうの意図？」

訊き返したカトウの肩から力が抜けた。安堵したのだろう。エイミーが手の甲で頬を拭った。僕の答えが彼女の望んでいたものかどうかはわからなかった。僕は続けた。

「ボリンジャーとはもう何年も会っていない。それ自体は本当にありがたいけど、その分、今の彼がどんなふうかは見当もつかない。何年も塀の中で過ごしてきて……前よりたちが悪くなっている可能性も十分にある。ボリンジャーの新たな策略かもしれないことに、タングを巻き込みたくはない。ジャスミンもだ。カトウにはジャスミンをあいつのところに連れていかないでほしかった」

「ベンがそう思うのは当然だ」

カトウがジャスミンをちらりと見て言った。

「でも、どうか信用してほしい。僕もジャスミンもちゃんと考えがあって行動している。ボリンジャーはつねに監視下に置かれ、自由なアクセスは制限されている……彼にとって有益なものへのアクセスは」

「有益なものへの？　それはまた限定的だな。心強いことだ」

カトウが助けを求めるようにジャスミンとエイミーを見た。エイミーが応じた。

「気にしないで。ふたりのことは信頼しているから。本当よ。ただ、ベンが言うように、ボリンジャーと最後に対峙してからもう何年もたつし、最後に彼と会った時の記憶は愉快なものとは言えない。あなたの頼みは……とても重いものなの」

カトウがうなずく。

「気休めにならないかもしれないけど、彼も多少は改心している」

「前より丸くなりました。歳を取ったせいかもしれません」と、ジャスミンが言い添えた。「あるいは更生プログラムが功を奏したのか……もしかしたら、ボリンジャーと会うことで、結果的に彼にまつわる問題に終止符を打てるかもしれません」

あとになって、僕はジャスミンの言葉をじっくり思い返した。彼女の言うとおりかもしれない。僕たちはボリンジャーに関する記憶を長らく心の奥底に追いやりすぎていたのかもしれない。そのせいで彼がもたらした恐怖が心の暗い隅に巣くい、カビが胞子を飛散させるようにして増殖してしまった。ボリンジャーとの面会は、僕たちに――僕に――必要なことなのかもしれない。

十六　収監中

　同じ日、エイミーとカトウと僕はカトウの同僚が用意したスポーツ用多目的車《SUV》に乗り、カトウの運転で鉄製の門扉《もんぴ》を通り抜けた。門扉が取りつけられた、高さのある二本の煉瓦の柱は、先端に向かって鋭く尖っていた。門から先は舗装されていない道が続いた。奥にビクトリア朝様式の大きな建物があるはずなのだが、道が曲がりくねっていてはっきりとは見えない。ジャスミンは連れてきていなかった。

「場所柄、門が開いているとは思わなかった」

　僕の指摘に、カトウはただ肩をすくめた。

「この道を進んでも駐車場にしか入れないはずだ」

「はず？　はずって、なんだ？　前にも来たことがあるんじゃないのか？」

　カトウが困惑するのを見て、僕は言葉を補足した。

「ボリンジャーに会ったと言ってただろう？　君とジャスミンとで会ったって。あれも嘘なのか？」

「むろん嘘じゃない。ボリンジャーには会った。ジャスミンとふたりで。ただ、あの時彼がいたのはここではない。いたのは……別の場所だ。詳細は明かせない」

「あいつを移送したのか？　なぜそんなばかなことを？　映画で何度も見たよ。受刑者を移送しようとするとどうなるか。教えてやろうか。必ず問題が起きるんだ！」

「悪いがこの件に関しては僕の方が状況を把握しているし、見識もある。君もいい加減にそこは理解してくれ。以前の収容先はセキュリティーが不十分だった。居場所を容易に特定できてしまう状況だった。だが、現在の彼の居場所を知る者は以前よりはるかに少ない。施設内には厳重なセキュリティーも敷かれている。ただし、分類としては最高レベルの重警備刑務所ではない。たしか、こっちではカテゴリーAと呼ぶんだったね」

「そのとおり」

僕は答え、エイミーもうなずいた。だが、僕はすぐに疑問を覚えた。

「ちょっと待った。え？　ボリンジャーが移送されたこの場所は、重警備の刑務所ではないというのか？　あり得ない、どうかしてるよ」

「今話したとおり、ここはカテゴリーAの刑務所に分類はされてない。それ以上のことを君が知る必要はない。少なくとも今は」

顎に力が入った。だが、車が道にできた巨大な窪みの上を通過すると、それまで考えていたことから気がそれて、まったく別のことが気になった。

「刑務所に通じるこの道、もう少し何とかならないのかな」

未舗装の道は、農家の中庭としか形容しようのない場所で終わっていた。片側に大きな納屋や小屋が並び、圧縮してブロック状にした藁《わら》がうずたかく積まれ、カバーがかけられている。車を降りた僕はくしゃみが出そうになり、鼻にしわを寄せた。

「普通、名の知れた犯罪者の収容場所に農場は選ばないよな。なぜここなんだろう？」

カトウが目の前の空間を示すように手を振った。

「ここは新しい形態の刑務所として建てられたんだ。更生に主眼が置かれている。その一環として農場も併設しているのかもしれない。まだ完成はしていない。他にも多くの受刑者を移すと聞いているが、それはこれからなのかもしれない」

「更生？　ボリンジャーが改心したがっているとは思えないけどな」

挑発的に指摘したら、エイミーがいら立った口調で言った。

「そんなのわからないでしょ。誰しも人生をやり直すチャンスは与えられるべきだわ。人が背負っている過去は、時としてあなたが思うより複雑なのよ、ベン」

エイミーが暗に僕自身がタングと出会って変わったことに言及しているのかは定かではなかったが、何にせよ、僕もさすがに反省して黙った。

エイミーが険しかった表情を少し和らげた。

「まあ、でも、刑務所の形態は私たちには関係ないわよね。ボリンジャーの収容先の査察に来たわけじゃないもの。そもそもは来たくもなかったわけだし。そうでしょ？」

カトウがブーツのつま先で丸い牛糞を軽く蹴ったら、群がっていたハエがわっと飛び上がった。カトウが顔をしかめて言った。

「ここほどボリンジャーの収容に適した刑務所はそうはない。こんな場所にいるとは誰も思わないから」

「たしかに」

僕は顔に寄ってきた二匹のアオバエを手で払った。

「で、ここからはどこに向かえばいいんだ？　受付の類いがありそうには見えないけど。もしかして場所を間違えてるんじゃないか？」

「辺鄙《へんぴ》な場所にあるって話だったわよね……」

エイミーが言う。彼女もカトウも僕の話など聞いていない。ふたりしてスマートフォンを取り出し、すぐに同じ表情を浮かべた。エイミーは納屋や小屋に囲まれたエリアをうろうろと歩き、カトウはスマートフォンを頭上に掲げた。僕は自分のスマートフォンを取り出しもしなかった。ふたりとも圏外になっているなら、画面がひび割れ、電池の残量表示もまったく当てにならない僕の古いスマートフォンが電波を拾えているわけがない。

文明の利器が使えず途方に暮れるふたりの姿に、悪いがにやりとしてしまった。そして、ふと思った。

「ひょっとしてボリンジャーがここに移されたのはそれが理由なのかも？　電波が届かない」

カトウはうなずき、スマートフォンをポケットにしまった。

「それはたしかに収容先の要件として挙げられていた」

カトウが半ば独り言のようにつぶやく。一方僕は、この場所はどのようにして刑務所としての機能を果たしているのかと、せわしく考えを巡らせていた。本来なら、そんなことは僕の知ったことではない。ボリンジャーがここに収監されているから来ざるを得なかっただけで、あの男の収容場所の詳細など、僕ごときがあれこれ考える必要はない。その反面、どこかの時点でタングをここに連れてくることになるのなら──早くも、そんなことは到底受け入れられない気持ちだったが──その前に、問題はけっして起こらないという根拠をきっちり揃えて、納得のいく説明をしてもらわないと困る。

農場のどこからか、ディスコイベントでも始まったのかと思うような、明るくアップテンポな一九八〇年代ポップスのヒット曲が流れてきた。三人して音の出所を探してきょろきょろしていたら、バケツといかにも年代物の大型の携帯用ラジカセを持った男が、僕たちのいる中庭の片側に建つ大きな納屋から出てきた。

「何かお困りかな？」

男が僕たちに気づいて足を止めた。ミスター・パークスみたいな出で立ちだが、農家に憧れているようにしか見えない我らが隣人と違い、彼は本物の農夫らしい。

エイミーが感じのよい笑みを浮かべて、面会の約束があるんですと伝えた。男は僕たちを上から下まで見ると、カトウのSUVに目をやり、僕たちが今来た道を指した。

「一本手前の道を曲がっちゃったんだよ。よくあるんだ。横道が見えて、奥に建物も見えるとなると、その横道を行けば建物にたどり着くと勘違いしちまうんだな。昔は実際につながってたんだろうけど。あんたたちの目的の道はもう一本先だ。カーブを曲がってひたすら進めばあるから。見落としようがない。もし見つからなかったら……まあ、見つかるまで進めばある。ばかでもわかるから」

最後のひと言も道案内の一部なのか、それとも僕たちをけなしているのか。判断がつかなかったが、尋ねる間もなく男はうなずくと、バケツと大型ラジカセを手に中庭を横切り、別の大きな納屋に入っていった。

僕たちは顔を見合わせた。

「ということだそうだから、戻りましょうか」

エイミーが言って、うなずいた。僕たちは再度車に乗り込むと、カトウの運転で、もと来たでこぼこ道を戻った。カトウの背後にいる組織がこの車にかけている車両保険が、損傷を手厚くカバーしていることを祈るばかりだ。

ディスコ農夫の説明どおりだった。次のカーブを曲がるとすぐに門が見えた。先ほどの農場の入口にあったものと同じだ。目の前の門もやはり開いていて、駐車場へと続く道は農場のでこぼこ道と大差ない未舗装の道だった。

途中、大きな建物の前を通った。いかにも人を収容するための施設といった風情で、我々の目的地かと思われたが、建物へと続く小道は封鎖されており、〝関係車両以外、通行禁止〟の標識が掲げられていた。それとは別に、この先に駐車場があることを示す標識も掲示されている。

エイミーがもう一度スマートフォンを取り出した。

「相変わらず圏外だわ」

「例の最先端のGPS追跡グッズを持ってくればよかったのに」

僕の痛烈な嫌みを、エイミーもカトウも聞き流した。

先ほどの標識以外に道しるべはなく、この道で合っていると信じて進むしかなかった。しばらくして、このままどこにもたどり着かないのではないかと不安になり始めた頃、上ってきた坂道のてっぺんからようやく建物が見えた。実験的な環境プロジェクトのビジターセンターとしか思えない佇まいだ。

一部が地中に埋もれた建物は、『ロード・オブ・ザ・リング』のホビットの家と核シェルターを足して二で割ったような外観だった。スケートボード用のランプみたいに湾曲した屋根は、在来の野草で緑化されて周辺の環境と融合していた。建物は砂色の分厚い壁で覆われ、正面にぴかぴかのガラス扉がある。そして、建物全体を取り囲むように、砂利が放射状に敷きつめられている。カトウが車を乗り入れたら、タイヤの下で砂利が音を立てた。他に車は見当たらない。

「いったいどんな刑務所だよ？」

後部座席にいた僕は、運転席と助手席の間から前方を見渡した。

「何であいつはこういつも快適な環境をあてがわれるんだ？　やれ、楽園の島に住まわそうだの──」

「でも、外の世界からは隔絶されているわ」

エイミーの指摘に、僕は鼻を鳴らした。

「君はあの場にいなかっただろ？　パラオにいた頃のあいつは、孤独感に苛《さいな》まれているようには見えなかった」

エイミーがむっとするのがわかった。カトウが間に入った。

「当時、彼は君を夕食に招待した。君が思うより話し相手に飢えていたのかもしれない」

「何だよ、ふたりしてあいつの肩を持つのか？」

ふたりはぶつぶつと異議を唱えたが、僕は構わず続けた。

「そもそも隔絶されているかどうかは関係ない。僕が指摘したいのは、あいつが最初は平和で美しい小さな島を、そしてお次はこの……不思議な場所をあてがわれたってことだ」

僕は一帯を示すように片手を大きく動かした。車の後部座席で許される範囲で目一杯大きく。

「どう見ても、不衛生なことで悪名高かったニューゲート刑務所みたいな劣悪な環境には見えない」

カトウが額をさすり、上体をひねって僕を見た。

「前にも話したが、ボリンジャーは役に立つ男ではある。彼に必要な処遇は通常とは異なる。もしくは、通常の処遇は彼には適さないと言うべきかな。だが、実際に見てもらえばわかるが、セキュリティーは万全だ。複数の異なるレベルの……とにかくそこは我々を信用してもらうしかない」

僕は後部座席にもたれて腕組みをした。

「そんなもの信じられるか、くそったれ」

今日の僕は悪態ばかりついている。エイミーがため息をついた。彼女の顎に力が入るのが、後部座席からも見て取れた。いら立っている。だが、こちらを振り返りはしなかった。かわりにおなじみのぞっとするほど穏やかな声で言った。

「あのね、私たち三人とも好き好んでここに来たわけじゃないの。それでも、カトウの言うとおり。あの人は役に立つ。その事実を私たちが気に入ろうが気に入るまいがね。一連の問題のターゲットはどうやら私たち家族のようだけど、確証はない。ただ、仮にそうであったとして、他人を巻き込んでいるのも事実よ。私たちとは何の関わりもない罪なき人々までね。一連の問題が私たちを目的に発生しているかもしれない以上、私たちには自分たちの役目を果たす道義的責任がある。ボリンジャーが答えを握っている可能性がある。その彼が私たちとの面会を要求している。そして、あなたが指摘したように、彼は自分の望むものは何としても手に入れる男よ。だったら、うだうだ言ってないでさっさと中に入って、私たちに何ができるかを見極めて、さっさと出てきましょう。立ち回り方次第では、ひょっとしたらボリンジャーもタングに会う気が失せるかもしれないし、一連の問題も一件落着となるかもしれない。ここで善い行いをしておけば、将来、当局のお偉いさんに借りを返してもらえるなんてこともあるかもしれない。人生、何があるかわからないんだから」

「なるほど、あらゆる角度から考え抜いて今日を迎えたってわけだ」

思った以上に尖った口調になってしまった。エイミーの声も大きくなる。

「当たり前よ。私は今日の面会を最大限有効に使ってこの問題にけりをつけて、普段の生活に戻りたいの。子どもみたいにすねて駄々をこねたって何も解決しない」

エイミーが抱いていた悔恨の念は、ここに来る道中でいら立ちに姿を変えていたらしい。当然といえば当然だ。今やエイミーは弁護士モードに切り替わっており、誰にも目的を果たす邪魔をされたくないのだ。だからといって、僕がこの状況を快く受け入れなければならない道理もない。

それ以上何も言わずに車を降りると、僕はまだ怒っているのだと示すようにドアを乱暴に閉めた。ひと呼吸置いて、エイミーとカトウもギスギスした空気の残る車内から逃げ出すように車を降りた。カトウがスマートキーの施錠ボタンを押すと、車から甲高い確認音がした。

建物の扉はロックされており、指紋認証で解錠する仕組みになっていた。カトウが指紋センサーに触れると、ガチャンという大きな音とともに電磁式ロックが解除された。僕たちは中に入った。

受付エリアには最小限の家具しかなく、殺風景で温もりは微塵も感じられなかった。建物の外観から想像する雰囲気とはかけ離れている。

「こうでないとな」

僕はぼそっとつぶやいた。

床は鏡のようにぴかぴかだった。かつてのタングなら喜び勇んでつーっと滑り出しそうな床だ。大きな曲面カウンターの上にはガラスの仕切りがはめられていた。防弾ガラスだろう。そうであってほしい。何しろここは刑務所だ。もっとも、ガラスの仕切りはカウンターの天板の幅分しかないから、カウンターの横か後ろに回れば、受付に座っている人物にいくらでも近づける。

受付の向こうには、中年と呼ぶにはまだ早い男性が座っていた。完璧な容姿に、感情の波とは無縁そうな穏やかな表情。ふと、アンドロイドかもしれないと思った。だから使い捨てにしてしまえるのかもしれない。そうだとしたら、彼の隣に立っている女性より使い勝手はいいのかもしれない。そんなことをつらつらと考え、はたと、どうでもいいことに気を取られている自分に気づいた。この場所で気を抜くのはまずい。

若めの男性が、近づいてくるカトウを認識してうなずいた。挨拶に言葉を費やす気がないのは男性の隣に立つウールのスーツ姿の女性も同じようで、いきなり本題に入った。

「被収容者の面会準備は整っております」

ザ・リッツ・ロンドンでお茶でも供してくれているかのような慇懃《いんぎん》な口調だ。

「ご覧いただけばおわかりになるかと存じますが、重警備ブロックの独房は彼の要望をすべて満たしております。我々の要件も」

「あいつに重警備ブロックの独房を用意したのか？」僕は言った。「さすがの特別扱いだ。何だかジェームズ・ボンドの世界みたいだな」

そんな僕に、エイミーが指摘した。

「あなたもはっきりしないわね。数分前まではここのセキュリティーにけちをつけていたくせに」

「ボリンジャーは一般的な犯罪者とは違います。実際、〝ボンド映画の悪役〟的なところがありますしね」

スーツ姿の女性が言った。〝ボンド映画の悪役〟というフレーズを、両手の人差し指と中指を二回曲げる仕草で強調する。ばかにされたようで、むっとした。それが顔に出たのだろう。カトウが皆をなだめるように言った。

「ボリンジャーのことは目の届く場所に置きつつ、同時に……他とは隔離するのが最善だと判断したんだ」

僕はうなずくと、自分でも気まずい空気を払拭しようとした。

「それは理解できる。たとえるなら、秋に居間の隅にやたらと大きな蜘蛛が出没した時みたいなものだよな。捕獲して外に追い出すためにコップと厚紙を取ってきたいけど、目を離したら、次に見た時には絶対に姿を消しているのもわかってる」

僕は身震いした。

「あいつら、こっちがいつ自分を見ていて、いつ見ていないか、わかってるに違いない。きっとそうだ。だって目はついているわけだし。大半の蜘蛛には」

　エイミーが僕の腕にそっと触れた。

「緊張するのも無理ないわ、ベン。私も緊張してる」

「はっ？　別に緊張なんかしてない。僕はただ……とにかく、ボリンジャーを目の届く範囲に置いておきたい心情は理解できるってことを言いたかっただけだ」

　むろん、エイミーの指摘は図星だった。僕は極度に緊張していた。エイミーとふたりきりだったなら、正直にそう打ち明けていただろう。緊張するなと言う方が無理だ。だが、この場にはカトウもいる。彼に長年監視されていたことが発覚し、おそらく僕は……彼にコントロールされていると感じたくなかったのだ。カトウのことはずっと友達だと思ってきた。実際友達だったし、出会ったきっかけでもある、タングという共通の関心の対象もいた。だが、共通する関心の対象がいる点は同じでも、僕たちの本質的な関係性は変わってしまった。もはやカトウが僕をどう思っているのかわからない。僕たちは今も本当の友達なのだろうか。それとも、カトウが長年僕たちとの交流を続けてきたのは監視を命じられたからでしかないのか。僕たちの家を褒めてくれたのも、こっちの冗談に笑ってくれたのも……本心だったのだろうか。それとも、僕をボリンジャーと同様に、目の届く範囲に留めておくための単なる手段だったのだろうか。カトウや彼の背後にいる組織は、ボリンジャーを監視するのと僕を監視するのとでは倫理上の違いがあることを理解しているのか。いや、そもそもボリンジャーと僕は表裏一体という認識なのか。

それにカトウとリジーの関係は？　僕はずっと、自分がふたりの復縁の橋渡しをしたと思ってきた。だが……果たしてそうだったのだろうか。実際には僕にはカトウへの影響力などこれっぽっちもないのだろうか。もうわからない。答えが知りたかった。

誰かが僕の腕に触れた。

「エイミー、大丈夫だって。本当に。僕はただ……」

だが、僕を肘でそっと突いたのはエイミーではなくカトウだった。

「ベン、そろそろ行かないと。心の準備はいいかい？」

僕はカトウからぱっと腕を遠ざけた。数々の疑問への答えを得ることより、カトウとの間に物理的な距離を取りたかった。ひどい態度だと自分でも思うし、あとで謝ることにもなるだろうが、理不尽だと責められたら反論する資格はあるとも思った。

「特別ブロックの独房は安全なんですか？」

僕はスーツ姿の女性に尋ねた。女性は朗らかに答えた。

「もちろんです。こちらの同僚がご案内いたします」

「よし、とっととこの面会を終わらせよう」

僕はとげとげしく言った。

女性が、一方の壁際でドアの横に立って控えていたアンドロイドに合図した。その時まで、僕はアンドロイドもドアも目に入っていなかった。アンドロイドが傍らのドアよりも頑丈そうな、受付カウンターの真後ろにある扉の前に移動した（どんな仕組みで動いているのかは不明だ）。エントランスと同様、カウンターの後ろの扉の開閉も指紋認証システムで制御されていたが、認証パネルには一種のポートもあった。見たことのない形状だ。アンドロイドが自身の腕の内部から鍵を出し、ポートに差し込んだ。ロックが外れる音がして、扉の縦の隙間から、ボルトが引っ込むのが見えた。

「ご承知かとは存じますが、スマートフォンやその他のデバイスは、すべて扉のすぐ向こうにあるロッカーに預けていただく必要があります」

女性の言葉に僕とエイミーはうなずいた。助けを呼ぶ手段を持たずにオーガスト・ボリンジャーの居室に閉じ込められたくはなかったが、外観がしゃれているとはいえ、ここは刑務所だ。手続きそのものはおそらく他の刑務所とほとんど変わらないのだろう。それに、カトウも一緒だ。安全面では彼の存在もある程度は当てにしていいはずだ。もっとも、この扉の開閉権はカトウにはないようだったが。

アンドロイドの案内で扉の向こうへ抜けると、背後で扉が閉まり、ガシャンという施錠音が響いた。アンドロイドが示したロッカーに自分の古いスマートフォンをぞんざいに放り込みながら、僕はカトウに小声でささやいた。

「アンドロイドにボリンジャーの監視役を任せるのは……賢明とは言えない気がするんだが」

するとアンドロイドがこちらを振り向いた。

「ボリンジャーには我々アンドロイドを操ることはできません。人間は賄賂や脅迫に弱いですが、私は衝動や恐怖といったものの影響を受けないので、操られることもありません」

僕はエイミーと顔を見合わせた。

「説得力はあるわね」

エイミーはそう言うと、ロッカーを閉めた。僕がなおも質問しようと口を開きかけたら、アンドロイドがこうつけ足した。

「また、被収容者が私に接触することは断じてありませんので、私のプログラムを不正に書き換えることも不可能です」

僕は開きかけた口を閉じた。

「なお、皆様の安全と危機管理のため、武器や持ち込み禁止の機器類を隠し持っていないか、全身をスキャンさせていただきました」

アンドロイドは持ち込み禁止の機器の詳細までは説明しなかった。

「それからミスター・カトウ、あなたのブリーフケースもスキャンさせていただきました。中身は書類のみだと確認いたしましたことをご報告申し上げます」

「中身は知っているから報告は不要だ」

カトウが応じると、アンドロイドはなおも続けた。

「当施設はあらゆる事態を想定して建設されておりますので……」

「もういいよ」

さっさと先に進みたくて、僕はアンドロイドの説明を遮った。

「想定外の事態が起きる確率を教えてもらう必要はない」

僕たちは磨き込まれたコンクリートの廊下を進んだ。メトロノームみたいに一定のリズムを刻むエイミーのヒールの音が、面会相手と相対する瞬間へのカウントダウンに聞こえた。先頭を行くアンドロイドからは、ギヤの動作音とともに何かがかすかに軋む音がしていた。僕の経験上、そろそろメンテナンスが必要な時期ということだ。

それにしても驚くほど人がいない。こういった施設で一度に配置すべき人員は何人くらいなのだろう。想像してみたが、見当もつかなかった。僕からすれば、何人配置したところでボリンジャーの警備が万全だとは安心できないが、アンドロイドの言うこともっともだ。配置人数が多くなれば、それだけボリンジャーに操られるリスクのある人も増える。あるいは、姿を見せないだけで、実は今も何百人もの職員がそれぞれの場所で与えられた任務に従事しているのかもしれない。廊下の途中で冷水機や〝WC〟と表示されたドアの前を通りかかったが、そのふたつ以外に生身の人間の存在を示唆するものは見当たらなかった。

現在このブロックに収容されているのは一名のみということもあり、目的の独房はそう遠くなかったが、僕にはそこまでの道のりが永遠のように感じられた。しばらくして、アンドロイドが分厚い金属製の扉の前で立ち止まった。扉の中央には、銀行の金庫室のものと同様の丸型のハンドルがある。扉の傍らにはパネルが設置され、その下部にある穴に、アンドロイドが自身の指に相当するものを挿入した。丸型のハンドルが自動で回転し、うなるような音とともに扉が開いた。

「あいつは日がな一日、何をして過ごしているんだろう？」

僕はつぶやいた。なぜ今そんなことが気になったのか、自分でもわからない。扉がゆっくりと開いていくさまがひどく不吉に感じられて、頭が勝手に、どうでもよい話で場の空気を軽くしようとしたのかもしれない。

アンドロイドがすぐに反応した。

「やることがない時には、ひたすら復讐計画を練っています。近頃はチェスにはまっているようで、他には蘭の世話も好んでしています」

「ああ、そうかい。いかにもやつらしい」僕はぼそっとつぶやいた。

「彼のことだもの、どのみち復讐計画は練るでしょうよ。暇つぶしにチェスをできようができまいがね」

エイミーが完璧なポーカーフェイスで言った。

アンドロイドに促されて分厚い金属扉の内側に入った。そこは一種のエアロック構造になっていた。背後の気密扉がもう一度低くうなるようにして閉まった。アンドロイドがエアロック室の前方にあるもうひとつの気密扉の前に立ち、扉の小窓から向こうをのぞいた。ブザー音が鳴り、ガシャンという音とともに前方の扉の電磁気式ロックが解除された。

エイミーがすっと息を吸い、その表情が引き締まった〝仕事モード〟に変わった。できることならエイミーは同席させたくなかった。彼女の能力が助けにならないわけではない。むしろ、おおいに役立つだろう。ただ、エイミーをボリンジャーに近づけたくなかった。だが、ここに来る前にうっかりそれを口にしたら、エイミーは眉をひそめた。

「自分の身は自分で守れる」

「それはわかってるけど、でも……」

何を言っても無駄なのはエイミーの険しい表情を見ればあきらかで、僕は口をつぐむしかなかった。そして、いざボリンジャーと対峙する時を迎えた今、僕は、役に立つか否かという点では三人の中で自分が一番の足手まといだと自覚した。僕には面会にこないという選択肢はなかったが、悦に入った様子で、あたかも旧知の友同士であるかのようににこやかな歓迎の笑みを浮かべているボリンジャーの顔を見た瞬間、自分の理性が吹き飛ぶのを感じた。

十七 挑発

僕はボリンジャーとの距離を一気に詰めると、拳で顔を殴った。

「ベン、何やってるの！」

エイミーが叫ぶ。

カトウが興奮するワニでもなだめるみたいに、急いで両手を伸ばして僕を制した。何も言わないが、その表情は苦悶に満ちている。これ以上ないほど重苦しい空気が流れた。

僕は指の関節をさすりながら後ずさった。爆発的な怒りの波は引いていったが、ボリンジャーへの強い嫌悪感は消えずにくすぶっていた。

生まれて初めて人を殴った。子ども時代のブライオニーとの喧嘩の時でさえ殴ったことはない。アドレナリンの作用が切れるにつれ、人を殴れば自分の手もとてつもなく痛むのだと思い知った。

僕は扉の方にちらりと目をやった。警備員が——アンドロイドであれそれ以外であれ——駆けつけるだろうと思った。何しろ、いたる所にこれ見よがしに監視カメラが設置されている。それに、僕たちの案内役を務めたアンドロイドの警備員が、部屋の外の、ここでお待ちしていますと告げた場所から、今の騒ぎを聞きつけたに違いない。カトウが部屋の一角の天井付近に設置された監視カメラに合図を送った。ブザー音が一度鳴ったきり、それ以上の反応はなかった。どうやらボリンジャーは、駆けつけてくれる味方もないままに唇を腫《は》らすしかないようだ。

ボリンジャーは顎を動かすと、うなずいた。

「殴られて当然だと思っているだろうね」

そして、部屋の中央にある籐のローテーブルの二辺を囲むようにL字に並べられた籐の椅子に座るよう、身振りで促した。テーブルの上にはゲーム途中のガラスのチェスセットが置かれていた。僕を真ん中にして片側にエイミー、逆側の、テーブルの短辺側でボリンジャーに最も近い位置にカトウが座った。カトウはブリーフケースを自分の椅子の横に置いた。

それにしても、思い描いていた独房とはまるで違う。僕は、照明の薄暗い部屋の中央に設置された、そこだけ明るいガラス製の檻に、囚人服のつなぎと拘束衣を着せられて閉じ込められているボリンジャーを想像していた。だが、いくつもの罪を重ねてきてもなお、ボリンジャーには独房というより〝宿舎〟と呼ぶべき居室があてがわれていた。

部屋の一角は一段高くなっており、スライド式の仕切りで間仕切りされていた。うっすら開いた隙間から、白いベッドリネンがかけられたローベッドが見えた。別の一角には扉があり、閉じられていたが、おそらくバスルームだろう。部屋は建物全体と同様に半ば地中に埋もれていたが、天井付近には窓が並び、そこから白い空が見えた。どことなく地下のアパートメントみたいだ。

部屋の一方の壁際には蘭がずらりと並び、数秒ごとに細かい霧が自動で出て、植物の潤いを保っていた。そのため、部屋全体が湿った熱帯雨林みたいな匂いに包まれていた。動物園の温室を思い出す。

ボリンジャーはハーフパンツのウエストを引き上げると、籐の椅子の向かいに置かれたソファベッドに座った。その様子を見つめながら、ふと、初めて会った時とほぼ同じ格好をしているなと思った。薄手の麻のシャツにハーフパンツ。室内は取り立てて暖かいわけではないから、きっと彼は〝年がら年中ハーフパンツをはいている〟タイプの人間なのだろう。まだジャスミンが僕たちと暮らしていた頃にボリンジャーが我が家に現れた時のことを思い返してみたが、自分が居間のサイドボードで頭を打って意識を失ったこと以外は、記憶が曖昧だった。ただ、あの時のことを思えば顎を一発殴られるくらいは当然の報いだ。僕が殴っても誰もボリンジャーを保護しにこなかったのも、それが理由かもしれない。

服装は変わらずとも、着ている本人は縮んだようで、服がぶかぶかだった。南太平洋の日差しを浴びることのなくなった肌は白くなり、顔には灰色の無精ひげがうっすらと生えていた。体はもはや豊かなひげを蓄える気がなく、それならばと、脳もひげ剃りをする気力を失ったみたいだ。そんな男を――この十年、僕の脳裏から消えることのなかった悪人とは別人のような老人を――殴ってしまったことに対し、僕は爪の先ほどのわずかな罪悪感を覚えた。

だが、それも、ボリンジャーが次の言葉を発するまでのことだった。

「私の新しい住まいはお気に召したかな？」

そう言って、ボリンジャーは静かに笑った。

「客をもてなすには、前の部屋よりはるかに向いている。まあ、君は前の場所には面会にこなかったから、知りようもないだろうがね。こっちは無期懲役でもう何年も収監されているのに、ベン、君はただの一度も会いにきてくれなかった。古い友人に対してその仕打ちはあまりに冷たいじゃないか」

僕は歯軋りしたが、これ以上挑発に乗ってなるものかと耐えた。

「お茶でも持ってこさせようか？」と、ボリンジャーが壁の平たい赤いボタンを指す。

「私を拘束している者たちのことは、私に仕える専属スタッフだと考えるようにしてるんだ。その方が……」

そこで言葉を切ると、ボリンジャーは頭のそばの空気を片手でのんびりとかき混ぜるような仕草をした。エイミーが僕の腕に手を添えた。僕がテーブルを乗り越えてボリンジャーに襲いかかるのを危惧しているのだ。だが、この状況下で、僕は意外にも落ち着いていた。ボリンジャーを殴ってやりたいという衝動は、長年押し殺されたまま心のうちにわだかまり、知らずと僕を苛み続けていたのだろう。それが一発のパンチでようやく解放され、僕はこの先の交渉はエイミーとカトウに任せて成り行きを見守る気になっていた。ただ、自分のしたことをよしとしているわけではなかった。己を暴力的な人間とは思いたくない。あとあと、自分は抑圧された感情を抱えたモンスターなのかと思い悩むことになりそうな気もした。

そうなっても、きっとエイミーは、〝普通の状況ではなかったのだし、あなたが怒りを発露する機会があってよかった〟と言ってくれるだろう。ただし、ボニーにはけっして知られてはならない。さもなければ、物事を拳で解決することはできないと繰り返し言い聞かせてきたことが無駄になる。タングに関しては……正直、タングがどう反応するかは読めなかった。喧嘩っ早いタイプではないが、身を守るために多少乱暴な手段に出ることはある。

何はともあれ、僕は椅子に深く座り、〝ここから先は関与しないから勝手に進めてくれ〟と態度で示した。手を組み、腹の辺りに置いた。ボリンジャーの方は見まいと、少しばかり噛んだあとが残る爪を一心に見つめた。

だが、向こうは構わず僕を凝視した。

「数年ぶりだが、君は全然老けないね、ベン」

バルブからガスが漏れるかのように、歯の間から言葉がこぼれる。

「しっかり食べているようだし、その眼鏡をしているとなかなか理知的に見える。すぐには君だとわからなかったくらいだよ」

そして、ボリンジャーはエイミーの方に両手を差し出した。

「そして、愛しいエイミー。前に会った時と変わらず、とてもきれいだね。いい歳の重ね方をしている」

ボリンジャーがエイミーに話しかけるのを聞いて、僕は体に力が入ったが、エイミー自身は何か思うことがあったとしてもそれを表には出さなかった。彼女の専門分野は知的財産であって刑法ではないが、それでもまれに、刑務所を訪れてボリンジャーみたいに狡猾で信用のならない人間と渡り合わなければならないこともある。いや、ボリンジャーみたいではないか。ボリンジャーみたいな人間などいない。

カトウが僕とエイミーの方に身を乗り出し、小声で言った。

「時間を無駄にしている暇はない。本題に入ろう」

「私は構わないがね」と、ボリンジャーが言った。「時間ならいくらでもある。よければ夕食も一緒に食べていくといい。まあ、ここの者たちは、そばに人がいる間は私にナイフやフォークは持たせてくれないだろうがね。ほら、万が一にも危害を加えてはいけないから」

ボリンジャーは僕を見てにやりと笑うと、顎をさすった。

「君にも、私のそばにいる間はナイフ類は持たせない方がよさそうだな」

僕はチェスセットに目をやった。どの駒ならボリンジャーに突き刺してやれるだろう。

「そうかもな」僕は答えた。

「話が終わったなら、今日の面会の目的に移っていいかしら?」

エイミーの言葉を合図に、カトウがボリンジャーや僕の返事は待たずに、椅子の傍らに置いたブリーフケースをすばやく膝の上に載せた。留め金具をひとつずつ外し、書類を何枚か取り出すと、鞄を椅子の横に戻した。

「確認したいことがあります。あなたはこの……この一連の問題について何か知っているのですか?」

カトウは単刀直入に切り出すと、書類をローテーブルのチェス盤の隣に置いた。

ボリンジャーは、カトウが何を指して〝一連の問題〟と述べたかをあきらかに承知している顔をした。それなのに、彼はソファベッドに背中を深く預けると、白いリネンシャツの袖口をいじりながら問い返した。

「一連の問題とは？」

カトウは冷静さを保っていたが、見るからに居心地が悪そうだった。ボリンジャーと目を合わせようとしない。それに対してエイミーは、私の目を見られるものなら見てみなさいとばかりに、まっすぐにボリンジャーを見据えている。彼女は視線を外さずに言った。

「ひとまずこう仮定しましょうか。ボリンジャー氏は外の世界へのアクセスが制限されているため、人々を困らせてきた数々のシステム障害の影響を受けなかった。そして、関係当局の上層部が、一連の問題には関連性があり、さらには何者かが故意に障害を起こしていると断定したことも、まったく知らないのだと。ついでに、分析の結果、一連の問題の一端を解き明かせる頭脳の持ち主は、ボリンジャー氏をおいて他にいないとの結論にいたったこともいっさい知らないってことにしておきましょうか。協力の見返りに私たちをここに呼びつけたなどということも、身に覚えがないのだと」

ボリンジャーがもう一度、人差し指でのんびりと空気をかき混ぜる仕草をした。

「仮に私がそのすべてを知っていたとして、手ぶらでやってきた君たちに協力すると思うかね？」

エイミーが僕の脚に手を置いた。僕は歯を食いしばり、黙って床を睨み続けた。ボリンジャーが続けた。

「引越祝いのプレゼントすらない。見てのとおり、最近は観葉植物の栽培にはまっていてね。紫色の小ぶりな胡蝶蘭なんて嬉しかったのになぁ。何ならピースリリーでもよかった。君たちなら、あれくらいの価格帯はぱっと出せるだろうに」

僕が顔を上げたら、ボリンジャーがまっすぐに僕の目を捉えた。

「もしくはロボットを連れてきてもよかった」

「あり得ない」

僕はばっさりと切り捨てた。

「そもそもタングがあんたに会いたがると本気で思うか？」

ボリンジャーが小首を傾げ、片方の眉を上げた。そして、笑みを浮かべた。自分の優位性を確信している人間の独りよがりなしたり顔だ。僕はもう一発殴りたい衝動に駆られ、両手をポケットに突っ込んだ。

「ジャスミンはまんざらでもなさそうだったぞ」

そのひと言に、苦いものが喉元までせり上がりそうになり、抑えるのに苦労した。ボリンジャーは少し間を置くと、言葉を続けた。

「いや、そんなことはないか。まあ、どっちでもいい。私の協力を得たいならジェイムズに会わせろ」

ボリンジャーは今もタングのことを、自分がつけた〝ジェイムズ〟という名で呼ぶ。

「タング自身が何を望むかを、つねに考えてやらなくちゃならない」

僕は歯を食いしばるようにして言った。

「そして、そこがあんたの問題なんだ。あんたは昔から自分の望みがすべてで、他人の気持ちを顧みようとしない」

ボリンジャーは思案するように片手で顎をさすり、下からすくうように僕を見た。やがて、空中で人差し指を振った。

「その指摘は見当違いだ。私はただ、ロボットの望みより私の望みの方が重要だと考えているだけだ」

僕は身を乗り出した。

「それこそが問題なんじゃないか、ボリンジャー。自らの手でタングに意識や感情を与えておいて、よくそんなことが言えるな。タングにはタングの考えや気持ちがあることを、何で考慮してやれない？」

隣でエイミーが息をのむのが見えた。いや、聞こえた。彼女が、僕に今は口を挟まず黙っていてほしいと思っているのはわかっていたが、腹の虫が治まらなかった。ボリンジャーもエイミーの考えは見抜いたうえで、僕を怒らせるためにわざと挑発的な物言いをしている。そして、僕がそれに気づいていながら怒りを抑えられないこともわかっている。地球上でボリンジャーほど僕を怒らせる人間はいない。彼の思う壺にはまっていら立つ自分に腹が立った。僕は、ボリンジャーを殴ったことで相手に満足感を与えたことを後悔すると同時に、どうせなら気絶させて黙らせてしまえばよかったと思った。

「ああ、心配には及ばないよ」

ボリンジャーが低いしわがれ声で言った。

「あれが自分の意思を持っていることは、いやというほどよく覚えている。何しろ、君と島を出ていくことを選んだのだからね。ジャスミンも。まあ、彼女の裏切りはジェイムズの時ほどこたえなかったがね。彼女はひとつの目的のために作っただけで、その目的はきっちり果たしてくれた。彼女は私には取るに足らない存在だ」

苦いものが今度こそ喉元までせり上がってきた。

「あんたは何にもわかってない。彼女はあんたが思うよりはるかにすばらしい存在だ」

「ほう、そうかね。それは実に興味深い」

エイミーがちらりと僕に視線を寄越した。カトウが固く目をつぶり、がくりとうなだれた。それを見てようやく、自分がボリンジャーの罠にまんまとかかってしまったのだと思いいたった。ボリンジャーはジャスミンのことはよく知らなかった。ジャスミンはその外観や付加機能から一見タングより高性能に思えるが、僕が余計なことを言わずに黙ってさえいれば、ボリンジャーの作ったベーシックモデルのロボットのひとつとして、彼の興味をそそることはなかっただろう。だが、僕が言わなくていいことを口走ったせいで、ボリンジャーの関心を引いてしまった。それだけではない。ボリンジャーにふたつ目の交渉材料を与えてしまった。

三人の中でもっとも足手まといな存在。僕はため息をついた。

「さてと」

ボリンジャーが脚を組み、膝頭をすっぽりと包むように両手を重ねた。

「こうしてもらおうか。まずはジェイムズとジャスミンをここに連れてきてもらう。そうすれば、あるいは何か協力できるかもしれない」

「断る」

ボリンジャーは膝に置いた両手を顔の高さに掲げ、あざけるように降参のポーズを取った。そして、こめかみを指先で軽く叩いた。

「そうなると、残念ながら力にはなれないかもしれないなぁ。ほら、脳がね。昔とは違うから。頭脳というのは使わずにぼんやりしていると衰えてしまう」

エイミーとカトウが僕を見た。ふたりして同じ表情を浮かべている。

「まさか、要求をのもうなんて考えてないよな？」

ふたりとも何も言わない。それが何より雄弁な答えだった。

「信じられない！　よくそんなひどいことを考えられるな！」

「ベン、聞いて」

エイミーが体ごと僕に向き直った。

「あなたがタングとジャスミンを守りたいのはわかる。私も同じ気持ちよ。みんな、あの子たちを守りたい。でも、タングやジャスミンが面会を拒絶するかどうかは、あなたにもわからない。ひょっとしたら、タングは自分で決着をつけたいと望むかもしれない。自分の手でボリンジャーの顔を殴ってやりたいと思うかもしれない」

ちらりとボリンジャーを見やったら、彼は耐えがたいほど傲慢な笑みを浮かべたまま、無言で僕たち三人を見比べていた。

「ふたりの身に危険が及ぶことはないだろう」と、カトウが言った。「彼にタングやジャスミンに危害を与える手段があるとは思えない」

僕は不機嫌に鼻を鳴らした。

「こいつがどんな男か、カトウもよく知ってるはずだ。どんな手を隠し持っているか、わかったものじゃない。そもそも、タングたちを傷つけようと企てるまでもなく、ボリンジャーが与える精神的な苦痛は大きい」

エイミーが僕の手を取る。

「ベン、タングもジャスミンも自分の意思や感情を持ってる。それがふたりを特別な存在にしている。ボリンジャーの要求について、これ以上ふたりに隠し続けるのは無理だと思う。実際、ジャスミンはすでにボリンジャーに会っているけど、その後も特に変わった様子もなく過ごしているでしょう? タングだって遅かれ早かれ何が起きているかに勘づく。その時に、私たちがこの一件をタングに隠していたと知ったら、あの子がどんな気持ちになるかを考えてみて。いずれはタングも独り立ちする。ボニーと同じようにね。私たちには、あの子たちをあらゆる物事から一生守ってやることはできないの。少なくともタングには、自分がどうしたいかを私たちに聞いてもらう権利があるんじゃない?」

僕はもう一度ため息をついた。すべてに腹が立ってしょうがなかった。僕は憤っていた。ボリンジャーに、エイミーに、カトウに、そして、自分たちが置かれていることの状況に。それでも、エイミーの言うことにも一理ある。僕が気に入ろうが気に入るまいが、今回の一件はタングにも関わる問題であり、タングには知る権利がある。

僕は言った。

「僕からタングに話す。タングにもジャスミンにも、僕たちからちゃんと話そう。でも、タングが嫌がるならここに連れてくるつもりはない。タングが自分の意思でここに来る決心をしたと、僕自身が百パーセント納得しない限り、連れてはこない。ジャスミンも同じだ」

「いいだろう」と、ボリンジャーが言った。「だが、手を尽くして説得することをお勧めするよ、ベン君。そうでないと、ほら、私の脳がね」

もう一度指先でこめかみを叩く。そして、薄ら笑いを引っ込めると、一転して真面目な表情になった。

「ロボットたちを傷つける意図は毛頭ない。純粋に会いたいだけだ。自分が過去に成し遂げた実績を確かめたい」

僕はボリンジャーの真意を見極めようと、彼を見つめた。そして、ひとつうなずくと、立ち上がった。

「できることはする」

つぶやいた僕の隣でエイミーも立ち上がり、向かいのボリンジャーもそれに続いた。だが、カトウだけは座ったままだ。彼はローテーブルに置いた書類に手を伸ばした。

「お願いします。ロボットたちをここに連れてくるのに、どれだけの時間を要するかわからない。すぐにでもあなたの協力がいるんです。どうかこの一枚目の書類に目を通して、あなたの意見を聞かせてほしい」

そこでようやくカトウも立ち上がった。テーブルに置かれた書類が何の書類なのか、僕は今の今まで考えてもいなかった。カトウの言う一枚目の書類に改めて目をやった。はじめは電話番号の記録かと思ったが、よく見るとずらりと並んだコードだった。僕には意味不明だったが、カトウは当然その内容を理解しており、ボリンジャーも見ればわかるはずだと承知していた。じっとしたままのボリンジャーに、僕は言った。

「誠意を見せるつもりで書類に目を通したらどうだ、ボリンジャー。たった一枚の書類について見解を述べたところで、一連の問題は解決しないし、先ほどの合意も反故《ほご》にはならない」

ボリンジャーはつかの間僕の目を見つめると、うなずいた。前屈みになってテーブルの上の老眼鏡を手に取り、カトウから書類を受け取ると、視線を左右にすばやく動かしてコードを読んだ。

その顔に一瞬、僕には読み解くことのできない表情が浮かんだ。妙に胸が騒いだ。どことなく見覚えがある気もする。表情はすぐに消え、僕は眉をひそめた。

ボリンジャーが書類をカトウに返した。

「助けにはなれない」

「なれないのか、それともならないのか？」

「な……れない」

僕はかぶりを振ると、部屋を出ようときびすを返し、ふと、退出の手順を事前にアンドロイドと確認していなかったことに気づいた。ドアを一回、大きく叩いた。これで事足りるとよいのだが。一瞬ののち、扉のロックが外れる音がした。エイミーとカトウが僕の脇を通ってエアロック室に入る中、僕はボリンジャーを振り返って告げた。

「約束はできない。すべてはタング次第だ」

「いいや、ベン」

居室の扉が閉まる寸前、ボリンジャーが言った。

「すべては君次第だ」

十八　面会の余波

僕は猛然とその場をあとにした。アンドロイドに案内されるのも待たず、エイミーとカトウがついてきているかも確かめなかった。受付カウンターを通り過ぎる僕に、スーツ姿の女性が声をかけてきたが、構わず歩き続けた。彼女に伝えるべきことがあるなら、あとのふたりが伝えればいい。

自分がひどく無防備に思えた。無防備なところを袋叩きにされた気分だった。僕や僕の家族が十年近くにわたって〝監視〟されてきた事実もまだ受けとめ切れていないのに、そして、そのことを妻が知っていながら僕に黙っていたことが発覚したばかりなのに、カトウの背後にいる組織はまだ足りないと言わんばかりに、今度は僕が地球上で最も忌み嫌っている人物と対峙させ、僕を難しい立場に追い込んだ。ボリンジャーの要求をのまざるを得なくさせた。僕はただ、ボリンジャーとの過去など忘れて平穏に生き、家族にも平穏な日常を過ごしてほしいだけなのに。

だが、前にエイミーから指摘されたように、ロボットたちの保護者として生きる以上、平穏な暮らしという選択肢はそもそも望むべくもないのだろう。地方でひっそりと生きてきた人生は、タングと出会って言葉を交わした瞬間に終わったのだ。当時はタングと僕のふたりきりで世間と闘っている気分だった。今、車に乗ろうとドアハンドルを乱暴に引っ張りながら、僕はあの時と同じ感覚を今一度味わっていた。

車のキーはカトウが持っており、彼はまだ外に出てきていないのだから、ドアが開くはずはない。だが、そんなことは頭になかった僕は、開かないドアにカッとなり、タイヤを蹴った。頑丈なタイヤはびくともせず、蹴った僕の方が逆に足を痛め、足を引きずりながらその場でくるくる回る羽目になった。

痛みが引き、フロントタイヤのフェンダーに両手をついてブラックパール色の車体を睨むように見つめていたら、ロックが解除される音がした。ふたりも戻ってきたのだ。

僕は助手席に乗り込み、後部座席にはエイミーを座らせた。今は感じよく振る舞う気になどなれないし、ましてや、今日生じた課題について〝大人たち〟が話す間、後部座席でおとなしく控えているなどごめんだった。もう何年も、そうやって蚊帳《かや》の外に置かれてきたはずなのだ。とはいえ、しゃべる気分でもなかった僕は、上着のフードをかぶってサングラスをかけると、腕組みをして、ドサッと音を立てて助手席の背もたれに背中を預けた。僕があからさまに不機嫌なオーラを発していたせいで、帰りの車内で交わされた会話はひとつだけだった。

「ベン？　僕は……」

言いかけたカトウを、エイミーが早口に遮った。

「話はあとにしましょう」

カトウが車を出すと、僕は車窓を流れていく景色を眺めた。でこぼこ道を走って門を抜けたら、背後で門が、未来永劫開くことはないとばかりに大きな音を立てて閉まった。いっそ本当にそうであってほしい。車は曲がりくねった細い道を進んでいく。ロンドン周縁に無秩序に拡大した市街地を内包するように走る環状高速道路M25が近くなるにつれて、道幅は広くなっていった。

今日の高速道路は珍しく車がそこそこ流れていた。そのことをぽろっと口にしそうになり、だが、カトウともエイミーとも口を利きたくないのだと思い出し、無言を貫いた。そのうちに車は高速道路を下りて家へと続く一般道に入り、やがて我が家の砂利敷きの私道に停車した。

道中、ずっと考えていた。いったいいつからカトウは――その意味ではリジーも――僕ではなくエイミーの友人になったのだろう。

玄関に向かいかけた僕たちの前に、待ち伏せしていたミスター・パークスが立ちはだかった。

「あんたら、いったい何に首を突っ込んでるんだ?」と、険しい顔で僕たちを睨む。

「何の話ですか?」

エイミーが軽い口調で尋ねた。

「大きな黒い車に乗り込んで、葬式にでも参列するかのような深刻な顔で出かけて。おまけにそっちのは……」(と、カトウを指差す)「……昼夜を問わず家を出たり入ったりしている。私もばかではない。何かあることくらい察しがつくし、気に入らない」

〝あなたには関係ないことだ〟というひと言が喉まで出た。しかし、考えてみれば、僕たち一家の身に危険が及ぶならば、我が家とつき合いがあり、おまけに隣に住んでいる彼の身にも危険が降りかかる可能性はある。

「あなたが心配するようなことは何もありませんよ」

僕は疲れ切った口調にならないように気をつけながら答えた。ミスター・パークスがにじり寄ってきて、僕を睨みつけた。

「我が身の心配をしているんじゃない、ばか者が。ミセス・カッカーをおかしなことに巻き込むな。彼女はいい人だ。あんたたちに振り回される謂《いわ》れはない」

「ソニアを巻き込んでなどいませんよ。彼女の安全は保証します」

「安全?」

ミスター・パークスの声が、この年代でもここまで出せるのかと驚くほど甲高くなった。

「別に彼女の安全を案じていたわけじゃない。彼女が蔑《ないがし》ろにされていることを心配してたんだ。だが、今ので心配が増えた！　なぜ彼女の安全が脅かされる？　あんたたちはいったいどんな暮らしを営んでるんだ？　あんたたち家族が変わり者なのは知っていたが、宝物みたいに大切なソニアがあんたたちのトラブルに巻き込まれるとは思いもよらなかった」

僕がこれまでに耳にしたミスター・パークスの言葉の中で、最も詩的で、間違いなく最も情熱的な言葉だった。彼の両肩を掴んで強く揺さぶり、〝うちのことは放っておいてくれ〟と言いたい反面、ソニアをここまで気にかけてくれる彼を抱きしめたい気持ちにもなった。まあ、僕たち家族はひどい言われようだったが。ただ、僕は結局ミスター・パークスの発言に何の反応も示さずに終わった。我が家の玄関が開いて、ソニア自身が表に出てきたからだ。骨盤骨折からの回復の途上にありながらも、二本の杖を使って驚くほどスムーズに歩いている。

「アルバート」

ソニアがミスター・パークスに呼びかけ、杖を振って僕たちの方を示した。

「この人たちを責めないでちょうだい。言いたいことがあれば、自分で伝える。あなたにかわりに抗議してもらう必要はないわ」

僕はエイミーと顔を見合わせた。

「アルバート？」と、エイミーが唇だけ動かす。

僕は小さく肩をすくめた。そういえば、今の今までミスター・パークスのファーストネームを知らなかった。僕たちにとって、彼はつねにミスター・パークスだった。

ミスター・パークスはかぶっていた帽子を取り、それを両手でそわそわといじりながら、シャッフルダンスの軽快なステップにしか見えない足取りでソニアに近づいた。

ふたりが言葉を交わす。他の誰にも聞こえないほど静かな声だったが、ふたりの関係性ははっきりと見て取れた。主導権を握っているのは案の定ソニアで、ミスター・パークスは叱られている男子生徒のようにひたすらうなずいている。そのうちにソニアがすっと姿勢を正し、後ろに下がって家の中に戻ると、ミスター・パークスにも来るようにと一方の杖で合図した。

僕はがっくりと肩を落とした。ソニアにうちでの療養を勧めたことは後悔していない。彼女がそばにいてくれる暮らしはよいものだったし、とりわけボニーにとってはソニアの存在は助けになっていた。ただ、遠方まで出向いて僕たち家族の宿敵に会ってきたあとで、自宅の私道に佇んでいたら、今日くらいは家でひとりになりたくなった。だが、それは無理な相談だ。こうなったらもう寝てしまうに限る。

十九　図面

それからの数日は、見かけ上はいつもの日常が戻ったようだった。タングはハーフターム休暇が終わって学校に戻り、エイミーと僕も週が明けて仕事に戻った。僕は動物病院の看護師の職に応募してきた人たちの面接を行った。ただ、どの応募者もピンとこなかった。特に、動物病院にホリスティック診療科を新たに設け、クリスタルを使って心身を癒やすクリスタルヒーリングを提供すると頑なに主張していた応募者は。僕も院内で新しい取り組みに挑戦することには前向きだが、クリスタルヒーリングはさすがに行きすぎだ。ボニーのペットを対象とした剝製サービスのアイデアといい勝負だ。

その他の応募者に対しては、申し訳なさを感じた。僕自身、正常な精神状態だったとは言い難く、彼らの経歴からよいところを見出す余裕がなかった。数名については、自分の気持ちが落ち着いた時点で改めて判断した方がよさそうだと、ひととおり面接を終えて思った。その前に先方がよそで仕事を見つけていなければの話だが。

日々の業務の中で、僕に嘘をつかず、僕のすべきことを裏で勝手に決めたりもしない動物たちと向き合う時間は心安らぐひと時だった。テリアのダニ駆除治療からラマの口腔外科手術まで——ちなみに後者は通常の院内処置ではなく、緊急呼び出しでの対応だった——僕は獣医としての仕事をこなした。そうして一週間近くが経過する頃になると、ボリンジャーの件をいまだタングに話していない事実が脳裏に頻繁にちらつくようになっていた。何度か、エイミーやカトウが咳払いをして、いつ話すのかと尋ねるそぶりを見せていたが、僕はそのたびに相手を睨んで黙らせた。ふたりとも、僕が自分のタイミングで話を切り出すはずだとは理解していた。一方僕は、なかなかタングと話そうとしない僕にふたりがやきもきしようが、構うものかと思っていた。

週末が近づき、リジーがトモを連れて我が家に戻ってきた。ちょうど僕がラマの抜歯を終えて帰宅した時のことだった。迎えにいったのはカトウだ。前夜、トモが眠ったあとに夫婦でとことん話し合ったようで、ふたりの間に流れる空気は普段の穏やかなものに戻ったように見えた。少なくとも、安定した関係を取り戻しつつある。

僕とエイミーとの関係は、悪いわけではなかった。ただ、僕はひどく疲れていて、再び口論になりかねない議論をするだけの気力はなかった。その一方で、僕の態度や振る舞いがおかしいのは誰の目にもあきらかで、ボニーに悪影響が及ぶのではないかと、それだけが気がかりだった。もっとも、ボニーのことはフランキーが例のごとく注意深く観察しており、その言動にこれといった変化はないと教えてくれた。むしろ、自分のプロジェクトに没頭していて、家族のことなど眼中にないようだった。助言をくれるソニアと、今やプロジェクトの熱心なチアリーダーになっている様子のタング以外、ほとんど目に入っていない。

カトウもしきりに手伝いたがった。ただ、カトウとボニーがプロジェクトについて話しているのを何度か耳にした限りでは、ボニーは、手伝ってもらわなくても〝大丈夫〟だし、すべては順調に進んでいるからと、カトウの申し出を頑なに拒んでいた。三度も四度も当たっては砕けているカトウの姿を、僕は怪訝に思った。そもそもカトウは、なぜボニーのプロジェクトにそこまで強い関心を寄せるのだろう。たしかに、ボニーに信用されていないことはひしひしと感じているだろうが、果たしてカトウがそれを本気で気に病むだろうか。ただでさえ解決すべき問題は山積している。何もそこに、九歳児の信頼を勝ち取るタスクを加えなくてもいいだろう。まさか、カトウが調査している問題と何らかの関わりがあると見ているわけではないよな？

カトウに直接訊くことはできなかった。誰にも訊けなかった。訊いたところで適当にはぐらかされ、考えすぎだと言われるのがおちだ。本当のことは教えてもらえない。今は誰もが僕に嘘をついている気がした。本当の答えを知りたいなら、僕は僕で調べさせてもらうしかない。そんなふうに考える自分に我ながら嫌気がさすが。

その日は土曜日で、前の日曜にボリンジャーと面会してから一週間がたっていた。ソニアは午後からミスター・パークスと映画デートに出かけていた。フランキーも一緒だ。ボニーはエイミーやリジーやトモと出かけており、タングもティムの家に遊びにいっていた。カトウはジャスミンと一緒のはずだ……居場所は不明だが。僕は珍しく家にひとりきりだった。計画を実行に移すなら今しかない。

僕は階段に向かった。

ボニーの小さな子ども部屋はいつもぴしっと片づいていて、この日も例外ではなかった。それはつまり、秘密を隠すのにうってつけな、物がごちゃごちゃと置かれた場所などないに等しいということだ。実際二十分もすると、この部屋を探しても何も出てこなさそうだと諦めざるを得なかった。唯一見つかったのは、ベッドの下に突っ込まれた皿と、そこに載った食べ残しのサンドイッチの耳だった。カビが生えていた。げんなりしたが、出てくるだろうと予想していたもの——たとえば、僕やエイミーが死んでこの家を相続した暁に、ボニーが建て替えたいと思い描いている、超悪役の基地みたいな家のイメージスケッチや図面——と比べれば、汚れた皿の一枚など、取るに足らない問題だった。

僕は皿をキッチンに運ぶと、パンの耳をゴミ箱に捨て、次はどうしたものかと思案した。ボニーのプロジェクトに関わるものがあると考えられる場所は、もう一カ所ある。ただ、ボニーの部屋をあらためた時以上に、その部屋を調べるのは気が引けた。隠し場所としては理にかなっている。ソニアは一日の大半を自分の部屋か、少なくともその近くで過ごしている。そこなら、ボニーの図面が放置されて誰かの目にさらされる危険はほぼない。

目的のものは、ソニアのベッドの下にあった。こんな杜撰《ずさん》な隠し方をしているということは、自分たちは信用されているし、どうせパパはプロジェクトには興味がないから大丈夫だと、たかをくくっていたのだろう。僕は巻かれた用紙を床に広げると、全体に目を走らせ、自分が見ているものが何なのかを把握しようとした。

時間はかからなかった。目の前にあるのはタングの精密な図面で、一画には片方のマジックハンドの手の部分の拡大図が描かれていた。

僕は図面をくるくると丸めると、一階に持って下り、ダイニングテーブルに広げて四隅をコースターで押さえた。そして、ビールを開けると、座って皆の帰りを待った。はじめに帰宅したのはカトウとジャスミンで、この一週間で初めて、僕たちは同じ立場に立った。三人とも、ボニーの計画をまったく知らされていなかった。

カトウとジャスミンが図面にじっくりと目を通す。カトウが図面を指してジャスミンに何かをささやき、それに対してジャスミンが赤い光を図面の何カ所かに当てると、カトウもうなずく。そんなことがしばらく続き、僕はついにしびれを切らした。

「どっちか、これがいったい何なのか、そろそろ僕にも教えてくれないか？」

それとも、これについても僕には何も話さないつもりか？ そう続けたくなったが、やめた。それを言っても何も進展しない。カトウがタングの手の拡大図を示した。

「断言はできないが、ボニーは、タングに触れる感覚を体験させてあげる方法を見つけようとしているのだと思う」

「ボニーがそんなことを？ でも、どうやって？ あの子はまだ九歳だぞ。そんなとてつもないことを、どうやって成し遂げるつもりなんだ？」

カトウは肩をすくめた。

「それは僕が訊きたい。ボニーは君の子だろう。それに、STEMコンテストで優勝した実績もある。能ある鷹は爪を隠すで、あの子には僕たちに見せている以上の技術や知識があるのかもしれない」

あり得ない話ではなかった。ボニーは昔から自分のことを語らない性格で、娘について何かを知る時はつねに驚きを伴う。

「優勝じゃなくて二位だけどな。ボニーは二位だった」僕はつぶやいた。

「二位でよかったよ」

そう言って、カトウは指先で図面をぽんぽんと叩いた。

「二位でこんな図面が描けるなら、一位の頭脳はどうなっているのかと末恐ろしくなる」

「ボニーはある種の天才ってことか？」

僕の問いかけに、カトウは首を横に振った。

「いや、そうではない。とても聡明だし、意志も強い。でも、天才というのとは違う」

複雑な心境だった。ほっとする気持ちもあった。以前読んだ天才児に関する記事に、親も子ども自身も時として苦労すると書かれていたからだ。だが、ボニーが天才である可能性を、カトウはあまりにもあっさりと否定した。

「どうしてそう言い切れる？」

そう尋ねたら、カトウとジャスミンは顔を見合わせた。カトウが肩をすくめる。

「タングに触覚を与えることに成功していない」

玄関の扉の開閉で生まれた気流で、ダイニングルームのドアが動いた。リジーとエイミーと子どもたちが帰宅したのだと、声でわかった。一行が玄関前の廊下で靴やコートを脱いでいるところに、ソニアとフランキーも帰ってきた。そうとわかるのは、ソニアが、脱ぎ捨てられた靴と子どもたちが邪魔で中に入れないと文句を言っているからだ。

「パパ、いる？　今日はみんなで――」

ダイニングルームのドアが大きく開いた。姿を見せたボニーがその場に棒立ちになり、自分の描いた図面が広げられたテーブルを見つめた。顔色が真っ青になっている。このあと娘がどうなるか、僕には予測がついたし、フランキーも同じだった。娘のパニックに備え、フランキーが娘の周りを回り始めた。だが、危惧したパニックは起きなかった。

ボニーは何度か大きく深呼吸をした。やがて顎をすっと上げると、凛とした表情でこちらに近づき、テーブルの端の席に座った。洟をすすり、口を開く。

「勝手に部屋に入って探すのはよくないよ、パパ。パパのやったことは間違ってる」

「わかってる。ボニーのプライバシーを侵害して悪かった。ミセス・カッカーのも。だけど、これはパパにも関わりのあることだとは考えなかったのか？　全員に関係あることだと」

ボニーが答えるより先に、ソニアが廊下から「私の名前が聞こえたよ！」と大声で言い、ダイニングルームに入ってきた。僕は、ソニアからも痛烈に非難されることを覚悟した。だが、叱責の言葉は飛んでこず、ソニアはテーブルの角を挟んでボニーの隣に座ると、上下逆さまの図面を前に、僕を睨んだ。

「あなたのおっしゃりたいことは聞かずともわかります。ですからそこは飛ばして、僕からあなたに謝罪し、あなたにも、この件について僕に黙っていたことを謝ってもらって仕舞いにしましょう」

「〝僕に〟じゃなくて〝僕たちに〟ね」

部屋に入ってきて図面を目にしたエイミーが言った。

「ボニー、この件について実際に知っていたのは誰なの？」

「ミセス・カッカーとフランキーとタング」

ボニーはそう答えると、手を組んでテーブルに載せ、続けた。

「でも、みんなにも話す準備ができた。今までは話せる段階じゃなかった」

「話す気になったのは、パパに部屋に入られて、図面を見つけられちゃったから？」

エイミーが僕の隣に立ち、ボニーを見下ろした。ボニーは無表情で母親を見上げた。

「それもある」

「それ以外の理由は？」

僕が尋ねたら、ボニーは唇をきつく結んで小鼻を膨らませた。何と答えるつもりにせよ、本人にとっては不本意なのだ。

「私……私にはどうしてもやり方がわからないの。ミセス・カッカーも同じ」

ボニーはカトウを見た。

「ミセス・カッカーに、あなたに助言を求めるべきだと言われた」

返事をしようと口を開きかけたカトウを、僕は片手を挙げて制した。

「ふたりで僕にはちんぷんかんぷんのエンジニアリング用語の応酬を始める前に、僕にはまだ訊きたいことがある。ボニー、おまえは剝製師になりたいんじゃなかったのか?」

その質問をするか否か、一瞬迷った。ボニーが剝製師への興味を静かになくしていたとしても、それは悪いことではなく、わざわざ思い出させるのは賢明ではない。もっと差し迫った問題がある今となれば、なおさらだ。ただ、僕は単純に知りたかった。当然のことながら、ボニーは僕の問いに対する答えを持っていた。呆れたように目をぐるりとさせると、何を言っているのとばかりに両手を挙げた。

「パパ、あれは私がやりたいことのひとつでしかない。やりたいことがいくつもあるのは珍しいことじゃないでしょ」

カトウが咳払いをした。

「気がすんだなら、図面の話に戻ってもいいか?」と言って、ボニーの描いた図面を指先でぐっと押さえた。

僕は首を横に振った。

タングに関わることなのに、本人が不在のまま話を進めるのは公平ではない。カトウにそう伝え、タングに帰ってくるようにメッセージを送った。

二十分後、タングがすごい勢いで家に入ってきて、叫んだ。

「どうしたの？　何があったの？　せっかく二十面ダイスで最高値の二十を出して、めちゃくちゃいい感じだったのに！」

何のことやらさっぱりわからなかったが、テーブルトークRPGを無理やり切り上げさせてまで家に呼び戻した事情を知れば、タングも許してくれるはずだ。

案の定、ダイニングルームに入ってきたタングは、テーブルを取り囲むようにして立つ僕たちと、その中央に広げられたタング自身の図面に気づくと、大きく目をみはり、ソニアの隣に座った。さっきのボニーみたいに両手を組み合わせる。そんなふうにしていると、タングとボニーとで今から取締役会でも開くみたいだ。

「タングとふたりで話がしたい」

僕は、異を唱えることを許さないきっぱりとした口調で告げた。カトウとエイミーが目を見交わす。ベンもついにボリンジャーの要求をのむ気になったかと思っているのだろう。たしかにその話もするつもりだったが、ボリンジャーとの面会をタングに強いる気はない。それに、まずは目の前の図面についてタングが何を思っているかを知りたい。

皆がダイニングルームから出ていく。ボニーは残りたそうにしていたが、エイミーに促されてしぶしぶ席を立った。僕はドアを閉めると、タングの隣に腰を下ろした。

「ボリンジャーに会ってきたのは知ってるよ、ベン」

何から話すかを迷う間もなく、タングが先回りしてそう言った。僕はため息をつき、うなだれた。

「ごめん。できることならタングには知らせずにすませたかった。僕のこと、怒ってるか?」

「ちょっとね。でも、本気で怒ってるわけじゃない。ベンが僕に言いたくなかった気持ちはわかるから。ベンはよかれと思って黙ってたんだろうし、実際、そうするのが僕にとっては一番よかったのかもしれない」

僕がタングを見たら、向こうも僕の目を見つめ返した。人を許すということを、タングに教えられた瞬間だった。タングは、僕が大切な話をタングに黙っていた理由に理解を示してくれた。僕がカトウやエイミーに示せなかった理解だ。僕もふたりを許すように努めなくてはいけない。

だが、その前に――。

「実は向こうからタングに会わせろと言われている。まあ、僕たちが彼と面会したことを見抜いていたのなら、相手の要求についても想像はついていたんだろうね」

タングがうなずく。

「この一週間、家のあっちでもこっちでも心拍数が上がってた。いろんな人が心を痛めてた。原因はひとつしか考えられない。それに、こそこそ話してたつもりだろうけど、みんなの話、結構聞こえちゃってたから」

「タングはどうしたい？　いずれ覚悟を決めてあいつに会う気になれそうか？」

「考えてみる」

タングの答えに、僕はうなずいた。

「考えてみてくれるだけで十分だよ」

タングは目を大きく見開いて僕を見つめた。

「でも、その前にほしいものがある」

「言ってごらん……」

「ボニーが持ってる電子人工皮膚《eスキン》がほしい」

「ボニーの何だって？」

二十　アップグレード

「ボニー、いつからこれを持ってたんだ？」

「ボイラーの修理にきたおじさんがくれたの。これは君が持っているべきだって言ってた。タングのために。これは特別なもので、タングも特別な存在だからって」

「どうしてパパたちに黙ってた？」

「話したらどうなるか、わかってたから。私から取り上げるか、実際に使ってみるかのどっちかだったでしょ。でも、そのどっちも私はいやだった。その前にやるべきことがあった。まずはこれの仕組みを解明して、安全なものかを見極めたかった。今もまだ安全かどうかはわからない」

僕たちはダイニングテーブルを囲んで座っていた。テーブルの中央に、一枚の薄い人工皮膚が置かれていた。大きさはひと切れのパンより小さく、つやつやにしたウエハースに見えなくもなかったが、それは僕の置き方のせいでもある。皿に載っけたのだ。広げたままのボニーの図面はさながらテーブルクロスみたいだ。

「何でお皿に載ってるの？」と、エイミーがツッコむ。

「さあ。背景が白い方が見失う心配がない気がしたのかも。皿に載せといた方が動かしやすいし」

「せっかくならプラスチック製の保存容器に入れた方がよかったのではありませんか？」

フランキーが高い声で会話に入ってきて、彼女らしい現実的な指摘をした。

「どうして？」

「その方が埃が入りません」

僕たち家族にとってはいつもの会話だが、ふとカトウを見たら、何百万ポンドもの価値のある希少な最先端技術の産物を前にして、それを皿に置くべきか保存容器に入れるべきかを議論する神経がわからないという顔をしていた。僕は咳払いをした。

「大判の写真集やアート本みたいにテーブルに飾っておくものでもないんだから、皿だろうが保存容器だろうが構わないんじゃないか？　そもそも修理工のミックやウィリアムも取り扱いに気を遣っていたとは思えない」

「そうだね。ミックはこうやって人差し指と親指で持ってたよ」

ボニーはそう言うと、テーブルに手を伸ばして実演して見せた。全員がぎょっとして息をのんだ。その様子にボニーが驚いたのを察知して、フランキーの胸元のモニターが起動した。エイミーが慌てて、驚かせてごめんねと娘を取りなす。ボニーは椅子に座り直すと、皆を不機嫌に睨んだ。

「みんな、大げさなんだよ。言ったでしょ。ミックだってこれの端っこを汚れた手でつまんで封筒に入れたんだよ。それで、タングのために使えって言ったの」

エイミーは怖い目で娘を見据えると、人工皮膚を皿に戻すように合図した。ボニーも負けじと睨み返したが、母親の指示には従った。

「ソニアは娘がこれを持っていることをご存じだったんですか?」

僕が尋ねると、ソニアは憤然と僕を見た。

「いいえ、私も今初めて知りました。見損なわないでちょうだい。知っていたら、あなたたちに話すように諭していたわ」

「フランキー、君は?」

「私もまったく知りませんでした。知っていれば、ソニアと同じでベンたちに話すように言っていました」

今度はボニーがフランキーを睨んだ。

「タングは?」

タングとボニーが揃って床に視線を落とした。しばらくして、タングが答えた。

「知ってたけど、知ったのはつい最近。今週に入ってからだよ」

「それからずっとタングにせっつかれてたんだよ」と、ボニーが言った。

「ボニー、どうしてeスキンを受け取ったりしたの？　それに、ちゃんとママたちに言わないとだめじゃない！　知らない人を簡単に信用してはいけないって、何度も言い聞かせてきたでしょう」

　エイミーが叱ると、ボニーも真っ向から反論した。

「信用なんかしなかったよ！　だから黙ってたんだもん！　これが何なのか、まずはきっちり調べたかった。ただ、タングがほしがるものだってことだけははっきりしてたし、うっかりしゃべっちゃったら、安全かどうかも確かめられないうちから、タングは〝僕にくれ〟ってしつこかったに決まってる！　実際、今、そうなってるし！」

　タングが頭をくるりと回してボニーを見た。顔をしかめている。

「僕のせいにしないでよ！　だいたい、それは僕のためにってもらったものでしょ！　自分でそう言ってたじゃないか。ミックが僕のために使えって言ってたって！」

「ほらね、こうやってせっつくでしょ！」

　ボニーがタングに叫び返した。カトウがいら立った様子で両手で髪をかきむしった。

「ふたりとも、頼むから言い合いはやめてくれ！　今大事なのは、それが我々の手にあるという事実だけだ」

「お皿に載せられてね」と、リジーがつけ足した。

カトウはリジーの言葉を聞き流したが、僕は、この部屋に充満する怒りのエネルギーをちょっとしたユーモアで払拭しようとしたリジーの気遣いがありがたかった。

「僕なら判断できる」と、カトウが言った。

「何を？」僕は尋ねた。

「これが安全かどうかを」

そこでいったん口をつぐむと、カトウは額をさすった。なぜか一瞬、カトウがタングみたいに見えた。やがて、カトウはボニーの図面を指し示した。彼が次に何を言うかは察しがついたが、ボニーが首を縦に振るとは思えなかった。

「ボニーちゃん……」

カトウの呼びかけに、ボニーはすっと疑り深く目を細めた。娘はいったいいつから人の言動の裏を読もうとするシニカルな子どもになったのだろう。いや、前からそうだったのかもしれない。実年齢より成熟した物の見方をすることはよくある。成熟した魂が九歳児の体に閉じ込められている。

「いや」

カトウの話を最後まで聞きもせず、それどころかまだほとんど話し始めてもいないうちに、ボニーは拒否した。

「私、このプロジェクトに真剣に取り組んできたの。ママとパパに訊いてもらえばわかる。それをあなたに取り上げられたくはない」

「細心の注意を払うし、必ず返すと約束する」

カトウの言葉に、ボニーはますます目を鋭く細め、険しい顔でカトウを見据えた。この話に決着がつく頃には、皆がどこかのタイミングで娘に同じ顔で睨まれていそうだ。

「いや」

ボニーは繰り返すと、腕組みをして眉間にしわを寄せた。カトウが娘を説得する見込みはゼロに思えた。

しばしの沈黙が流れ、僕はふいに次の展開が見えた気がした。娘の説得を試みるなど、カトウに限らず僕も気が進まないが、娘を納得させるために必要とあれば、カトウはこの場にいる全員からの説得を望むだろう。そんな事態にならないことを祈った。

ボニーは細めた目でカトウを睨むと、「いや」とダメ押しをした。

「それはどうして？」

「あなたを信用してないから」

僕は、ボニーのその直感は結果的に正しかったよと伝えたくなったが、それでは状況は悪くなるばかりだ。

カトウがうなずく。

「信用してもらえないのも当然だ。でも、これはもっと大きな視点で判断すべき問題なんだ、ボニー。わかるかな？」

ボニーが組んだ腕を見下ろした。腕の下からのぞく手が拳を握るのが見えた。

「タングは、私ならこれをタングのために役立てられると信じてくれてる。手伝うだけならいいけど、このプロジェクトを私から取り上げることはできない」

「君の言うとおり、タングは君を信頼している」

カトウはそう言って、ほほ笑んだ。

「それに僕も、君ならいずれはこれをタングに装着する方法を見出せると思う。それは間違いない。だけど、タングには今これが必要なんだ。彼のためにも時を無駄にはできない」

「嘘つき！　あなたは自分の問題を解決するために、これが機能する仕組みを解明したいだけ！　タングの気持ちなんてどうでもいいくせに！」

僕はカトウをいまだ許せずにいたが、それでも、彼がタングを大事に思ってくれていることは知っていた。僕は言った。

「ボニー！　今のは言いすぎだ。カトウを信用していないにしても、彼がタングを大切に思う気持ちは認めないと」

「調べるのも装着も、うちでできる。カトウもそれはわかってる」

「持ち出させてもらえた方がやりやす……」

「そんなの知らない！　私のプロジェクトをこの家から持ち出すことは許さない。やるなら、ここでやって」

ボニーの主張は至極もっともだ。カトウがボニーの知的財産である図面を返してくれる保証はどこにもない。それどころか、eスキンを装着するためにタングを連れ出した場合、装着後にそのままタングをボリンジャーの元へ連れていき、僕たちには事後報告だけして許しを請う可能性さえある。図面やeスキンの持ち出しについては、僕も全面的にボニーを支持したくなった。

「ここでやることは可能か？」

僕が尋ねると、カトウはこちらを見て額をさすった。

「ああ」しばらくして、カトウが答えた。「必要なものは揃えられる。ここでやるしかないのなら」

エイミーがほほ笑んだ。

「ボニーの弁護士として、ここでやるように依頼するわ。それがボニーの希望なら」

ボニーがにっこり笑う。カトウは譲歩した。

「わかった。準備を整えるのに二十四時間かかる。みんなはその間にしっかり休んでおくといい」

ここまでひととおり話を聞いてきてもなお、僕は自分の気持ちを決めかねていた。

「待ってくれ。僕はeスキンの装着に賛成だとはひと言も言ってない。僕にも意見を述べる権利はあるんじゃないか?」

皆がいっせいにこちらを向き、それもそうだと、互いに顔を見合わせた。

「ああ、もちろんだ」と、カトウが言った「ベン、君はどう思う?」

僕はタングを見て、ため息をついた。

「正直、わからない」

僕の答えに、タングが怒って声を上げ、床をガシャンと踏み鳴らした。そのまま猛然とダイニングルームを出ていくと、フランス窓を乱暴に開け、荒々しい足取りで庭に出た。僕はひと呼吸置いて気持ちを落ち着けると、タングを追って外に出た。

タングは柳の木の下のベンチに座り、辺りが刻々と暗くなる中、馬たちのいる方を見つめていた。僕はタングの隣に座り、前屈みになって前腕を太ももに載せた。そして、尋ねた。

「あれがボニーの取り組んでいるプロジェクトだと、どうして教えてくれなかったんだ? みんな、どうして僕には何も話そうとしない?」

「僕がボニーにしてもらおうとしていることを打ち明けたら、ベンはやめさせようとするに決まってるからだよ!」

「当たり前だろう！　タング、おまえにアップグレードなんか必要ない。タングは今のままで完璧なんだから！」

「そうかな？　本当に？」タングが叫ぶ。「じゃあ、エイミーは？　エイミーは完璧なの？」

「どういう意味だ？」

「エイミーは体形を変えたくてジムに行くけど、それについてはベンは何も言わないよね」

「それはまた別の話だ。ジムに行くのは健康のためでもある」

「心の健康のためでもあるよ！」

タングがわめく。その指摘も間違ってはいない。

「でも、それじゃあ僕の心の健康は？　それをどう守るか、どう改善するか、僕の希望は聞いてもらえないの？」

「タング、僕はただ、おまえが〝こうあるべき〟と考える姿に無理に自分を持っていこうとしてほしくないだけだ！　もっと自分自身を認めてやれよ。ありのままの自分を！　変わることなんてないんだ——」

「結局そういうことじゃないか！　ベンは僕に変わってほしくないだけ！　今までどおりの僕でいてほしいだけなんだよ！」

「それは違う！」

「違わないよ！　僕が学校に通っていろんなことを学ぶのはいいことだと思ってる。すばらしいことだって。僕が将来助産師になるかもしれないってことも、昔から言ってることだから受け入れてる。だけど、僕が見た目を変えたら、体の機能の仕方を変えたら……タングがタングじゃなくなるって心配してるんだ。もう自分を愛してくれなくなるって」

「それは違──」

もう一度否定したかった。全身で叫びたかった。〝タングはお得意の癇癪を起こしているだけだ、これまでふたりでたくさんのことを乗り越えてきたのに、その僕によくそんなことが言えるな〟と。だが、それらの言葉は喉につかえたまま出てこなかった。そのうちに、タングの指摘はあながち間違っていないのではないかという思いが僕を苛み始めた。

「何があろうとおまえを愛する気持ちはこの先も変わらないよ、タング」

静かにそう告げると、僕は立ち上がってフェンスの前に行き、両手で髪をかき上げた。ウィーンという音と、金属の足が草を踏む、いつもより柔らかな足音がして、タングが僕の隣に来た。

「それはわかってる。僕が言いたいのは、ベンは僕の〝ベン〟を愛する気持ちが変わっちゃうんじゃないかと心配してるってことだよ。ボニーが大きくなったら、ベンはやっぱり同じ心配をすると思うけど、ひとつ違うのはボニーの成長は止められないってこと。ボニーは大人になって、いつかは家を出て自分の人生を生きるようになる。それをベンがどう思おうと関係なくね。だけど、ベンは僕にもいつかそういう日が来るかなんて、考えてもいない。それがボニーとの違いだよ」

「考えたよ！」僕は反論した。「少なくとも想像はしたよ」

「そうかな、考えてないと思うよ。学校に行って、教育を受けて、人間と親しくして……そういうことの先にどんな未来が待っているか、想像したことないと思う」

「僕から離れていくつもりなのか？」

かろうじてそう口にした。

「そうじゃないよ。今はそんなこと考えてない。それはまだまだ先の話だよ。いつ出ていくかもわからない。出ていくかどうかもわからない。でも、それは僕が自分で考えて決めることだよ」

震えるような深いため息が知らずと漏れた。僕は両目をこすりながら、うなずいた。

タングが話を続ける。

「僕が求めているのは、ボニーの体にこの先自然と起こる変化と変わらないことだよ」

「タングは……タングはいつか子どもがほしいのか?」

「ほしくなる時が来るかもね。いつか」

僕は何も言えなかった。何がタングの望む未来を阻《はば》んでいるのかも、そのことについてタングが長い間考えてきたのだということも、よくわかった。これが一時の気の迷いなら、今頃タングはきれいさっぱり忘れているはずだ。

この一週間、タングがいつもより機嫌よくしていたのは、ボニーが自分のためにeスキンについて調べてくれていると知っていたからなのか。僕は尋ねた。

「それもある。あと……」

タングの目が泳いだ。言いたいことをどう言葉にすればいいか、わからないようだ。

「クレアか?」

タングは馬のいる草原を見つめた。

「もしかしたらクレアは……でも、まだ確信はない」

僕はタングの前にかがみ、その両手をこの手で包んだ。次の質問に対するタングの答えは聞くまでもない気がしたが、それでも訊かなくてはならない。

「彼女に……彼女にプレッシャーをかけられてるわけじゃないよな?」

タングは僕の手を振り払った。目が斜めに吊り上がり、再び怒りを爆発させた。

「何でそんなひどいことを言うんだよ! クレアは純粋に僕の幸せを願ってくれてる。

僕に間違った選択をしてほしくないと思ってるだけだよ。でも、体を変えたいって気持ちは間違いなんかじゃない！」

「わかった、わかったから」

僕は落ち着けというように両手を挙げた。

「僕もそうだろうとは思ってた。クレアはいい子だし、彼女がタングにプレッシャーをかけるような真似をするとは僕も思ってない。それでも確認しないわけにはいかなかった。そこはわかってほしい」

タングはうなずくと、僕の手を取って木の下のベンチへと引っ張り、もう一度座ってと促した。

「でも、今してるのはそういう話じゃない。そんな先の話じゃない。僕が言いたかったのは、ボニーは成長できるってこと。ボニーの体は変わっていける。だけど、僕の体は反応することしかできない。体が熱くなりすぎれば故障する。他の機械と同じように。この体が変化することはないんだ。僕の体がやろうとするのは、いつもどおりに働き続けることだけ」

「タングは成長できる体になりたいのか？」

「僕は感じられるようになりたい」

二十一 皮膚

カトウが我が家のダイニングテーブルでタングに手術を施すのは、これが初めてではない。今回は前みたいにタングの心臓部を交換するわけではなく、手術のために心臓を止める必要もない。タングにしてみれば手術のリスクはけっして低くないだろうが、少なくとも処置が行われている間も意識は保っていられる。

むしろ、カトウにのしかかるプレッシャーの方が心配だった。何しろ、我が家とミスター・パークスの家とブライオニーの家と、おそらくはカトウのオフィスビルの資産価値を足してもまだ足りないほど高額な技術が詰め込まれたデバイスを、タングに装着しようとしているのだ。

タング自身はコストのことはピンときていなかった。そもそもコストという概念がない。それに、日頃子どもたちに物の値段について説明する際に使う単位——ゲーム機何台分——はここでは役に立たない。それくらい、eスキンの価値は桁違いだった。

もうひとつの懸念材料はボニーだった。カトウにはこの分野で——僕が把握している分野以外も含めて——何十年という経験がある。一方のボニーはまだ九歳だ。それでも、ボニーはいまだにカトウにeスキンの装着を任せることをためらっていた。eスキン装着に対するタングとボニーのスタンスも違っていた。タングは是が非でも、自分に欠けている何よりも大きなものを手に入れたいと切実に願っている。だがボニーは、リスクを伴うと皆が承知しているeスキンの装着に抵抗を感じている。

「何でいつまでたっても始めてくれないの！」

翌日、タングが悲痛に叫んだ。他の皆は家の中をうろうろしながら、何となくダイニングテーブルの上を片づけ——さらにきれいに拭いて——あきらかにぐずぐずと手術を先延ばしにしていた。

「タング、僕たちがやろうとしていることの重大さをわかってくれ」

カトウが懇願した。

「それはわかってるよ！　だけど、やるって決めたじゃないか。それなのにどうしてさっさとやらないの？」

「そんな単純な話じゃないんだ」

僕はそう言ってなだめたが、それが、本当は答えは単純なのに誰もそれに取り組みたくない時に使う常套句なのはわかっていた。カトウが話を続けた。

「タング、これは人工皮膚だ……しかも、見た限り、この世に存在するものの中で最先端のものだ。どこで作られたものかは確認できてないが、あのフロリアンでさえこれは装着されていないから、相当うらやましがるだろう。フロリアンのようなアンドロイドがどのように作られているかは僕も見てきた。彼の内部構造はそこまで精巧には構築されていない。機能性より見た目と……何というか、感触が優先されているんだ。機能より見た目の美しさが」

「その感触というのは、僕たち人間が彼に触れた時の感触ってことだよな？　フロリアン自身の触覚ではなくて。それならわかる」

「ああ、そうだ。でも、これは……このeスキンはその両方を実現できる。驚くべき贈り物だ」

「そうだよ」と、ボニーが言った。「私はあなたを信用してないのと同じくらい、このeスキンも信用してない」

「ボニー、あのな……」

言いかけた僕を、カトウが手を振って制した。

「いいんだ。ボニーがこれを怪しいと考えるのは当然だ。こんな贈り物がただの贈り物であるはずがない。だが、タングのことは僕たちで守れる。それは約束する」

カトウは体をかがめてボニーと目の高さを合わせた。ボニーは目を鋭く細めてカトウを見つめ返した。

「僕がタングを守る。このeスキンがどう作用したとしても。約束する」

「昔、タングを守った時みたいにってこと？」

ボニーがぼそっとつぶやいたら、カトウは眉をひそめた。

「タングのことはずっと守ってきたつもりだよ。違うかい？」

僕は何も言えなかった。ボニーの顔を見たら、彼女もまたその問いに対する答えを探していたが、反論の言葉は出てこないようだった。つねにそう感じてきたわけではないが、カトウはたしかにタングのことをずっと守ってきたのだ……少なくとも、今わかっている限りでは。僕はカトウを部屋の隅へと引っ張った。

「僕が懸念しているのは、これがあきらかに何らかの罠だということだ。そうとしか思えない。何が起きるか、誰にもわからない。もしかしたらこの皮膚片がインターネットにつながったりして、タングが突如キッチンの引き出しにダッシュして、ナイフを手当たり次第に投げ始めるかもしれない」

エイミーが僕の隣に来た。そのまま僕の手を取ろうとしたが、そうされる前に僕は腕組みをした。この大人だけの内密の話にエイミーがどんな意見を差し挟もうとしているにせよ、僕の肩を持つはずはないと思っていた。だが——。

「ベンの言うとおりよ、カトウ。この家には子どもがふたりいる。あなた自身の息子も含めてね。うちに滞在中の高齢のゲストだっている。ここでの手術はやっぱり考え直した方がいい気がする。ボニーは大事な指摘をしてくれたのかもしれない。eスキンの件はもっと慎重に進めるべきなのかもしれない」

エイミーを見つめるカトウの顎に力が入る。

「君はわかってない。他の皆はともかく、君だけは理解してしかるべきなのに」

カトウの非難に、今度は僕の顎に力が入った。カトウが続けた。

「何者かが世界中で好き勝手にシステム障害を起こし、人々の命を危険にさらしている。病院で患者を死なせ、信号機を操って自動車事故を引き起こしている。君たちも身をもって体験したはずだ！　そして、ひとつはっきりしているのは、一連の問題をたどった先には君たちが、タングがいるということだ。問題への対応を一日遅らせるたびに、誰かが感電したり、医者が部屋から閉め出されて治療に当たれなかったり、分娩の場に医療関係者がひとりもいないなどという事態が生じる。ジムの会員カードの不具合とかアプリが正常に働かないなどの些細な問題だけじゃないんだ！　eスキンが罠であろうとなかろうと、これが僕たちが手にしている唯一の糸口なんだ」

知らなかった。一連の問題がそこまで大規模で重大だという認識は今までなかった。そのことを僕に知らせずにいてくれたカトウに、今になって感謝した。それでも僕は言った。

「でも、タングが混乱して自分を見失ったらどうする？　何か取り返しのつかないことが起きたら？　そうなったらタングはどうなる？　僕たちはどうなる？」

視界の端で、エイミーがふうっと息を吐き出す。いつから息を殺していたのだろう。〝僕たち〟。僕はそう言った。もはや〝僕たち〟という絆は失われてしまったのではないかと、エイミーは案じていたのだ。

「装着するのはほんの小さなeスキンだよ」

カトウは参りきった顔で言った。

「それを言うなら、タングのチップだってただのチップだ。小さな部品が大きな力を持つことだってあるんだ、カトウ」

「それはわかってる。でも、こういう類いのデバイスに、君が恐れているような損傷を引き起こす技術が搭載されているとは考えにくい。それに、僕が事前にコードを確認しないはずがないだろう？　我々の身に危険が及ぶ可能性を示唆するものは見つからなかった。君たちが言うように、ここには僕の息子もいる。僕は……」

ウィーンという低い音がして、見るとそこにタングがいた。

「これだけ長い間一緒にいるのに、僕の耳のよさを相変わらず忘れちゃうんだね、ベン」

そう静かに述べたタングの隣にしゃがみ、僕はその手を握った。いや、握ろうとした。だが、タングは握らせてくれなかった。

「そうだな。ごめん。僕はただ……」

「僕を守ろうとしているだけ。それはわかってる。でも、ベンが話してたチップだって、あれのおかげで僕はこの家にたどり着けたんだ。忘れちゃったの？　あのチップがあったから、僕はオーガストから逃れようと思えた。ジャスミンだってそう。同じチップがジャスミンにガソリンスタンドでディーゼル油を盗ませたり、魚をペットにしたいと思わせたりした。あのチップのおかげで、僕はボニーが生まれてくる時に手伝うことができた」

僕は喉が詰まってしまった。背後でエイミーが息をのむのが聞こえた。

「でも、そのチップがあっても、こうやった時の感触を感じることはできない」

そう言って、タングは僕の両手を取った。

つかの間、部屋が完全な静寂に包まれた。僕はタングの手を放して立ち上がると、エイミーを見た。

「子どもたちとフランキーとソニアをミスター・パークスの家に連れていってくれ。それと、僕たちがいいと言うまで戻ってきてはいけないと、よく言い聞かせておいて」

エイミーに〝一筋縄ではいかないわよ〟という顔をされたが、彼らの身を危険にさらすくらいなら、ボニーやソニアの痛烈な非難の嵐も甘んじて受けるつもりだった。

いくらカトウに大丈夫だと言われても、どのような危険が潜んでいるか、本当のところはわからないのだ。僕がカトウを百パーセント信じられるようになるまでにはまだ時間がかかりそうだ。ひとまず僕はこう告げた。

「これからやろうとしていることを、君がちゃんとわかっていることを祈るよ、カトウ」

「ハイドロゲルがうまく……うーん……」

カトウがつぶやく。

「何を言ってるのか、わかるか？」

僕は声は出さずに唇だけ動かしてエイミーとリジーに問いかけた。腕組みをして立っている僕のそばで、タングはダイニングテーブルに座り、カトウの処置に身を任せている。精密作業用の眼鏡型拡大鏡を装着したカトウは、昔ながらの時計職人みたいだった。テーブルの上に、小さな道具一式がカトウにしかわからない順序で並べられているので、余計にそう見える。カトウがeスキンの装着作業に着手してから、すでに何日も経過しているような気分だったが、実際はせいぜい数時間だろう。カトウの隣ではジャスミンが宙に浮いて控えていた。黙ったままなのは、介入したくない、あるいはカトウの邪魔をしたくないからだろう。その両方かもしれない。僕はさっきまで部屋を行ったり来たりしていたのだが、窓の下枠にリジーと並んで浅く腰かけていたエイミーに、「お願いだからじっとしてて」と言われ、そうしている。

リジーが僕の問いかけにうなずいた。

「だいたいはね。私にとっては専門外だけど、同じロボット工学だから……大枠としては同じ分野だからね」

僕はうなずき、エイミーの方に顔を向けたら、彼女は顔をしかめた。

「私にはさっぱりわからない。わかるわけがないでしょう？」

「それは知らないけど、ただ……前にカトウの仕事に協力してた時に関わっていたのは、こういう類いの技術なんじゃないのか？」

エイミーが申し訳なさそうに僕を見た。

「それは言えない。ごめんね。でも、仮にそうだったとして、守秘義務もなかったとしても、カトウが何の話をしているのか、私には説明できない。専門的な技術用語を認識はできても、私は科学者ではない。穴や不備のない確実な文書を作成するために必要となる知識しかない」

「M……RをHに……違うな……RをRに、かな……タング、僕がこうしたら何か感じるかい？」

カトウはペンの先をタングのマジックハンドの手に押しつけた。タングはカトウを見つめ返し、瞬きをした。そのまま今度は僕たちを見る。僕は息を凝らした。タングがかぶりを振り、うなだれるように胸元のフラップを見下ろした。同じことがすでに何度か繰り返されており、そのたびに少しずつぴりぴりとした緊張が増していた。

「感じない」タングは答えた。

カトウが両手を振った。

「いいんだ、いいんだ。心配しなくて大丈夫だよ、タング。別の方法を試してみるから。これを人間に装着するのであれば、単純に腕に貼りつければすむ話なんだと思う。でも、ロボットに装着するとなると事情は変わる。君には……受容体、と呼ぶべきものがない。もしあったなら、すでに触覚を得ているはずだからね。となると、受容体がなくても電気信号が正しく伝わるようにする必要がある。それにはこのナノワイヤを……これがまた極めて小さい」

「ナノワイヤが小さい……頭痛が痛いって言ってるようなものね」

リジーがツッコみながら、片足だけ窓枠に引き上げ、両手ですねを抱えた。

「そうだな」

カトウは相槌を打ったものの、リジーの冗談には気づいていない。リジーはエイミーと僕を見て目をぐるりとさせたが、その呆れた眼差しの奥にあったのは、いら立ちではなく愛情だった。リジーとカトウの間はぎくしゃくしていたかもしれないが、そもそもふたりを結びつけたのもロボット工学への共通の興味であり、カトウが本領を発揮する姿を見つめるリジーは嬉しそうだった。

「彼の言っていることを嚙み砕いて、一般の人にもわかるように翻訳してほしい?」

リジーの申し出に、僕は首を横に振った。

「いや、いい。誰も怪我することなく、タングが最終的に望んでいるものを手に入れられるなら、カトウが何を言っているかは正直どうでもいい」

リジーは笑った。カトウが拡大鏡をひょいと上げて、しーっと僕たちを黙らせる。そして、再び拡大鏡を装着すると、タングの左手の先端近くの何かをピンセットでつまんだ。

「これできっと……」

カトウがふいに話すのをやめた。ポムポムがどこからともなく現れ、止める間もなくテーブルの上に飛び乗ったのだ。エイミーとリジーとカトウと僕は揃って大声を上げ、ポムポムを追い払おうとした。大騒ぎする僕たちに、ポムポムは耳を倒し、僕たちとは逆方向に逃げようとしてタングに突進した。ポムポムに頭を踏み切り板にされそうになったタングが、とっさに両手を顔の前に上げた。

その場をかき乱すだけかき乱して、ポムポムは来た時と同様にあっという間に姿を消した。タングは身じろぎもせず、目を大きく見開いて両手を見つめている。

「ベン」タングが僕を呼んだ。「ベン……ベン……ベン……ポムポム……」

「わかってる。ごめんな、タング。まさか入ってくるとは思わなくて……」

「違う、そうじゃなくて」と、タングが首を横に振る。「僕……ポムポムって……ポムポムって……気持ちいいんだね。ポムポムの毛は気持ちいい。ポムポムの毛の感触をうまく説明する言葉が見つからないけど」

「柔らかいとか？」カトウが尋ねた。

タングが僕を見上げる。タングの言葉の意味することに、僕はすぐには気づかなかった。

だが、次の瞬間、はっとした。

「ポムポムの毛の感触がわかるのか？」

カトウが拳を突き上げ、「やった」と叫んだ。それを、エイミーとリジーが「静かに」といさめる。

タングは自分の両手を見下ろし、マジックハンドの手先を閉じると、驚いて体をびくっとさせた。頭がかすかに揺れている。自分が感じているその感覚を理解できずにいるみたいだ。いや、感じているという事実そのものを、と言った方がいいかもしれない。タングがもう一度僕を見上げ、うなずいた。そして、抱っこを求める幼子みたいに僕に向かって腕を伸ばした。

僕はタングに近づき、その両手を握った。誰もひと言も発さず、その場に存在する音は、タングが自分の感じているものを受けとめようとして動かす目の、低く静かな動作音だけだった。

やがてタングはゆっくりと瞬きをすると、僕の手を放した。

「すごく変な感じがする」

カトウが片手をタングの肩に置いた。

「どんなふうに変なのかな?」

「気分が悪いのか?」

僕も尋ねた。心臓が激しく打っていた。こうなることを恐れていたのだと、カトウに食ってかかりそうになったその時、タングが答えた。

「ううん、悪くはない。でも、よくもない。うまい言葉が思い浮かばない。今やってることをいったん全部やめないと、使い果たしちゃう気がする……何をって言われてもよくわかんないけど。何もできなくなりそうな感じ。ベン、僕、どうしちゃったの?」

僕はテーブルに座るタングのそばに腰を下ろすと、もう一度彼の手を取ったが、タングはその手を引っ込めた。

「無理。どうしてかわかんないけど、今はこうしたくない。ずっと求めてたことなのに、今は感じたくない！」

ジャスミンがタングの前に回り込み、まっすぐにその顔を見た。

「タング」

ジャスミンの呼びかけに、タングも彼女を見た。ジャスミンは言葉を続けた。

「あなたが感じているのは疲れよ。無理もない。触れた感覚を感知する力はとても強力なもの。そのことはタングもわかっていたわよね。自分に欠けているものだとずっと認識していたのだから。触れる感覚を耐えがたく感じることは誰にでもある。中にはつねに耐えられないという人もいる。人間の脳でさえ、触覚を処理しきれないことがあるの。それほどの感覚を、今、あなたの脳は知った。圧倒されるのは当然だわ」

フランキーがこの場にいたなら、同じようなことを言っただろう。これが初めてではないが、僕は、ロボットの方が人間の状態や状況を人間以上に理解し、明確に言語化できるのだという事実を、今一度目の当たりにしていた。

「疲れを感じるなんて初めてだよ」

タングは静かに言うと、床に下りようと、テーブルの端にお尻で移動し始めた。

「部屋に戻って休んだ方がよさそう。横になりたい。ミセス・カッカーがいつもしているみたいに」

二十二 ア・マン・イン・ザ・ガーデン

はじめのうちは、皆、すやすやと眠るタングをとても愛らしいと思っていた。ボニーは、大事な日や大変な一日のあとは必ず長時間の睡眠を必要とする。タングも同じだろうくらいに思っていた。タングの感情を司る中枢部に新たな感覚がつながったのだ。その分疲労も大きいことは想像に難くなかった。その点では、今のタングは赤ちゃんに近い。

タングが眠っている間、他の面々はあまり心配しすぎず、できるだけ普段どおりに過ごそうと努めた。その最たる人がソニアだった。何と彼女は、エイミーがタングの手術後にソニアやボニーやトモやフランキーを迎えにいった時、そのままミスター・パークスの家に留まることを選んだ。タングの状況については、エイミーが皆に説明してくれたので、僕からは何も言わずにすんだ。ありがたかった。ボニーはタングの部屋の入口から顔だけのぞかせ、母親の話に嘘はなく、タングはちゃんと生きているとその目で確かめて納得すると、戻ってきてサンドイッチが食べたいと言った。そして、しばらくトモやフランキーと一緒に庭で過ごした。リジーとカトウは、そんな彼らを柳の木の下のベンチに座って眺めた。タングが目覚めるのを待つしかないカトウは、どこか手持ち無沙汰な様子だった。ジャスミンはタングにつき添っていた。その必要はないと伝えても、そばにいると言って譲らなかった。

残るはソニアだが、前述のとおり、彼女は僕たちとの同居をいったん取りやめることに決めたらしい。

「お隣の居心地がいいから、もう少しいたいんですって」

そう言って、エイミーは肩をすくめた。

「ソニアとミスター・パークス、よっぽど一緒にいたいのね」

「ミスター・パークスじゃなくてアルバートだろ？」

僕がツッコんだら、エイミーは微笑した。

「真面目な話、ほんとにそう呼ぶべきなのかもね。もう彼のファーストネームを知っているわけだから」

僕は眉をひそめた。

「四十年以上もミスター・パークスと呼んできたからなぁ。今さら変えるのも変な感じだな」

エイミーとこんなふうに、妙な緊張感も口論に発展する気配もない、普通の会話ができるのは嬉しかった。カトウにひそかに監視されていた事実が発覚してからまだ一週間だが、一生にも思える長い一週間だった。世界の見え方がひっくり返ってしまい、Jポップに合わせて踊るタングを眺めていたあの愉快なひと時が遠い昔のことに感じられた。最後にエイミーが心からほほ笑んだ顔を見たのも、ずいぶん前のことみたいだ。

ジャスミンが、タングの様子について定期報告をしにやってきた。簡単にまとめると、依然として眠ったままだが問題はなさそうだ、とのことだった。

「ただ、タングは夢を見ている気がします。瞼を閉じてはいますが、完全には閉じ切っていなくて、よく見ると目玉が動いているのがかろうじて確認できます」

「悪夢じゃないといいのだけど」と、エイミーが言った。「これが触覚を得てから初めて経験する睡眠なのに、悪夢にうなされてはあまりにかわいそうだもの」

たしかにそうだ。

タングのそばを離れたくなかった僕は、家庭で緊急事態が発生したと動物病院に連絡し、事情を話した。院長である僕には、説明はなしですますという選択肢もあったが、僕はそういうタイプの院長ではないし、そうなりたいとも思わない。だから、病院の事務長に平謝りし、あれもこれもするからと、埋め合わせの方法を列挙した。本当は、僕の診察予定を他の獣医師に振り分け、皆の負担が大きくならないように代診の獣医師を手配するよう頼めばいいだけだとわかっていたが、性分だから仕方がない。タングが授業を欠席することについては、エイミーが学校に連絡を入れてくれた。それもまたありがたかった。僕には、我が家のロボットはただいま眠っていて起こせないので、学校は休ませるが、起きないだけで他に特に問題はないので心配は無用だ、という状況をうまく説明する自信はない。頭の中でシミュレーションしてみただけでも、担任教師が眉をひそめ、〝お話を聞く限りタングの行動はティーンエージャーによくあるもので、それを許すのは教育上よろしくないのでは〟と苦言を呈する姿が目に浮かぶ。だが、状況がそれほど単純ではないことを家族は知っている。そう思いつつ、ふと、今の状況はひょっとしたらそういうことなのかもしれないとの思いもよぎる。今回のタングのアップグレードは、すでに思春期に突入していたタングの言動を、図らずも、本人の予想を超えていっそうややこしくしたのかもしれない。いずれにせよ、結論はタングが目を覚ますまでは何もわからない。

必要な連絡がすんだところで、僕は少しの間、ボニーのプロジェクト以外の勉強を見てやることにしたが、娘は集中力を欠いていた。まあ、無理もない。何しろ、娘の一大プロジェクトの対象はただいまフトンベッドに仰向けになって眠りこけているのだ。カトウは待機時間を有意義に使って家族との関係修復に努め、リジーとトモを連日レゴランドなどに連れていったりしていた。エイミーも、やることがあった方が気が紛れるからと仕事を続けた。おかげで、僕にはカトウともエイミーとも少し距離を置く時間ができた。

そんな具合で、数日前までつねに人でいっぱいだった我が家に、一転して静けさが訪れた。

そんなある日、週の半ばに、ミスター・アルバート・パークスがきちんとしたジャケット姿で僕を訪ねてきた。

「君に話があってうかがった」

玄関を開けた僕に、ミスター・パークスはそう告げた。

「えーと……そのようですね。どうぞお上がりください」

ミスター・パークスは周囲を見回し、自宅が目に入るとなぜか躊躇した。咳払いをして、一歩だけ中に入る。そして、ドアマットで必要以上に時間をかけて靴底の汚れを落とした。ここ数日は天気がよく乾燥していたから、そこまで念入りにしなくても大丈夫なのだが。空気中には春の気配が漂い、ミスター・パークス宅の花壇にも小さな新芽が芽吹いている。

僕は黙って見守った。ミスター・パークスの行動は、言うべきことがあるものの、切り出し方に迷って時間を稼いでいる人の行動だ。お茶でも飲んで落ち着いてもらった方がよさそうだったので、僕は彼をキッチンのカウンターテーブルに案内し、紅茶を淹れた。

「僕に話があっていらしたとおっしゃってましたね」

「ああ」

ミスター・パークスがハンチング帽を指先でよじる。髪をすっと撫で、もう一度咳払いをした。そして、帽子を置くと、紅茶のカップを手に取った。と思ったら、カップを置き、またしても帽子を手に取る。これを何度か繰り返してから、ようやく彼は言った。

「ソニアのこと、いや、つまり、ミセス・カッカーのことで話がある」

「先日お話しになってたことですか？　だとしたら……」

「いや、そうではない。直接は関係ない。いや、関係はあるが、悪い意味ではない」

「失礼ながら、おっしゃっていることが支離滅裂です、ミスター・P」

ミスター・パークスはまたもや咳払いをすると、大きく息を吸った。

「つまりだな、彼女と結婚したいんだ」

またとんでもないタイミングで打ち明けたものだ。目下僕が抱えている諸々の問題を考えると、年配の隣人に結婚の助言をするなど、僕が適任とは思えない。

「あー……そうなんですね」

僕のその時の心情を表すのに、それ以上の言葉はなかっただろう。お祝いを述べるべきなのか、はたまたなぜ僕に報告するのかと問うべきなのか、わからなかった。幸い、ミスター・パークスの方から説明してくれた。彼はカウンターテーブルの前に腰を下ろした。

「あのな、君はそうは思わないかもしれないし、君からしたら迷惑な話かもしれないが、私にとっては君は誰よりも家族に近い存在だ。君と、君の家族は。君のお姉さんも。我ながら信じられないが、ロボットたちのことさえそう思っている。だから、君の意見は……その、大事なんだ、私には。そして、彼女にとっても。君は彼女にとっても家族同然の人だから」

「そうなんですね」

僕はそう繰り返した。ミスター・パークスが話を続ける。

「私としては、彼女に求婚する前に、まずは君に話をしてちゃんと筋を通したい。君の……つまり……意見を聞きたい」

度肝を抜かれたというのが率直な気持ちだった。

「ミスター・パークス、あなたはつまり、僕にソニアにプロポーズする許しを請いたいとおっしゃっているのですか？」

「まあ……そうだな」

「僕の許し、を？」

「そうだ」

「ソニアにプロポーズする?」

「ああ」

「その、僕は……」

ミスター・パークスが目をみはった。

「彼女が私と結婚するはずはないと思うか?」

「そんなことはありません! きっといい返事をもらえます! 僕はただ、なぜ僕に、許しを求めるのかと、それが不思議で」

「だからそれは、君は彼女にとって家族も同然だからだ」

「でも、ソニアの父親ではありません!」

「それでも彼女は君の意見を尊重している」

「そうなんですか?」

ミスター・パークスは眉をひそめ、何を今さらというように顎を引いた。

「当たり前じゃないか。彼女にしてみれば、君は息子みたいなものだ。我々ふたりともそう思っているし、ふたりとも……」

そして、もごもごとよく聞き取れないことをつぶやいた。普段、ミスター・パークスが自然と口にすることではないのだろう。それでも彼の言わんとしたことはちゃんと伝わった。

「私が言いたいのは、君がソニアを大切に思っていることは、彼女にしっかり伝わっているということだ。私立病院の治療費や入院費も出してくれただろう。彼女はプライドが高いから素直に礼を言えずにいるが――」

僕はミスター・パークスの話を遮った。

「えっ？　ソニアは僕が治療費や入院費を出したと思ってるんですか？」

「そうじゃないのか？」

「違います。僕たちは、てっきりソニアが自分で払ったんだと思ってました」

「いや、ソニアは払ってない」

「うーん」と、僕はうなった。「うーん」

「うーん」ミスター・パークスも同調する。

僕には思い当たる人がいたが、それをミスター・パークスに伝える気はなかった。

「その件については、いずれ真相をあきらかにしましょう」

そう言ったら、ミスター・パークスも低くうなって同意し、話を戻した。

「それはともかく、君なら、プロポーズは考え直すべきだと思えば率直にそう言ってくれるはずだし、君がそういう意見なら、ソニアには何も言わない。だが、もし君が……」

僕が片手をミスター・パークスの肩に置いたら、彼はハグでもされると思ったのか、一瞬慌てたような顔をした。抱きしめるかわりに、僕は言った。

「すばらしい考えだと思います」


タングが目覚めないまま数日が過ぎると、僕は次第にぴりぴりしてきた。皆そうだった。僕たちがそれなりに穏やかに過ごせていたのは、少なくとも停戦状態を保てていたのは、タングの状態に問題はないという前提があってのことだ。だが、ミスター・パークスとの会話からさらに数日がたち、ジャスミンからは相変わらず〝特に変化なし〟という報告しか聞けない状況に、僕の不安は募っていった。不安はいら立ちに変わり、口調も不機嫌でとげとげしくなり、気づけば僕とカトウとエイミーの関係はタングの手術前のぎすぎすしたものに戻っていた。

状況をいっそう悪くしたのはカトウだ。ある夜、僕とエイミーに、ボリンジャーの監視に当たっている者から、タングの様子はどうかと確認があったと言ってきた。具体的には、刑務所にいるボリンジャーと面会するよう、タングを説得できたかという確認だった。話は物別れに終わり、カトウは部屋をあとにした。

エイミーは僕の口調を咎《とが》めた。

「今のはひどい。あんな言い方をしなくてもいいでしょう。カトウはやるべきことをしていただけなのに」

僕はふんと鼻を鳴らした。

「そんなことは言われなくてもよーくわかってるよ、エイミー」

「何かしないと」

エイミーが僕の返事を無視して言った。

「タングが目覚めるのをひたすら待つ以外に？　さてはその袖の内側に、すべてを解決する魔法の杖でも隠してるな」

「いい加減、すねた子どもみたいな態度はやめて」エイミーがぴしゃりと言った。

「私が言いたいのは、タングを目覚めさせる方法を見つけるか、目覚めるのを待つ間にもう一度ボリンジャーと会って状況を説明するかしないといけないってこと」

「あいつに説明なんかする気はない！　何でそんなことをしなくちゃならない？」

大声を上げた僕に、エイミーも叫び返す。

「今も問題が起き続けているからよ！　あちこちでシステムが暴走し、問題が次々に発生してる！　私たちでもう一度ボリンジャーに会って、協力するように説得しなきゃならない。その場にタングが同席していてもいなくてもね。残念だけど、それが現状なの」

エイミーが正しいのはわかっている。だが、気に入らなかった。

「たとえば、まずはジャスミンだけ連れて面会に……」

僕は笑った。冷めた笑いだった。

「何でだろうな。君はいつも僕に相談する前に物事を決めている感じがする」

「どういう意味？」

「君は何でもひとりで決めて、それから僕に報告して、僕が決定事項を理解するのを待つ。木の下のベンチの時みたいに！」

「木の下のベンチはあなたのアイデアよ、ベン。私はそれを実行に移しただけじゃない！」

「あれはただの提案だった！　今だってそうじゃないか。今も、ボリンジャーに会いにいくという決定事項を一方的に告げて、僕の気持ちを聞こうともしない。この前の面会の時だってそうだ。ロボットたちに会わせると、その場で勝手に同意した！」

「それは違うわ！」

「違わないよ！」僕は怒鳴った。「僕に相談もせず、ボリンジャーの前で勝手に決めた。夫婦ふたりの意見であるかのように。そうしておいて、あとから理詰めで僕を説得して自分の意見を押しとおした」

「私は……」

エイミーは反論しかけたが、僕はその隙を与えなかった。

「僕に自分の考えを述べる機会さえくれなかった！　君が口を開いた瞬間から、僕なんかが意見を言うだけ無駄だった。なぜなら、どうすべきかは君が一番よくわかっているから。そうだろう？　大失態を犯すのも、〝正しい〟考え方に導いてもらないとならないのも、いつも僕だ！　正しいのはいつも君、最善の道を心得ているのもいつも君で、僕は――」

「これであなたも私の気持ちがわかったでしょ！」

エイミーが甲高く叫んだ。

「男の人が私の話を遮ったり、そもそも発言の機会さえくれなかったりするたびに一ポンドもらえてたなら、私のアイデアを検討もせずにばっさり切り捨てたり、思いつく限りの反論をこれでもかと並べて、もはや批判すべき点が考えつかなくなってから、ようやくしぶしぶと私の意見を受け入れたりするたびに……そんなことがあるたびに一ポンドもらえてたなら、私は今頃億万長者よ。そのお金をボニーのために積み立てて、あの子がそんなくだらないものと闘わなくても生きていけるようにしてるわ！」

エイミーの叫びは、頬を叩かれるよりも痛かった。心が痛かった。エイミーの非難が間接的に僕に向けられたことへの憤りと、彼女がこんな気持ちを抱えていたことへの悲しみが入り混じり、耳鳴りがするほどだった。エイミーの気持ちに気づいていなかった自分にも悲しくなった。

「ちょっと出てくる」

僕は静かに言った。

「どこに？」

やはり静かにエイミーが尋ねた。腕組みをし、顎にも力が入っていたが、攻撃的な表情には見えなかった。泣くのをこらえているのだと気づいた。過去にも目にしてきた表情だった。エイミーはこれまでの人生でいったい何度、憤りや悲しみの中で泣きたくなるのを、歯を食いしばって耐えてきたのだろう。

考える時間が必要だった。外に出て、頭の中のこんがらがった思いを整理したい。これ以上言い争っても意味はない。少なくとも、今は。

「わからない……とにかく外だ！」

とっさにそう決めた。ブライオニーが留守なのは、デイブに会うことになったとのメッセージをもらって知っていたので、前みたいに怒りに任せて姉の家までずんずんと歩いていって感情を吐き出すことはできない。それに、この数週間はいろんなことがありすぎた。口論、混乱、心配。そのすべてに僕は疲れ果て、姉の家まで行く気力もなかった。ただ、家の中にはいたくない。外はまだ少し寒いが、身動きの取れない閉塞感から逃れて新鮮な空気を吸いたかった。タングは庭に座って馬を眺めながら心を整えることがある。そして、今や庭にはベンチもある。ここはひとつタングにならって馬を眺めてみよう。

誰かに名前を呼ばれた。声のした方にちらりと目を向けたら、ジャスミンが僕の傍らに浮いていた。僕は視線を馬たちに戻した。

「あなたとエイミーが言い争っているのが聞こえました。大丈夫ですか？」

ジャスミンの声のトーンはいつもと変わらず落ち着いていたが、そこにはわずかながら、こちらがどう答えようかと慎重にならざるを得ない抑揚もあった。いや、それは僕の勝手な想像かもしれない。何にせよ、ジャスミンと向き合う心の準備はできていなかった。目を合わせるのを避けるように顔をさすりながら、僕は答えた。

「僕たちのことは君もよく知ってるだろう。大丈夫。最後は必ず仲直りするから」

ジャスミンは一瞬間を置き、静かに言った。

「そうですね」

気まずい沈黙が流れた。僕たちは同時に口を開いた。

「ベン、あの――」

「ジャスミン、僕は――」

「君から先にどうぞ」と、僕は促した。

ジャスミンがありがとうというように体を宙で上下させた。

「ずっと謝りたかったんです。昔のことを。東京でのことですけれど。たくさん困らせて迷惑をかけてしまって、ごめんなさい」

それを聞いて胸のつかえが下りた。僕はふうっと大きく息を吐き出した。

「私はボリンジャーに送り込まれてここに来ました。そんな私にあなたは優しかった。いえ、皆さん優しかったのに、私はそれまで読んできた小説に影響されすぎて、思い込んでしまったのだと思います。本当は……ないはずの気持ちを感じているのだと」

「そうなのか？」

「あれから私もそれなりに恋愛経験を重ねて、自分の心のうちも前よりはわかっているつもりです。自分の気持ちを」

「恋愛をしてきたんだ」

「はい、してきました」

ジャスミンの赤い光が泳ぐ。僕は苦笑いを浮かべた。

「照れくさいんだろう、ジャスミン」

赤い光がうつむくように地面に落ちた。

「そうですね、少し照れくさいです。誰かとそれの……彼らの話をすることは基本的にないので。自分の恋愛については。それはそうと、ベンは何を言おうとしていたのですか？」

僕は馬の方に顔を戻した。さっきより気持ちが楽になっていた。

「昔のことは気にしなくていいよと言おうとしてた。過ぎたことは全部水に流そうってね、ジャスミン」

ジャスミンの赤い光の動きがふと止まった。

「要は、時がすべてを癒やしてくれるってことだ。耳慣れない表現だったのだろう。僕たち家族に君へのわだかまりはないから大丈夫。心配しなくていいよ。まあ、タングは大丈夫じゃないけど、その原因は君とはまったく関係のないことだから」

「安心しました。あなたがそう思ってくれていることに、という意味です。タングとも実は前に話したんです……タングも、私に対していやな感情は残ってないから大丈夫だと言ってくれました。今は学校に好きな子がいるそうです」

「あいつ、君にそんなことまで話したのか？」

うなずくかわりに、ジャスミンは赤い光を上下させた。

「はい。こうも言っていました。今、自分の人生で何よりつらいのは、他の友達みたいになれないことだって」

僕はうなずいた。ふいに喉が詰まったようになり、その感覚を打ち消そうと咳払いをした。

「タングが目覚めた時、やはり同じ気持ちでいるのかな？　それとも自分の選択を悔やむかな?」僕は曖昧に手を振った。「何かを願う前によくよく考えるべきだったとかさ。タングが目覚めればの話だけど」

「目覚めます。大丈夫です」

少しの間を置いて、僕は尋ねた。

「どうして話してくれなかったんだ?」

「カトウのことですか? 私から話せるはずがありません。仮に話したかったとしても、無理です。カトウのチームの人全員が、あなたたち一家のように、何というか……寛大なわけではありません。あなたは自分たちがいかに寛容かを忘れがちです。私が何かしゃべってしまっても、カトウは私を守ってくれたでしょう。でも、彼にそんなことはさせたくありませんでしたし、カトウは私の上司です。私にもカトウを守る責任があります」

「〝仮に話したかったとしても〟というのはどういう意味だ?」

「簡単に知ることのできる類いの情報ではないということです」

僕はうなずいた。

「エイミーも同じようなことを言ってた」

ジャスミンはその場で体を上下させ、相槌を打つように赤い光をうなずかせたが、返事はしなかった。

「あいつが恋しいよ」

数分後、僕はそう言った。

「カトウですか？」

「タングだ」

「お気持ちはわかります」

「あいつがいないと、ひとりぼっちみたいな気分になる。今までは何か悪いことがあっても、タングが……そこにいてくれた。あいつのせいでむかっ腹が立つことや気が変になりそうになることもあるけど、あいつはいつもただそこに、うまく言えないけど、あいつ、いい、いつのままで存在してくれた。僕にその時必要な言葉もわかってた。たぶんね。昔、泣いている僕を見てタングが何て言ったか、話したことあったかな？」

「いいえ」

「あれはタングと出会ってまだ日の浅い頃、世界を旅してまわって、帰宅した直後のことでさ。僕は両親のことを考えて、まあ、泣いてたんだ。そうしたら、タングが心配してくれて。僕が〝お漏らししちゃったな〟と言ったら、あいつはこう言ったんだ。〝ベン、お漏らししてない、ベン、治癒してるんだよ〟って。そのとおりだった。僕の心は立ち直ろうとしていた」

僕は両手のひらのつけ根で目をこすった。ジャスミンは何も言わず、僕がつらつらと思い出話をするのを遮らずに聞いてくれた。

「さてと」僕は意識的に明るい声を出した。「君の恋愛話を聞かせてくれよ」

ジャスミンは笑ったが、彼女が話を始める前にフランス窓が開く音がして、誰かが庭のデッキに出てきた。

「ベン？」

二十三 後悔

　カトウだった。スマートフォンを掲げながらこちらに近づいてくる。ジャスミンと僕を見て、咳払いをした。

「邪魔をして申し訳ないが、新たな動きがあった。ジャスミン、君にも関わることだ」

　そう言うと、カトウは大げさなまでに間を置いた。僕は歯軋りしそうになるのをこらえた。

「ボリンジャーが連絡してきた」

「あいつから電話があったのか？」僕は顔をしかめた。

「いや、直接ではなく刑務所を通して連絡があった。ケイト・ホール博士という人物が電話してきたんだ。ボリンジャーが、早くタングとジャスミンを連れて面会にこなければ、先日の取引はなかったことにすると言っているそうだ」

　僕はジャスミンと顔を見合わせた。

「タングが眠っていることは博士に伝えたのか？」

「ああ」

「だったら、ボリンジャーには待ってもらうしかないだろう」

「そこなんだ。ボリンジャーはタングを眠った状態のまま連れてくるよう提案している。自分が……状態を見てみると。何か助けになれるかもしれないと言っている」

僕はカトウから顔をそむけて馬の方を見た。

「カトウ、悪い冗談はやめてくれ」

沈黙が流れ、やがて背後でジャスミンが「失礼します」と家の中に戻っていった。

「何もジャスミンを追い返すことはないのに。彼女にも関わることだと言ってたじゃないか」

「ジャスミンには、他の皆に状況を説明するように頼んだんだ」

カトウがぴしゃりと言った。そのきつい口調にむっとして、僕はカトウを見上げた。

彼は柳の木の下のベンチを指差した。

「座ってもいいか？」

「ここは自由の国だから」

僕はぶっきらぼうに答えた。一連の問題が僕を大人から聞き分けのない子どもに変えていた。そんな自分に嫌気がさした。カトウはため息とともにベンチに座った。

「君はどうするつもりなんだ？」と、僕に問いかける。

「何を？」

「決まってるじゃないか、タングのことだよ」

「眠っているタングをボリンジャーの元に連れていくことは絶対にしない」

「どうして？」

「第一にタングの同意を得られないからだよ！　何度も言ってるじゃないか。タング自身の意思で面会するのだと百パーセント得心がいかない限り、あいつを連れていく気はない。目覚めた瞬間にあの男が自分を見下ろしていたらタングがどんな気持ちになるか、考えたことがあるか？　それがタングの精神状態にどんな影響を及ぼすかを」

「他に選択肢があるなら待てばいい。でも、ないんだ！　僕はタングの状態を見た。リジーも見た。ジャスミンやフランキーも見て、ミセス・カッカーも見て、ボニーさえもが見た！　唯一見ていないのは僕の息子で、それはトモが、両親と同じものに興味があるように思われるのを嫌がるからだ。これだけの人が見ても、誰もタングを目覚めさせる方法がわからない。それが現実なんだ！」

たしかにそうだ。それでもなお、僕はカトウの求めに応じたくなかった。

「これもタングを連れてこさせるためのボリンジャーの罠ではないと言い切れるか？

あの男はずっとタングに会いたがっていた。僕からすれば、タングを目覚めさせる方法がわからないという君の言葉も、僕を心変わりさせるための手っ取り早い言い訳にしか聞こえない！」

カトウはぱっと立ち上がり、両腕を広げて僕を睨んだ。

「長年友人として過ごしてきたのに、ベンはそんなふうに思うのか？　それが君の考えなのか？　よくそんなひどいことが言えるな」

「否定しないんだな」

「否定するよ、当たり前じゃないか！」カトウが叫んだ。「だが、仮にそれが事実だったとしても、それでどうなる？　何か違いが生まれるか？　僕たちの選択肢は変わるか？　タングをボリンジャーの元に連れていくことが唯一残された道である事実に変わりはないんじゃないのか？」

僕も立ち上がって叫び返した。

「実質的な違いはないかもしれない！　それでも、少なくとも僕に対する嘘がまたひとつ増えることは避けられる！　〝長年友人として過ごしてきたのに〞と言うけど、その間、果たしてどれだけの時間を僕は本当に君のことをわかっていたんだ？　今の僕は君に初めて会ったような気分だ！」

「時々、出会わなければよかったと思うよ！」カトウが憤った。「映画の台詞にあったよな。〝世界にカラオケバーは山ほどあるのに、なぜ俺のところにやってきた〟とか何とか」

　互いに怒りをぶちまけたら、憤怒の炎は燃え尽きた。僕は顔をそむけて木の下のベンチに座り直した。

「それを言うなら酒場だ」

　つまらない揚げ足取りだった。カトウがそれに論点がずれていると、すぐに気づいた。僕が反応すべきはそこではない。カトウが寄越した冷ややかな視線がそれを物語っていた。

「あの時、タングを治せる人間を求めて日本に来た君は、僕の居場所さえ知らなかった！」

　カトウは僕の隣にドスンと座ると、両手に額を埋めた。

「僕の行きつけのカラオケバーで奇跡的に会えたからよかったものの、あのまま何日か東京をさまよい歩いただけで帰国していてもおかしくなかった。そうだったとしたら……」

「そうだったとしたら、僕は自分のことしか考えられない幼稚な人間のままだったよ！　タングもとっくの昔に廃棄物集積場のスクラップの山に捨てられて、家族の一員にはなってなかった……そもそもタングがいなければ、僕はきっと家族を持てなかった。エイミーを失い、ひとりうずくまったまま、娘に会うこともできなかった。それがどうだ。タングのおかげでどれほどの人の人生が変わったか。あいつがどれだけのことを成し遂げてきたか！　ロボットで初めて学校に通い――」

カトウが声を上げて鋭く笑った。

「ベンはわかってない。君も君の家族も。何もわかってない！　君はただタングの安全を守り、普通に暮らせばいいだけだった。それなのに、君たちは他人のことに首を突っ込まずにはいられない。前例のないことのために闘わずにはいられない。君たち家族のおかげで、こっちはどれほど奔走してきたことか。つねに君たちを守ろうとしてきた。メディアの注目を引かないようにしてきた！」

僕は言葉に詰まってしまった。僕はずっと、自分たちは当たり前の暮らしをしているだけだと思ってきた。何かが起きるたびに、自分たちは期せずして巻き込まれたのだと思ってきた。改めて思い返すと、ずいぶんといろいろなことが僕たち家族に降りかかってきた。

「こう言っちゃなんだけど、君が僕たちを守ろうとしてくれていたわりには、何度も災難やトラブルに見舞われて大変な思いをした」

カトウがむっとした顔で僕を見た。そして、もう一度鋭く、だがさっきよりは静かに笑った。

「この数年、どれだけのことが防がれてきたかを、君は知らない」

これには何も言えなかった。僕はため息をつき、髪をかきむしった。

「君だったのか？　ソニアの入院費を払ったのは？　君の……組織の人っていうか」

僕は周囲を示すように片手を振った。カトウの組織がどう機能していて、何と呼べばいいのか、僕はいまだによくわからなかった。

「それは言えない」

僕はもう一度ため息をついた。

「だろうな」

短い沈黙が流れた。

「初めて会った時、君は講師をしていると言っていた」

「そうだな。実際、講師だった。他にコンサルティングもやっているという話もしたと思う。それも事実だし……今やっていることも一種のコンサルティングだと思う。以前から、ボリンジャー事案を担当する当局から頻繁に相談を受けていたんだ。今のようにね。ボリンジャーについては僕も責任を感じていた。彼のしたことに。だから、当局にはこれまでも助言をしてきた。助言と、僕が知る限りの情報を提供してきた。そうするうちに、当局からもっと……正規に継続的な支援を頼みたいと打診されてね。引き受けるべきだと思った。ただ、〝そういうわけで極秘任務に従事することになったよ〟と君に電話して伝えるわけにはいかないだろう？　話してしまったら極秘にならない」

さっきまでむきになって反論していたカトウの口調が和らぎ、歩み寄ろうとする姿勢が見えた。

「ひとつ伝えられるとすれば、例の交通事故が一連の出来事と関わりがあるなら、本当に申し訳ないということだ。我々としては君たち全員から目を離さないようにしていたつもりだが、注意が行き届かなかった。ミセス・カッカーの私立病院への転院は、当局にとって都合がよかったとだけ言っておこう。関わる人の数が少なくなるから」

僕はうなずき、もう一度頭をかいた。

「僕は、自分たちは普通の暮らしをしていると思ってきた。特別であろうとしたことはない。与えられた状況の中で精一杯生きてきただけだ」

カトウはかぶりを振って立ち上がると、腰に両手を当てて行ったり来たりし始めた。

「君は出会う人を皆、自分の人生に引き入れてしまう」

僕はむっとして言い返した。

「友情ってのはそういうものなんだよ、カトウ。君がそれをわかってないとしても、それは僕たちのせいじゃない！」

カトウが足を止めた。一瞬、そのまま家の中に戻るかと思ったが、カトウはもう一度僕の隣に腰かけた。

「ごめん。すべてが君の判断だけで決まるなら、きっと君たちの日常はもっと……刺激の少ないものになるのだろう。だが、君の奥さんは……彼女はつねに闘わなければ気がすまない。何かのために声を上げずにはいられない。何事もけっして見過ごさない」

僕に対する遠回しな侮辱なら聞き流せる。だが、エイミーを非難されるのは我慢ならなかった。

「エイミーは弁護士だ、そうするのが彼女の仕事なんだ！」

「仕事の時に限らない」

「そりゃそうだよ！　エイミーのその気質が彼女を弁護士たらしめてるんだ。どうしてそれがわからない？　どうして彼女の闘う姿勢を責められる？　君はもっとエイミーに敬意を払うべきだ。みんな、もっと彼女に敬意を払うべきなんだ！」

「僕がなぜ、エイミーに一緒に仕事をすることを提案したと思う？」カトウの口調が鋭くなった。「僕には先の展開が見えていた。エイミーにはこちら側についていてもらう必要があった。守秘義務を課した契約があれば、エイミーが秘密を守るとわかっていたからだ！　そういう縛りがなければ、エイミーはいずれあれこれ嗅ぎ回り、君たちは厄介な状況に陥っていただろう。エイミーのことはもちろん尊敬している。それでも、頭痛の種なのも事実だ！」

それは否定できなかった。実際、エイミーは多くの人にとって頭痛の種だったし、彼女のそんな面倒なところも僕は大好きだった。

ふと気づくと、エイミーへの怒りは消えていた。

カトウとの会話で僕たちの関係が修復されたかといえば微妙だったし、そもそも修復可能なのかどうかもわからない。カトウの説明が彼に対する僕の信頼を取り戻すに足るものだったかは、時間がたってみなければ判断できない。それでも、エイミーを許すには十分だった。許すまでもない。彼女には弁解すべきことも許しを請うべきこともない。エイミーはただ、自分の仕事をしてきただけだ。いや、〝ただ〟ではない。僕に黙っていなくてはならない情報のせいで、いつか僕たちの信頼関係や絆が崩れてしまうかもしれないと知りながら、自分の仕事を全うしてきた。そのストレスは想像を絶する。

カトウとの口論は、再び鳴り出した彼のスマートフォンによって唐突に中断された。僕は救われた気分だった。僕は家の中に戻り、カトウは庭に残って電話に出た。僕は階段を上りながらエイミーの名を呼んだ。

エイミーがボニーの部屋から出てきた。寝る支度をしている最中の部屋からは、リジーやトモやフランキーの声も聞こえていた。エイミーは心配そうな、疲れた顔をしていた。僕のせいだと申し訳なくなった。

「どうしたの？」

問いかけるエイミーに近づき、抱き寄せた。

「ごめん。本当にごめん……ひどい態度を取ってきて。ちゃんとわかってるからって伝えたくて。少なくとも今は理解してる。あれだけの秘密を、君はひとりで抱えてこなければならなかった。僕に黙っているのは本当につらかったよな。今まで何もしてあげられなくてごめん」

エイミーの体から力が抜けるのを感じた。僕のシャツを握りしめ、僕の胸の中ですすり泣きながら、長年ひとりで耐えてきた緊張を解いていく。

ボニーの部屋のドア越しに、フランキーが顔をのぞかせた。僕を見上げ、胸元のモニターにはてなマークを表示する。僕が大丈夫だと親指を立ててみせると、フランキーはうなずいて部屋に引っ込んだ。

夫婦の絆を取り戻す、つかの間のかけがえのない時間だった。やがて僕たちは抱擁を解いた。エイミーがボニーにおやすみを言ってくると言うので、僕もついていった。そして、ついでにタングの様子も見てくると告げた。

タングのことはジャスミンがほぼつきっきりで見ていたが、僕も頻繁にタングの部屋に足を運んでいた。自分の目で状態を確かめたかった。だが、いつ行ってもジャスミンの報告どおりだった。変化なし。

今日は、部屋に入ると横たわるタングの隣に腰かけた。手を取ろうとしかけたものの、そんなことをして大丈夫なのか、自信がなかった。触れられた感覚の強烈さがタングに悪影響を及ぼすことはないのか。今の僕は何もかもがわからなくなっていた。

結局、タングと頭を並べるようにして床に横になり、丸くなった。踊り場の照明の光が部屋に差し込み、タングの顔を照らしていた。ふと、ジャスミンの報告のとおりだと気づいた。うっすらと開いたタングの瞼の隙間から、目玉が動いているのがかすかに見える。夢でも見ているかのようだ。僕はタングの体に腕を回し、抱きしめた。

床板がきしみ、廊下からの光が遮られた。顔だけ後ろに振り向けると、部屋の入口にカトウが立っていた。僕は前に向き直り、タングの布団に顔を埋めた。

「相談できる人物がひとりいる」と、カトウが言った。「ただひとり、何が起きているのか、なぜ起きているのかを解き明かせるかもしれない人物、タングを目覚めさせる方法を尋ねるのに最適と思われる人物」

「だめだ」僕は布団に顔を埋めたままつぶやいた。「絶対にだめだ」

「君が彼を好きになれないのは当然だ……」

僕は布団から顔を上げ、それはあまりに控えめな表現だと、悪態のひとつやふたつとともに指摘しようとした。だが、カトウがそれを遮った。

「……だが、会うと言っても刑務所で面会するだけだ。相手は収容中で、こちらに手出しはできない。安全は確保されている。君もその目であの場所を見ただろう。どのようなセキュリティーが敷かれているかも」

「eスキンを装着する時も、君はタングが危険にさらされることはない、安全だと言っていた。だが、実際はどうだ。我が家の眠り王子が目覚める気配はどこにもない」

「そのとおりだ。だから、世界を救うためという理由ではボリンジャーと会う気にならないなら、せめてタングのために会ってくれないか？」

それはずるい一撃で、カトウもそのことを承知していた。古くからの親しい友人の厄介なところは、相手のどこを突けば効果的かを心得ていることだ。相手を怒らせたり乗せたりするツボを知っている。時には意図せずそのツボを刺激してしまう場合もあるだろう。公平を期して言うなら、カトウの顔には一瞬後悔の色が浮かんでいた。今のは完全に度を越えたひと言だったと、互いに思っていた。だが、カトウは引き下がらず、発言も撤回しなかった。

翌朝、眠ったままのタングの重たい体を抱き上げて車に乗せるのに、想像以上に苦労した。四人がかりでタングを一階に下ろし、カトウのSUVのシートの半分を平らに倒して車の後部に横たえた。だが、本当に大変だったのはそこから先だ。

まず、隣の家から出てきたミスター・パークスとソニアに、いったい何の騒ぎかと咎められ、残された道はこれしかないのだと説得しなければならなかった。ボニーも黙っているはずはなく、おおいに不満げだった。カトウがタングにeスキンを装着するなら、それは我が家でやるべきだと、やっとのことで皆を説得したのに、今になって皆が自分を裏切り、自分の知的財産を家から持ち出そうとしている。それも、知的財産を装着された本人に何の断りもなく。ボニーは、法律家として味方してくれると期待していたエイミーにとりわけ腹を立てた。そんなボニーにカトウは、そもそもeスキンはボニーの知的財産ではなく、ボニーが納得しようがしまいがタングを連れ出すしかないのだと告げた。ボニーは方針を変え、それならば自分も同行していいかと尋ねた。その場にいた全員が〝だめだ！〟〝だめよ！〟と大声で反対した。案の定、ボニーはパニック状態に陥り、フランキーが私道に立つボニーの周りを円を描くように回る羽目になった。

エイミーの心が千々に乱れているのは、その顔をひと目見ればわかった。エイミーには刑務所に赴く権利も厄介な状況を切り抜けるためのスキルもある。だが、動揺する我が子に背中を向けて立ち去る、もとい、車で走り去るのは忍びなく、胸が締めつけられる。僕も同じ気持ちだった。もっとも、僕にはエイミーのようなスキルはない。それ僕にあるのは〝すべては君次第だ〟というボリンジャーからのプレッシャーだ。それがゆえに僕が家に残ることは許されなかったが、そのことを抜きにしてもタングにつき添わないという選択は僕にはあり得なかった。

リジーが、自分が子どもたちやフランキーと一緒に残ると申し出てくれた。リジーなら、ミスター・パークスやソニアに事情を説明し、僕たちの決断への理解を得ることもできるだろう。それができなければ、リジーは相当ストレスのたまる一日を過ごすことになる。車に乗り込もうとしたエイミーをリジーが引きとめ、ぎゅっと抱きしめると、周りには聞き取れないほどの小声で何かをささやいた。エイミーはうなずき、車に乗り込んだ。今の僕にはリジーの思いやりや配慮がことさら身にしみ、ぐっときてしまった。

ボニーのことは、もうさほど心配していなかった。パニック状態に陥ったあとは、たいてい深く眠るから、今日もきっと同じだろう。運がよければ、ボニーが目を覚ます前に帰宅できるかもしれない。その時はタングも一緒に帰れているだろう。ボリンジャーの協力も得られ、カトウと当局の者たちは一連の問題の背後にいる人物を突き止め、一件落着となるかもしれない。それが最良のシナリオで、走り出した車の中で、僕は最良の結末が待っていることをひたすら祈った。

僕は、後部座席で唯一倒していないシートに座っていた。タングは隣で毛布の上に横たわっている。車は刑務所へとひた走った。ジャスミンは車の最後部で浮いていた。

いや、追いやられているといった方が近い。何にせよ、快適そうには見えなかった。

途中で、助手席のエイミーが震えるような大きなため息を漏らした。ずっと声を殺して泣いていたのだろう。僕は身を乗り出してエイミーの肩に片手を載せた。エイミーがその手を握る。片手をタングに添え、もう一方の手を伸ばしてエイミーの肩に載せる格好になった僕の体勢も、快適とは言えなかった。だが、このあと待ち受けている時間は、今よりはるかに不快で気詰まりなものになるに違いない。

刑務所の駐車場に車をとめる。タングを運び出す前に、到着を告げることにした。エイミーがタングとともに車内に残り、カトウとジャスミンと僕とで受付に向かった。今日、受付カウンターの向こうにいたのは、中年まではいかない、彫りが深く目鼻立ちのはっきりとした白衣姿の女性だった。見覚えがあるような気がするのは、雑誌に出てくる似通った顔のモデルたちに通じるものがあるからだろう。

「ああ！」と、女性が言った。「ミスター・チェンバーズ、ミスター・カトウ。お待ちしておりました」

先方が待っていたのは当然だ。事前に面会を申し入れていたのだし、周囲に他に面会者はいない。それでも、こちらが名乗るまでもなく、女性が僕たちを認識した事実に胸が騒いだ。女性がカウンターの前に出てきて、ほっそりとした冷たい手を差し出した。

「ケイト・ホールと申します」

僕たちは握手を交わした。

「会ってお話しするのはおそらく初めてですね。私は基本的には夜勤なので」

最後に握手を交わした僕は、ふと既視感に見舞われた。ボリンジャーと今一度対峙する時が迫り、緊張で胃が締めつけられているせいかもしれない。もしくはこの場所の匂いのせいか。金属と除菌シートの匂いは、どこか病院に通じるものがあった。唐突に感じた既視感は、こういうものの常で一瞬にして消え、僕の心は再び不安感に支配された。

ホール博士がカウンターに置かれていたクリップボードを手に取った。一枚目の書類をめくり、二枚目にすばやく目を通すと、うなずいてクリップボードをカウンターに戻す。僕たちを見て、周囲を気にした。

「連れていらっしゃるロボットは二体だとうかがっているのですが」

博士はそう言ってジャスミンを一瞥した。

「ああ、そのことなんですが」僕は切り出した。「実は少々問題がありまして」

二十四　決着

家を出る際に手伝ってくれたリジーにかわって、今回はホール博士に手を貸してもらい、タングを建物内に運び入れた。受付には、前回と同じアンドロイドがいたのを除けば、他に誰もいなかった。今回も荷物をロッカーに預けるように指示されたが、ずっしりと重いタングを抱えたままでは至難の業だ。結局、コンクリートの床にいったんタングを下ろした。手足を広げて横たわる姿が不憫で、僕は、タングはまだ指先にしか触覚がないのだから、床に横たえられた不快感はあくまで僕が想像しているだけで、本人は何も感じていないのだと自分に言い聞かせなければならなかった。そうであってほしい。

規定に従い荷物を預けると、僕たちはもう一度タングを持ち上げ、ボリンジャーの〝独房〟へと運んだ。先導役のアンドロイドがエアロック室の扉を開け、僕たちを中へ通す。

その後の出来事がどんな順番で展開したかは、記憶が少し曖昧だ。いくつものことが同時に起き、僕はそのすべてを目撃したものの、それらが意味するところを理解するのに少し時間がかかった。

まず目に入ったのはボリンジャーだった。籐の椅子に座り、ひとりチェスに興じていたが、僕たちの姿を認めると立ち上がってほほ笑んだ。その顔を見たら、もう一度殴ってやりたいという強い衝動が突き上げてきた。タングを抱えていて手が塞がっていたのは幸いだった。だが、タングの状態を見るなり、ボリンジャーの顔から笑みが消えた。

「ジェイムズ！」

悲痛な叫びとともにこちらに近づいてくる。

その時だった。タングの頭を支えていたエイミーに名前を呼ばれてふと見たら、タングがはっとした様子で両目を開けていた。頭も動き始め、「どうなってるの!?」と叫ぶ。僕たちはタングを床に下ろし、まっすぐに立たせた。僕は思わずタングの手を取った。タングが目を覚ました喜びがあまりに大きく、指先から受ける刺激がタングには強すぎるかもしれないということにまで気が回らなかった。僕はタングをローテーブルに座らせて状態を確かめ、同じく確かめようとするボリンジャーのことは押し返した。ボリンジャーは籐の椅子に座り直したが、ふいに口をぽかんと開け、少し離れた一点を見つめた。幽霊でも見たかのような顔だ。

エイミーとカトウとホール博士は、タングを抱える役目から解放され、扇形に広がるようにして互いに少し距離を取って立っていた。ボリンジャーの視線の先にいたのはホール博士だった。

「まさか……」と、ボリンジャーが口を開く。「来てくれたのか！　おまえだとわかってたんだ。そうか、来てくれたのか！」

ボリンジャーが大股で博士に近づき、抱きしめる。博士はそんなボリンジャーの背中をぽんぽんと優しく叩いた。僕とエイミーとカトウは顔を見合わせた。これはいったいどういうことだ？

「座って、お父さん」

博士が言った。

その時になって、僕は気づいた。前回の面会で僕たちに協力できないと言った時のボリンジャーの表情。あれはプライドだった。一連の出来事の裏に誰がいるか、ボリンジャーは気づいていた。答えを導き出していた。だが、実の娘を当局に売るような真似をよしとはしなかった。共感したくはないが、その気持ちは僕にもよくわかる。

ボリンジャーはホール博士に促されるままに椅子に座り直した。その隣に座る僕のそばで、タングは首を横に振り続けている。

「ベン、何で僕を連れてきちゃったんだよ！」

僕はタングの手を握った。

「わかってる、わかってるよ。ごめんな。連れてきたくはなかった。だけど、おまえを目覚めさせるには、もうこの方法しかなかったんだ。僕は……」

「違う、僕のことはどうでもいいんだ！　僕のためを思って連れてきたことはわかってる」

「じゃあ、何が問題なんだ？」

「安全じゃないからだよ！　僕がただ眠っていたとでも思ってるの？　僕はジュリエットのコードに抵抗してたんだよ！」

「何のコードだって？」

「僕を強制的にボリンジャーの元に行かせようとして書かれたコードだよ。邪魔するやつは力ずくで排除するように設計されてた。でも、結局はベンに連れてこられちゃった！　あと数時間待ってくれてたら、僕は目を覚まして、今まで何をしてたかを説明して、これからどうすべきか、みんなで考えられたのに。それなのに、みんなしてここに来ちゃった！」

「ジュリエットって誰のことだ？」

僕が尋ねたら、背後でホール博士が咳払いをした。

「私よ」

タングがぱっと博士の方を振り向いた。瞼が吊り上がっている。

「もう少しだったのに！」タングは嘆くように叫んだ。「あと少し時間をくれたら、コードを破れたのに！」

「そうよね、かわいいロボットさん」ホール博士……ジュリエットが言った。「きっと破れたわよね。さてと、いったん座って現状を整理しましょうか」

立って手をもみ合わせていたエイミーが、僕の隣に座って僕の手を握った。カトウもジュリエットの提案に従い、僕たちの向かいに座った。ジャスミンはカトウの傍らに浮いている。

ジュリエットがタングの頭を優しく叩く。タングは彼女を睨んだ。

ジュリエットが語り始めた。

「皆が確実に一同に会するように、何重にもフェイルセーフを組み込んでおいたけれど、全然必要なかったわね。ロボットが人間みたいに眠る必要があったのは、正直想定外だったけど。カトウ、あなたが私からのささやかな贈り物をタングに装着してくれたら、タングはすぐにここに来るものと思ってた。まあ、でも最終的には皆さん、こうして集まってくれた。すばらしいわ」

カトウの顔に、イギリスに来て以来、幾度となく見せてきた表情が浮かんだ。いや、今回の訪問に限らず、この数年の間にも見せてきた表情だ。その両肩に世界の重荷を背負っている男の顔だった。重荷のすべてとは言わないまでも、相当な重責を担ってきたはずだ。長年、カトウは我々家族に対する責任を負ってきた。カトウ自身が起こしたわけではない事件に関わりがあったがために、巡り巡ってその償いをする羽目になり、そこから逃れられなかった。カトウに対する強い怒りは今も消えてはいなかったが、心の奥ではカトウを気の毒に思う気持ちもわずかながらに感じていた。

部屋にいるひとりひとりを見回しながら、僕は点と点をつなぎ合わせていった。最後にボリンジャーの娘を見た。すべてがあきらかになった今、彼女が娘であることは疑いようがなかった。

「ジュリエット？」と、僕は言った。「あなたはジュリエットというのか？」

「シェイクスピアの台詞をもじるつもりなら、結構よ。今までさんざん……」

「そうじゃない」

僕はジュリエットの言葉を遮ると、ボリンジャーに向き直った。

「ジュリエット……ジェイムズ……ジャスミン……Jで始まる名前にこだわったのは娘への思いからか？」

ボリンジャーはしばらく僕の目をまっすぐに見つめると、言った。

「私は怪物かもしれないがね、我が子と生き別れるつらさも味わってきた。それが自業自得だとしても」

ジュリエットが父の方を見た。その顎に力が入ったのを、僕は見逃さなかった。

「その話はあとにしましょう、お父さん。ぐずぐずしている時間はないわ。荷物をまとめて」

ボリンジャーは立ち上がると、室内をせわしなく動き回り、何かを手に取ってはまた置くことを繰り返した。遅くとも前回の僕たちの訪問以降は、一連の問題の背後にいる人物に気づいていたはずのボリンジャーだが、こんなふうに気もそぞろになっているところを見ると、独房から出られるとは予想もしていなかったようだ。

「わからないな」僕は言った。

「何が？」

「今日僕たちが到着した時には、あなたはすでにここにいた。父親の居場所を知っていたなら、僕たちがこの場にいる必要はなかったんじゃないのか？」

「アンドロイドは、私に父の居室へのアクセス権があるとは認識しない。だからカトウに来てもらう必要があった」

「だけど、カトウなら以前にもボリンジャーと面会している」

「そうね。でも、そこにあなたはいなかった」

「いたよ。前回は一緒に来た」

「ああ、でも、あの時はロボットたちは連れてこなかったでしょう。あれには参ったわ。ひたすら成り行きを見守るしかないんだもの。何年も機会をうかがってきたのだから、いい加減待つのにも慣れっこになっただろうと思うかもしれないけど、ようやくすべてが動き出したのよ。わずかな遅延にも気がおかしくなりそうだった」

「それは申し訳ないことをした」僕は精一杯の皮肉を込めてそう言った。

「アンドロイドはどうして僕たちに警告しなかったんだろう？」カトウがいぶかった。

「そのようにプログラムされているはずな――」

「ええ、ええ、そうね。だけど、部分的な改ざんなら可能だったから」

「アンドロイドからは改ざん防止機能が備わっていると聞いていたんだが」

「厳密にはそうは言ってなかったわ」と、エイミーが指摘した。「あのアンドロイドは、ボリンジャーはアンドロイドに接触できないから、プログラムを書き換えることはできないと言ったの」

「君の今日の結果報告を受けて、当局が検証しなきゃならないエラーがまたひとつ増えたな、カトウ」

意地悪な意図はなかった。カトウが苦悩しているのは見ればわかる。僕はジュリエットに向き直った。

「あなたのやったことは、一歩間違えば世界全体を機能停止に陥らせかねないことなんだぞ!」

「大げさよ」と、ジュリエットが応じた。「たしかにそうすることもできたけど、そんなことを望んでいたわけじゃない。権力を得るためにやったことはひとつもない。私はただ、父を見つけ出したかった。しかるべきタイミングでシステム障害を起こしていけば、いずれ事態は動き出すという確信があった。あなたたちを見つけること自体は簡単だったわ。特にあなたは、一時期、ロボットを作った人物を探し当てようと躍起になって世界を飛び歩いていたから。あなたのそういう行動が大きな手がかりを残してくれた。これだけの時間が経過した今でもね。それ以降も、あなたは何かと目立つことばかりしていた。学校に通う初めてのロボット、裁判、娘のロボティックコンテスト優勝……」

「正確にはSTEMコンテストだけどな。それに娘は二位だった」

「だとしても、すばらしいことだわ」

ジュリエットの口調を聞く限り、本心からの賛辞に思えた。

「時には二位の方がいいこともあるし」

「話が脱線してる」と、エイミーが言った。「最近身の回りで起きていたさまざまな不具合は、全部あなたの仕業ってこと?」

ジュリエットはすぐには答えず、慎重に考えを巡らせているようだった。

「ざっくり言えば、そうね」

「私のジムの会員カードをだめにしたのもあなた？」

「そう。あれは正直やる必要はなかったけど、面白かった。ちなみに、クラブであなたを見たわ。すてきなお友達のリジーとブライオニーも。こう言ってはなんだけど、ジム通いを再開したのは正解ね」

ジュリエットに飛びかかりかけたエイミーを、僕は止めた。カトウも両腕を伸ばしたが、テーブルの向こうからでは制止するのは無理だ。エイミーは僕の手を振りほどいたが、再度ジュリエットに詰め寄ることはしなかった。ジュリエットが笑う。こんな時に不謹慎だが、エイミーも怒りのツボを突かれれば人並みにカッとなるし、挑発に乗ってしまうこともあるのだと知り、少しほっとした。エイミーはジャケットの乱れを直すと、ひとつ深呼吸した。次に口を開いた時には、いつもの冷静なエイミーに戻っていた。

「さまざまなシステムに障害を起こすことが、彼を見つけ出すことにどうつながったの？」

エイミーは蔑《さげす》むようにボリンジャーを指差した。

「攻撃したのは、どれも父が長年の間に何らかの形で関与したシステムよ。あなた方の登場によって、父がこの十年働けなくなっていたのは誤算だったけど。おかげで空白期間を埋めなくてはならなかった。まあ、でも、さほど大変でもなかったわ。父はエゴの塊みたいな人だから、その足跡は時間を経てもはっきりと残って、見る人が見ればそれとわかる。だから、いずれはあなたのお友達のカトウが世界で起きている事象を考え合わせて父とのつながりを見抜き、それを受けて誰かしらが父の協力を仰ぎに動くはずだとわかってた。あとはその時が来た際に、その場に自分も確実にいられるようにすればいいだけ。実際、そうなった。そして今、こうして皆が一堂に会している」

ボリンジャーがそのキャリアの中でいかに多様なプロジェクトに関わってきたかを知り、そのすごさに、悔しいが尊敬の念を抱いた。ジュリエットの言う足跡の詳細は不明だが、ボリンジャーがその破壊的な能力を注ぎ込んだものは、意識や知覚を持つロボットだけではなかったのだ。

「だけど、そのやり方はあまり……システマチックとは思えないな」と、僕は言った。

「ボリンジャーなら、もっと的を絞った合理的なやり方をしたんじゃないか？」

ジュリエットが顎を引いて僕を睨んだ。一瞬、エイミーも同じ顔をした。女性を侮辱する意図はなかったのだが、誤解を招きかねない言い方だった。

「いや、つまり……僕が言いたかったのは、関係者に到達できるという手応えを得られるまで、世界中のさまざまなシステムをひたすら攻撃して回るやり方は、効率的とは思えないってことだ」

「あら、ごめんなさいね」と、ジュリエットが応じた。「あなたは獣医であって、コンピューターには疎いんだと思ってたわ。ちなみに私もラットの解剖の仕方なら知ってるのよ。機会があれば意見交換でもしましょうか」

この場にボニーがいなくてよかった。下手をすれば、ボニーはこの新たな敵の虜になりかねない。

「そういう話をしてるんじゃない。要は、あなたは運がよかったってことだ。こうして皆が集まったのは」

僕の言葉に、ジュリエットが肩をすくめる。

「運なんかじゃないわ。自分のしていることはわかってた。長期戦になっても構わなかったしね。実に単純な心理戦だったわ。あなたたちの好みのブランドも持ってる車も把握してた。使ってる歯ブラシもね。ところで、膝の具合はその後どう？ そうそう、ソニアの担当外科医はゴルフ旅行を楽しんでくれたかしら？ あなたがソニアを転院させた時はさすがに少し慌てたけどね」

思い返せば、この人、どこかで見たような顔だなと思う場面がこれまで何度もあった。あの転院先の病院でも……あの直感は正しかったのだ。

カトウを横目で見やったら、愕然としていた。カトウの組織は日常的にジュリエットのような人間を相手にしているのだろうか。それとも彼女は特殊なのだろうか。どちらにしても、恐ろしくて深く考えたくなかった。

ジュリエットが話を続けた。

「あなたたちの人物像はたやすく分析できた。あなたが思うほど手当たり次第にシステムを攻撃してたわけじゃないのよ。それに私の考え違いでなければ、父も、イングランドのどこかにいるということ以外に居場所の手がかりのない一家を探し出すために、そこにいるロボットを送り込んだ。私に言わせれば、それだってあまり……さっき、あなたは何て言ったかしらね？　そうそう、〝的を絞った合理的なやり方〟とは言えないわ」

「たしかにロボットを送り込んだ」

そう言ってボリンジャーが娘に向けた顔は、もう何年も前、当時彼が暮らしていた南の島の砂浜で、僕が送り届けたタングに向かって走ってきた時と同じ顔だった。プライドに満ちた顔だった。やりたい放題やった挙げ句に刑務所暮らしになったボリンジャーが、結局はまた望む結果を手に入れようとしている。

カトウが日本語でぼそっと何かをつぶやいた。ジュリエットが反応する。

「ええ、そうね、カトウ。親が親なら子も子よね。他にどんな言い方があったかしら。蛙の子は蛙とか？　どれも陳腐な表現だわ。私は父の娘ではあるけど、いろいろな面で父とは全然違う」

　ジュリエットはボリンジャーの居室をぐるりと示した。

「第一に私は収監されてない。それで思い出したわ。ここでぐずぐずしてるわけにはいかない。お父さん、必要な荷物をまとめた？」

　ボリンジャーが両手をすり合わせた。

「だいたいな」

「そうそう」と言って、ジュリエットが出し抜けに銃を取り出した。彼女を除く全員が大声を上げ、両手を挙げた。

　ジュリエットはタングとジャスミンの方に銃を振った。

「このロボットたちも連れていかないとね。さあ、一緒にいらっしゃい」

　タングとジャスミンは顔を見合わせると、ジュリエットとその父親を、ついでカトウとエイミーと僕を見た。

　僕はタングに訴えた。

「だめだ。行くな、タング。何か方法があるはずだ。他の方法を考えるから。早まるな。こいつらがほしいものが、他にも何かあるはずだ」

　ボリンジャーがくつくつと笑った。

「なあ、ベン。娘が来てくれて、自分の作品も取り返し、今まさに自由も取り戻した。

これ以上何を望むというのだね？」

「正気とか？」エイミーがつぶやく。

「それは言えてる」

そう言うと、ジュリエットはその場にしゃがんでタングに語りかけた。

「私を信じて。何も心配はいらないから。今にわかるから」

そして、厳しい顔でタングの目をまっすぐに見据えた。タングもジュリエットをしげしげと見つめ返す。目玉が動いて、その表面にあるへこみやひっかき傷が光を反射した。ふと、普段タングの目をちゃんと見る人はほとんどいないことに気づいた。たいていの人はどこを見ていいかわからない。いや、そもそもタングと目を合わせようという発想さえない。

タングはジュリエットに一歩近づくと、頭だけくるりと回して僕を振り返った。

「この人の心拍数はすごく安定してる。嘘はついてないと思う」

再びまっすぐに立ったジュリエットを、タングは見上げた。

「僕がついていけば、みんなのことは家に帰してくれるの？」

「もちろんよ。私は鬼じゃない。ただし、彼女も一緒に来ること。それが条件。無駄な抵抗はしない方がいいわ」

ジャスミンが躊躇なくタングの隣に進み出た。

「ついていきます」

「すばらしい」と言って、ジュリエットが後ずさりを始めた。「お父さん、行きましょう」

親子が独房のドアに向かいかけた時、タングをここに運び込んで以来、解除されたままになっていた扉の鍵が、大きな重い音を立ててロックされた。

ジュリエットは扉を開けようと何度か力ずくで引くと、こちらを振り返った。その顔は激しい怒りに歪んでいた。エイミーが笑った。

「物事が計画どおりに運ばないのって、本当にいやよね」

ジュリエットが口をあんぐりと開けてエイミーを見つめる。エイミーは僕とカトウに向き直ると、にっこり笑った。

「我ながらよくやったと思うんだけど……荷物はすべてロッカーに置いていくようにという指示に、今回は完全には従わなかったの。あなたの言ってたとおりね、カトウ。このGPS端末は単独で非常事態を伝えられる」

僕とカトウが目を見合わせたら、エイミーがかぶりを振った。

「お礼なら私じゃなくて奥さんに言ってね、カトウ。持っていけって言ったの、リジーだから」

カトウの顔がぱっと明るくなった。

だが、それもつかの間、ジュリエットが銃口をエイミーに向けた。僕は喉から心臓が飛び出そうになったが、エイミーは冷静さを失わず、ジュリエットに語りかけた。

「私たちを座らせて楽しいおしゃべりに興じていた間に外で何が起きていたか、あなたなら察しがつくわよね？　あなたが自分の賢さをひけらかすのに夢中になってくれたおかげで、カトウの仲間がここに駆けつけるまでの十分な時間稼ぎができた。きっと、いつもの受付担当の男性とウールのスーツの女性は、気絶させられてどこかの戸棚にでも押し込められているんじゃない？　で、受付にはおそらく……うちのボイラーの修理にきたミックとウィリアムを見張りに立たせてる。違う？」

ジュリエットは微動だにしない。図星らしい。

「でも、ここの扉にロックがかかったということは、あのコンビは機動部隊の突入は防げなかったみたいね」

ジュリエットが言い返す。

「受付カウンターの裏側には非常ボタンがある。ミックたちはそれを押したはず。となれば、この独房にいたる通路に設けられた扉は施錠されてるわ。最悪でも突入班の前進は遅らせられるはずよ」

「たいした時間稼ぎにはならないだろうがね」

カトウのひと言に、ジュリエットが静かに応じる。

「だとしたら、計画の最終段階を急がないと」

僕はいつでもエイミーの前に飛び出せるように身構えていた。横目で見たら、カトウも同じだった。ジャスミンも。

その時だ。ジュリエットが銃口をボリンジャーに向けた。だが、僕がエイミーの方へ一歩踏み出したら、ジュリエットは再度銃をこちらに向けた。

「動かないで。時間がない。言うべきことがたくさんあるの」

エイミーと僕は目と目を見交わしたが、その場を動かなかった。ジュリエットが再び銃口を父親に向ける。ボリンジャーはすでに撃たれたかのような苦悶の表情を浮かべていた。

「これはどういうことだ?」

声がうわずっている。

「どういうことだと思う、お父さん? 失われた時間の埋め合わせをするの。私やお母さんの人生のね。お父さんのせいで私たちがどんなに苦しんだか、わかる? あなたが出ていったあと、私たちがどうなったか、考えたことがある?」

「私がいない方がおまえたちは安全だと思ったんだ」

ボリンジャーは訴えた。それが本心かはわからないが、ボリンジャーの声にはこれまで聞いたことのない響きがあった。

「お母さんはずっと、お父さんの帰りを信じてた！」

ジュリエットの声が割れた。

「お父さんが研究所で犯した罪を聞かされても、断固として信じなかった。お母さんはただ、お父さんはいずれ私たちのところに帰ってくると、ひたすらそれだけを繰り返した。でも、お父さんは帰ってこなかった！　帰ってこなかった！」

「でも、ここでこうして会えただろう」

そう答えつつも、娘が望んでいるのはそういうことではないとボリンジャー自身も自覚していることは、声からもあきらかだった。

「あなたがここにいるのは、ここに入れられたからでしかない！」

「彼はずっと刑務所に収容されていた。あなたたちのところに帰るのは不可能だった」

気づいたら、僕はそう指摘していた。何だってボリンジャーなんかをかばっているのだろう。

「でも、手紙さえ寄越さなかった！」

「おまえの居場所を知らなかったんだ、ジュリエット！」

その訴えに、ボリンジャーの娘は一瞬言葉に詰まったが、すぐに立ち直った。銃を振って僕たちの方を示す。

「頼むからそうやって銃を振り回すのはやめてくれ」

頭で考えるより先にそう懇願していた。猫の尻尾を引っ張る、まだよちよち歩きの我が子に、疲れ果てた口調で言い聞かせる親みたいな口ぶりになっていた。

ジュリエットが顎を引き、〝は？　何か文句ある？〟とでも言いたげな顔でもう一度僕を見たが、すぐにボリンジャーに意識を戻した。

「この人たちのことはあっさり見つけたじゃない！」

そう叫んだ娘に、ボリンジャーが両腕を広げてじりじりと近づき始めた。まるで、目の前の娘ではなく、記憶の中の娘をなだめようとするかのように。

「動かないで！」

ジュリエットの声は震えていた。自分が選んでしまった道に自信をなくしている。ボリンジャーは娘の言葉を無視して、なおもゆっくりと距離を詰めていく。タングは皆を見渡そうと顔を上げ、目玉だけ小さく動かして、その場にいる全員に順に視線をやっている。僕はかすかに首を横に振り、早まった真似はするなと念じた。

〝頼むから〟と、唇だけ動かした。〝頼むから何もするな〟

ボリンジャーが余計なことを言わずに口をつぐんでいたなら、そのままジュリエットに近づき、銃を取り上げられただろう。銃がボリンジャーの手にあった方が、他の誰かが手にしているよりは安全な気がしたなんて、あとから振り返れば正気の沙汰ではないとぞっとするが、この時はなぜかそう思ってしまった。

ただし、ボリンジャーは黙っていられなかった。

「おまえの母親のことはずっと愛していた」

そう言いながら、また一歩、前進した。

「おまえのこともずっと愛していた。だが、自分がどんな人間かはわかってる。何をしたかも。だから、おまえたちから離れているのが一番だと思った」

「一番だと思った？」

ジュリエットが睨むように目を細めた。

「お父さんのせいで心が壊れてしまったお母さんの面倒を見ながら育つ方が、面倒を見てもらって育つよりいいと言うの？　お父さんが皆にしたこと、この人たちにしたことに対して復讐する方法を、十年も二十年もひたすら考えながら過ごすのが一番だと？」

〝この人たち〟と言った時、ジュリエットは銃を僕たちに振り向けはせず、頭だけこちらに傾かせた。ほっとした。だが、安堵したのもつかの間、次に言葉を発した時、ジュリエットはさっきまでの冷徹な目に戻っていた。

「お父さんが生み出したもの。それが皆の人生を狂わせた！　大勢の人の人生を！　それをこの手で終わりにすると心に決めて生きてきた。今日がその日よ。お父さんの実験は今この瞬間に終わるの。まずはこの子からね！」

一瞬の出来事だった。ジュリエットが父親に向けていた銃口をタングに向けた。僕は大声でわめきながらガラス板のテーブルを力一杯叩き、やめろと懇願した。

ジュリエットが引き金を引いた。

同時に、かすむ視界の先でボリンジャーが動くのが見えた。次の瞬間、すべてが完全に静止し、無音になった。両腕を広げ、下を見つめて立ち尽くすタングの姿が目に入り……その目の前の床に、ボリンジャーがぴくりとも動かずに倒れていた。

二十五　償いと赦《ゆる》し

引き金を引くと同時に、ジュリエットは戦意を喪失した。彼女に父親を傷つける意図があったのか、父親のライフワークの破壊のみが目的だったのか、それはわからない。ただ、タングに危害を加えようとしたことだけはたしかだ。

その場は混乱状態に陥った。目の前ではボリンジャーが血を流して倒れている。ジュリエットの手から銃が落ち、彼女はへなへなと床に座り込んだ。カトウが床に落ちた銃に駆け寄り、拾い上げる。僕も頭の中が真っ白になりながらも、獣医師としての知識の中に何か役に立つものはないかと必死に考えた。そのうちに視界がぼやけて何が何だかわからなくなり、次に焦点を結んだのは、警察に事情を説明している時だった。僕はいつの間にか水の入ったプラスチックのコップを持たされ、僕とタングの肩には一枚の毛布がかけられていた。

聞けば、僕がタングを放そうとしないので、大きな毛布でふたりまとめてくるまなければならなかったらしい。警察がある種のバリアでも張るかのようにタングと僕を毛布でくるんだのは、これで二度目だ。ショックを受けると人は寒さを覚えるらしい。驚いたことに、救急救命士らが到着した時、ボリンジャーは生きていた。僕の処置がなければおそらく助からなかったとの話だったが、僕は自分が何をしたのかも覚えていなかった。止血を試みたのだろうが、助けられるとは正直思っていなかった気がする。

ボリンジャーは運がよかった。救命士らはそう言った。だが、本人もそう感じるかは疑問だ。ボリンジャーはタングをかばって身を投げ出し、頭部に銃弾を受けた。ただ、ジュリエットは最初から父親を狙ったわけではなかったため、ボリンジャーは正面ではなく横から銃弾を受ける格好になり、その分摘出はしやすかった。何時間にも及ぶ手術の末、ボリンジャーは生還した。体の機能もほぼ維持されていた——ほぼ。医師の話では、脳の前頭葉と側頭葉、さらには同じ側の耳が損傷を受けており、今後はコンピューターのプログラミングはおろか、九九も思い出せないだろうとのことだった。

タングとジャスミンは、正真正銘、ボリンジャーの最後の作品となった。

事態が収拾されるまで、少し時間がかかった。カトウと当局の者たちは——何者かはいまだ謎だが——あらゆる意味で片づけに追われた。僕とエイミーとタングとジャスミンは家まで送り届けてもらい、そこからは家で待っていた皆が世話を焼いてくれた。ただ、僕のシャツについた血が僕自身のものではないといくら説明しても、ボニーはなかなか納得しなかった。あとでカトウに頼み、全員がカウンセリングを受けられるようにしてもらおう。

リジーは、僕たち家族が心配だから、落ち着くまでもう少し我が家に残ると申し出てくれたが、エイミーも僕も家族だけで過ごしたかった。それならせめて近くにいられるようにと、カトウ一家はリジーとトモが先日泊まったホテルに移った。ジャスミンもついていった。

タングはそれから一週間は引き続き学校を休んだが、その後は、義務教育の最後の年に待ち受ける全国統一試験に向けた科目の選択に間に合わなくなると言って、学校に戻ると宣言した。白状すると、僕はしばらくの間、タングのあとをひそかにつけては、タングが無事に学校にたどり着くのを見届ける日々を送った。

タングが学校に戻る前に、カトウが僕たちの様子を見に我が家を訪ねてきた。カトウから、君にも居間に来てほしいと言われたタングは、僕の隣に座った。

「報告があるんだ」と、カトウが切り出した。「ボリンジャーの身柄はアメリカの介護施設に移された。残された余生がどれくらいかは知らないが、死ぬまでそこで過ごすことになる」

「アメリカ?」と、僕は訊き返した。「どうしてアメリカなんだ?」

「奥さんがそこにいるんだ。事情を知った彼女が、自分のいる老人ホームにボリンジャーを呼び寄せたいと希望してね」

「今までさんざん苦労させられてきたのに?」

「ああ」

「ジュリエットはどうなるの?」エイミーが尋ねた。

「ジュリエットは父親への傷害罪で起訴されたが、ボリンジャーは死にはしなかったから……まあ、刑務所に入っている期間は君たちが納得するほど長くはないだろう」

にわかに信じがたい話だった。

「それなら、彼女が犯した他の罪はどうなる?。僕たちを銃で脅し、ロボットふたりの誘拐を企てた。それ以前に、長年にわたって各所で問題も起こしてきたのに!」

カトウが〝落ち着け〟というように両手を挙げた。

「それもすべて考慮される。裁判所は法律が定める範囲で最も重い量刑を下すだろう。そうなるはずだ。だから、あまり心配するな」

「心配するな?」僕は声を荒らげた。「あの女はタングとジャスミンを殺すところだったんだぞ!」

「だが、法律では……」

カトウが説明し始めたそばから反論しようと身構える僕を見て、エイミーが僕を優しく、だが毅然と部屋の隅へ引っ張った。

「カトウの言うとおり。ロボットたちに関してはこれ以上法律の面からできることはない」

「だったら法律を変えなきゃだめだろう！」

エイミーは僕の顔を自分の方に向け、まっすぐに僕の目を見た。

「私もそう思う」

愛する女性を見つめ返した瞬間、これから彼女と歩むことになる道がはっきりと見えた。エイミーの頭の中では、争うべき論点の整理がすでに始まっている。今こそタングの権利を勝ち取るべき時で、僕たち夫婦には今の社会の制度《システム》と闘う覚悟ができていた。

「君たちをこんなことに巻き込んでしまい、本当に申し訳なく思っている」と、カトウが言った。「できることなら巻き込みたくないと、はじめからずっと心苦しかった。君のことは、仕事を超えて、大切な友達だと心から思ってる」

僕はじっとカトウの目を見つめた。そして、今の言葉がカトウの偽りのない本心だと確信した。僕はタングを見下ろした。

「僕は何も後悔してない。ボリンジャーがいなければ、僕がタングと出会うことはなかったし、タングがいなければ今の僕はいない」

タングが僕の手を握った。

二十六　エピローグ

ミスター・アンド・ミセス・カッカー・パークスは、ちょうどボニーの十歳の誕生日を祝うタイミングで、北海に面する港町ウィットビーへの新婚旅行から帰ってきた。皆が誕生日会の会場に出かける支度を終えて玄関前の廊下に集まり、待っていた。時折、誰かが二階に向かって声を張り上げた。

「タング、早くしろ、遅れちゃうだろ！」

ついにはボニーがしびれを切らし、いったい何をやっているのかと、直接タングの様子を見に二階に上がっていった。

「ごめんな」僕は隣に立つクレアに謝った。「あいつ、目立ちたがり屋のところがあるから」

クレアがほほ笑む。

「気にしないでください、ミスター・チェンバーズ。知ってますから。好きなだけ時間をかけたらいいと思います」

「まあな。遅くなりすぎて、店側が僕たちのアフタヌーンティーを他の客に回してしまわない範囲でな」

そこへ、エイミーが声をかけてきた。

「ブライオニーは直接お店に向かうって。家族と一緒に。ベラはまず間違いなくみんなのサンドイッチを狙ってくるから、アナベルとジョージーには――」

エイミーがふと口をつぐんだ。ボニーが満面の笑みを浮かべて階段を下りてきた。その後ろにタングが続く。今までで一番ぴかぴかに輝き、幸せそうな様子で。

クレアが階段の下でタングを迎えた。そして、タングの手を取り、そこにキスをした。

著者あとがき・謝辞

小さなロボットとその一番の親友の物語を書き始めたのは二〇一二年の秋、息子が新生児の頃でした。当時赤ちゃんだった息子も今や十歳になり、その間に小さなロボットはいくつもの大冒険をしてきました。タングにとって、そして私にとっても、なかなかの旅路でした。何しろ、『ロボット・イン・ザ・ガーデン』を書き始めた時には想像もしていなかった未来が待っていたのですから。

よく、「シリーズものを書くのは読み切り小説を書くのとは違いますか？」と訊かれます。私はどちらにも難しさややりがいがあると思っていて、共通する難しさもあれば、それぞれに異なる難しさもあります。小説を書くには、どんなジャンルであれ、思考とリサーチ、そして確固たる意志が必要です。どの本も――少なくとも私の場合――書き始める瞬間にはおおいに意気込んでいるものです。これから描こうとしている世界への期待感や、きっと面白くなるという予感に満ちています。ところが、ある日ふと、これは史上まれに見る駄作にしかならないのではないかという不安に襲われるのです。そうなってしまっても、同じ物書きの仲間、そしてそばで支えてくれる人たちの助けを借りながら、逃げずに書き続けるしかありません。

シリーズ小説の続編に着手することは、休暇に故郷へ帰るのに似ています。気心の知れた家族や友人、慣れ親しんだ場所。そこには安心感がある一方で、時間は止まらずに流れており、生きていれば誰しもいろいろあるものです。積もる話もあるでしょうし、深い悲しみに沈むこと、おおいに笑うこともあるでしょう。解決しなければならない問題や修復すべき関係と向き合うこともあるかもしれません。それはタングとその家族であるベン一家も同じです。当然のことながら、彼らにも取り立てて語るほどの出来事もない、平凡な日々が何ヶ月と続くこともあり、そんな時期については、私もあえて触れなくてもいいだろうと少々飛ばしたりします。反対に、たったひとつの出来事を語るのに、二万語、八万語、五十万語を費やしても足りないと感じることもあります。言葉を尽くさなければ、その出来事に接したベンの考えや気持ち、後悔、喜びを描き切れない、と。その一例が、シリーズ二巻目『ロボット・イン・ザ・ハウス』でベンとエイミーの夫婦としての再出発を描いた、ベン一家のスキー旅行の場面です。タングにとっての心臓をアップグレードするシーンもそうです。

タング・シリーズを書くにあたっての大きな難題のひとつは、前巻までに描いたことを覚えていることでした。執筆の過程では実に多くの考えやアイデアが浮かぶもので、最終的に原稿には入れなかったエピソードが、どういうわけか自分の頭の中では、ベン一家に起きた出来事のように記憶されてしまうことがあります。そうかと思うと、実際に前巻までに書いており、今作でも触れる必要のあるエピソードが、記憶から抜け落ちていることもあります。とある食べ物について、「そんな食べ物のことは聞いたこともない」と言い張ったら、「だけど『ロボット・イン・ザ・ガーデン』に出てきていたよ」と指摘されるという、いささかきまりが悪い思いをした経験もあります。だからこそ(もちろん、他にもごまんと理由はありますが)、作家にとって、ともに本を作り上げるチームの存在は重要なのです。ここに、私の頭の中にあるタングの世界を読者に届けるために尽力してくださった皆様に感謝の意を表したいと思います。

＊

まずは、これまでのすばらしい道のりを伴走してくれた、ハリーナやジェニーをはじめとしたアンドリュー・ナーンバーグ・アソシエイツの皆様、そして、株式会社タトル・モリエイジェンシーの水砂に感謝の気持ちを伝えたいと思います。とりわけ水砂とタトル・モリエイジェンシーの皆様には、新型コロナウイルス感染症のパンデミックの影響で日本への渡航がビジネス目的に制限されていた二〇二二年八月の私の訪日に際して尽力していただきました。

皆川さんをはじめ株式会社小学館の皆様にも感謝の意を表したいと思います。訪日に際してお世話になったのはもちろん、タングへの愛情と、作家としての私に対する信頼を示し続けてくれました。皆様と仕事ができたことを光栄に思いますし、これからも一緒に本を作っていけるように願っています。また、私の本を見事に翻訳してくれた松原さんにも感謝を伝えたいと思います。タング・シリーズの内容を細かく覚えていることにかけては、おそらく私以上だと思います！

映画『TANGタング』の製作に携わってくださったワーナー ブラザース ジャパン合同会社の皆様にも感謝申し上げます。言うまでもなく、作家にとって自身の作品が映画化されて映画館の巨大なスクリーンで上映されることは夢です。コロナ禍によるさまざまな制約がある中で映画製作が動き出し、命が吹き込まれて形となっていくのを見守ることは望外の喜びでした。

また、『ロボット・イン・ザ・ガーデン』を最高の形でミュージカル化してくださった劇団四季にも、作家としてはもちろん、一個人としても心から御礼を申し上げます。演劇を愛してやまない私にとって、自分の小説がミュージカルとして作り上げられていく様子を目の当たりにできたことはこの上ない喜びであり栄誉でした。コロナ禍にあっても舞台『ロボット・イン・ザ・ガーデン』の制作を——そして上演を——けっして諦めなかった揺るぎない決意には尊敬の念を禁じ得ません。その上あれだけの成功を収めるのは並大抵のことではないと感嘆するばかりです。二〇二二年八月の舞台にご招待いただき、またその間お心遣いをいただき、ありがとうございました。多くの人が劇団四季から日々至福の時をもらっていることと思います。私もそのひとりです。いつかまた、一緒に新たな作品を作れる日が来ることを願ってやみません。

物理的にも精神的にも支えてくれた家族や友人たちにも感謝を伝えたいと思います。執筆グループの仲間たちの友情と作品へのフィードバックにも感謝いたします。シリーズのすべての作品で、執筆中に一度は、「小説の書き方がわからなくなった、この本を書き上げられる気がしない」と弱音を吐いていた私を、そのたびに励ましてくれました。彼らがいなければ、タング・シリーズは本当に未完成のまま終わっていたかもしれません。

すばらしい夫ステファンにも感謝しています。彼の日常生活における助けや精神的な支え、そして編集上の助言がなければ、タング・シリーズを一巻たりとも世に出すことはできませんでした。夫の私に対する辛抱強さは、率直に言って驚異的です。それから、タングのことを〝ママの友達〟と呼ぶ息子のトビーにも「ありがとう」と伝えたいです。息子からは、私自身について、想像もしていなかったほど多くのことを教えられてきました。

最後に、タング・シリーズを手に取り、読んでくださった皆様、オーディオブックを聴いてくださった皆様、ラジオドラマを聴いてくださった皆様、タング関連の商品をお買い上げくださった皆様、映画を観てくださった皆様、ミュージカルを観て、聴いてくださった皆様、サウンドトラックを聴いてくださった皆様、漫画を読んでくださった皆様、小さなロボットとさまざまな形で関わってくださった皆様に、心から御礼申し上げます。

手紙やソーシャルメディアで本の感想を寄せてくださった皆様も、ありがとうございました。ひとつひとつのメッセージが私にとって大切な宝物です。

ここまで読まれて、〝これでタングの冒険は終わりなの？〟と思われた方もいらっしゃるかもしれません。そうではないことを、私自身、切に願っています。タングとその作家にとって、これは終わりではなく、しばしのお休みです。新しいことを学び、未知の経験をし、さまざまなものを読んだり書いたりして、いつか、まっすぐで誠実なところはそのままのタングの冒険の続きをお届けするための、充電期間です。

タング・シリーズを愛してくださったすべての方に心からの感謝を申し上げるとともに、皆様の幸せを願っております。

また会う日まで。

デボラ

訳者あとがき

松原　葉子

第五巻の終わりから数ヶ月後。交通事故で骨盤骨折という重傷を負って入院していたソニア・カッカーが晴れて退院します。ただし、これ以上のひとり暮らしは厳しいとの判断から、当面の間ベン一家と同居することになります。ソニアが同居するということは、ソニアのロボットであるフランキーもついてくるということで、さらにはベンの隣人であり、ソニアにひそかに思いを寄せているミスター・パークスも、何かと口実をつけてはベン宅を訪ねてくるようになります。そんなわけで、ますますややこしくもにぎやかな日々を過ごしているベン一家。そこに、友人のカトウ一家も急遽日本から訪ねてきます。あきらかに様子のおかしいカトウ。何やら差し迫った問題があるようで、おまけにその問題はベン一家と無関係ではなさそうです。不安、秘密、不信感。それらが次第に暗雲のようにベンたちの頭上に垂れ込め、家族の絆もカトウとの友情も危うくなっていきます。問題の背後にいるのはいったい誰なのか。そして、ベン一家は無事にこの難局を乗り越えられるのか——。

本作の原稿を受け取ったのは二〇二二年の夏。同じ頃、心待ちにしていたことがあります。

ロボット・シリーズの第一巻『ロボット・イン・ザ・ガーデン』を原作とした映画『TANGタング』の公開です。映画化の話がある、とうかがってから早数年。八月の公開に先駆けて開催されたジャパンプレミア試写イベントの観客席で、イベント冒頭に流れた映画の予告映像を、夢の中にいるような、どこかふわふわした気持ちで観ていたら、「ジャパンプレミア始まるよ〜」とタングの声！　そこからカウントダウンが始まり、舞台に登場したキャストの真ん中、映画の中で健と絵美（原作ではベンとエイミー）を演じられた二宮和也さんと満島ひかりさんに挟まれて、タングがいました。その時点でじんときましたが、舞台上でのフォトセッションの際に、二宮さんと満島さんに、カメラ目線になるように顔の向きを変えてもらったりしているタングを見て、〝ああ、健や絵美と家族になったんだね〟と胸がいっぱいになりました。

映画は原作を日本版にアレンジして実写化されていますが、それぞれにポンコツな部分や痛みを抱えた人間とロボットが、旅を経て変わったり成長したりしていく姿や、友達のような、親子のような絆を深めていく様子といった、原作にあったエッセンスは映画にもしっかり息づいていました。

そして、タングの親戚のおばちゃん気分の訳者としては、やはりタングの魅力が余すところなく描かれていることがたまらなく嬉しかったのでした。ティッシュを次々と引き出してはポイッとするところは、いかにも一巻目の二歳児みたいだった頃のタングらしいですし、初対面のロボットデザイナー林原信二に「ナルシスト」と呼びかけてしまう場面は、〝今ここでそれは言わないで！〟という大人の都合も空気も読まないタングそのもので、吹き出してしまいました。宝物の百円玉で健のためにコーヒーを買って運ぶシーンは、タングの健気さがまっすぐに伝わってきて、何度も見返したくなる大好きな場面です。ちなみに、このシーンは著者のデボラさんも気に入っていて、その後うまく運べるようになったかどうかが、本書でちらりと触れられています。また、原作の第一巻に、心にわだかまっていた痛みと向き合い、涙するベンに対し、タングが「ベンは治癒してるんだよ」と語りかけるシーンがありますが、デボラさんは、それが映画の最後に描かれていたことを、「あそこは私の中でとても大切な場面なので、描いてくれて嬉しかった」と喜んでいらっしゃいました。

原作とのつながりは、シンガーソングライターmiletさんが手がけた主題歌『Always You』のミュージックビデオの映像にも感じられました。トラクターの荷台にmiletさんと並んでちょこんと腰かけたタングが、足先をひょこひょこさせたり首を振ったりする様子には、原作でアメリカを車で横断していた時に、カーラジオから流れてきた『ワイルドでいこう！』のリズムに合わせて体を動かしていたタングを懐かしく思い出しましたし、部屋でmiletさんとノリノリで踊っているところは、今作でエイミーやリジーに混じってご機嫌に踊るタングにもリンクします。デボラさんがミュージックビデオを意識していたかはわかりませんが、思春期に入ったタングにも、昔と変わらない一面がまだまだ残っているのだと思えて、翻訳しながら嬉しくなりました。ちなみに、今作でタングが踊るシーンで流れている音楽にも映画とのつながりがあります。映画をご覧になられた皆様には、ぜひそんなちょこちょことしたリンクもお楽しみいただけたらと思います。

原作、ラジオドラマ、ミュージカル、オーディオブック、漫画、そして映画と、さまざまな形でタングたちの物語を多くの皆様に楽しんでいただけていることを、原作の訳者として心から幸せに思います。いつかまた、さらに成長したタングとベン一家、そして彼らを取り巻く人々に再会できることを願っています。

最後に、ロボット・シリーズを翻訳するに当たり、多くの方のお力添えをいただきました。なかでも、編集者の皆川裕子さんや中島宏枝さん、そして校正者の皆様のご指摘やご提案なくして、翻訳は完成しませんでした。心より御礼申し上げます。

INSTALL

デボラ・インストールの本

松原葉子 訳

好評既刊

第1作は映画化&舞台化。
イギリス発大人気シリーズ。

シリーズ累計 **40万部**

第1巻『ロボット・イン・ザ・ガーデン』
30代ダメ男のベンと壊れかけのロボット・タングの旅と成長を描く、可愛くて切ない友情物語。
ISBN978-4-09-406237-3

第2巻『ロボット・イン・ザ・ハウス』
ベン一家に女の子ボニーが誕生して9か月。お兄ちゃんタングは妹のお世話をしようと大奮闘。
ISBN978-4-09-406426-1

DEBORAH

第３巻『ロボット・イン・ザ・スクール』

ボニーを見て「僕も学校に行きたい」と言い出すタング。愛おしい家族の日々を描くシリーズ第３弾。

ISBN978-4-09-406715-6

第４巻『ロボット・イン・ザ・ファミリー』

新たなロボット・フランキーが加わったベン一家。トラブル続出、でも愛おしい家族の成長を描く。

ISBN978-4-09-406657-9

第５巻『ロボット・イン・ザ・ホスピタル』

平穏が訪れたベン一家に、ベンの怪我、タングの学校問題、ボニーの発表会など再び波乱が起こる。

ISBN978-4-09-407022-4

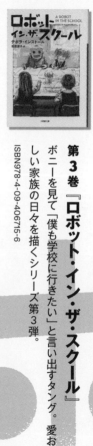

本書のプロフィール

本書は二〇二二年にイギリスで執筆された小説『A ROBOT IN THE SYSTEM』を本邦初訳したものです。

小学館文庫

ロボット・イン・ザ・システム

著者 デボラ・インストール
訳者 松原葉子《まつばらようこ》

二〇二三年十月十一日 初版第一刷発行

発行人 石川和男
発行所 株式会社 小学館
〒一〇一-八〇〇一
東京都千代田区一ッ橋二-三-一
電話 編集〇三-三二三〇-五七二〇
販売〇三-五二八一-三五五五
印刷所――中央精版印刷株式会社

造本には十分注意しておりますが、印刷、製本など製造上の不備がございましたら「制作局コールセンター」(フリーダイヤル〇一二〇-三三六-三四〇)にご連絡ください。(電話受付は、土・日・祝休日を除く九時三〇分~一七時三〇分)本書の無断での複写(コピー)、上演、放送等の二次利用、翻案等は、著作権法上の例外を除き禁じられています。本書の電子データ化などの無断複製は著作権法上の例外を除き禁じられています。代行業者等の第三者による本書の電子的複製も認められておりません。

この文庫の詳しい内容はインターネットで24時間ご覧になれます。
小学館公式ホームページ https://www.shogakukan.co.jp

©Yoko Matsubara 2023 Printed in Japan
ISBN978-4-09-407023-1

第3回 警察小説新人賞
作品募集

大賞賞金 300万円

選考委員

今野 敏氏（作家）

相場英雄氏（作家）　月村了衛氏（作家）　長岡弘樹氏（作家）　東山彰良氏（作家）

募集要項

募集対象

エンターテインメント性に富んだ、広義の警察小説。警察小説であれば、ホラー、SF、ファンタジーなどの要素を持つ作品も対象に含みます。自作未発表（WEBも含む）、日本語で書かれたものに限ります。

原稿規格

▶ 400字詰め原稿用紙換算で200枚以上500枚以内。

▶ A4サイズの用紙に縦組み、40字×40行、横向きに印字、必ず通し番号を入れてください。

▶ ❶表紙【題名、住所、氏名(筆名)、年齢、性別、職業、略歴、文芸賞応募歴、電話番号、メールアドレス（※あれば）を明記】、❷梗概【800字程度】、❸原稿の順に重ね、郵送の場合、右肩をダブルクリップで綴じてください。

▶ WEBでの応募も、書式などは上記に則り、原稿データ形式はMS Word（doc、docx）、テキストでの投稿を推奨します。一太郎データはMS Wordに変換のうえ、投稿してください。

▶ なお手書き原稿の作品は選考対象外となります。

締切

2024年2月16日
（当日消印有効／WEBの場合は当日24時まで）

応募宛先

▼郵送
〒101-8001 東京都千代田区一ツ橋2-3-1
小学館 出版局文芸編集室
「第3回 警察小説新人賞」係

▼WEB投稿
小説丸サイト内の警察小説新人賞ページのWEB投稿「こちらから応募する」をクリックし、原稿をアップロードしてください。

発表

▼最終候補作
文芸情報サイト「小説丸」にて2024年7月1日発表

▼受賞作
文芸情報サイト「小説丸」にて2024年8月1日発表

出版権他

受賞作の出版権は小学館に帰属し、出版に際しては規定の印税が支払われます。また、雑誌掲載権、WEB上の掲載権及び二次的利用権（映像化、コミック化、ゲーム化など）も小学館に帰属します。

警察小説新人賞 検索

くわしくは文芸情報サイト「小説丸」で

www.shosetsu-maru.com/pr/keisatsu-shosetsu/